SUSAN FOX

De repente, o amor

SUSAN FOX

De repente, o amor

Tradução:

Alice Klesck

Única editora

Gerente Editorial
Mariana Rolier

Editora
Marília Chaves

Editora de Produção Editorial
Rosângela de Araujo Pinheiro Barbosa

Controle de Produção
Fábio Esteves

Tradução
Alice Klesck

Preparação
Gabriela Ghetti

Projeto gráfico e diagramação
Idée Arte e Comunicação

Revisão
Salete Milanesi Brentan

Capa
Osmane Garcia Filho

Fotos de capa
Serg Zastavkin e Carola Vahldiek/Fotolia.com

Impressão
Assahi

Única é um selo da Editora Gente.

Título original: *Love, unexpectedly*

Rua Pedro Soares de Almeida, 114, São Paulo, SP – CEP 05029-030

Telefone: (11) 3670-2500

Site: http://www.editoragente.com.br

E-mail: gente@editoragente.com.br

Dados Internacionais de Catalogação na Publicação (CIP)
(Câmara Brasileira do Livro, SP, Brasil)

Fox, Susan

De repente, o amor / Susan Fox ; tradução de Alice Klesck. -- São Paulo : Editora Gente, 2013. 8ª tiragem.

Título original: Love, unexpectedly.

ISBN 978-85-7312-861-1

1. Romance canadense I. Título.

13-04881 CDD-813

Índices para catálogo sistemático:
1. Romances : Literatura canadense em inglês 813

Capítulo . 1

— O que há de novo comigo? Simplesmente tudo! — Kat, vizinha de Nav Bharani, arregalou drasticamente seus olhos castanhos. Ela soltou o cesto de roupa no chão da lavanderia do subsolo do prédio, depois sentou-se na secadora, claramente priorizando a fofoca, antes das tarefas.

Nav sorriu e recostou em sua máquina, que já fazia a lavagem matinal de sábado.

— Eu a vi na quarta à noite, Kat. — Ela o levara à casa de uma amiga, para usar seus músculos montando uma nova estante e reorganizando os móveis. — Não pode ter mudado *tudo* em dois dias.

Algo muito importante tinha acontecido na vida dele ainda ontem. Um grande progresso em sua carreira fotográfica. Ele estava ansioso para contar a Kat, mas primeiro ouviria suas novidades.

Ela revirou os olhos.

— Tudo bem, *quase* tudo. Minha irmã caçula de repente vai se casar.

Mesmo sob a iluminação ruim, com os cachos castanho-avermelhados ainda descabelados e as marcas dos lençóis no rosto, Kat era tão linda que deixava seu coração apertado.

— Merilee? Achei que ela e... qual é mesmo o nome dele? Sempre tivessem tido a intenção de se casar.

— Matt. É, mas falavam sobre o ano que vem, quando eles se formam na faculdade. Agora, é tipo *já*. — Ela estalou os dedos.

— Quando é agora? — perguntou ele.

— Daqui a duas semanas. Dá pra acreditar? — Ela sacudiu a cabeça vigorosamente. — Então, agora, eu preciso tirar duas semanas de folga e ir pra Vancouver, ajudar a organizar um casamento, em cima da hora. E o momento é muito ruim. Junho é um mês bem movimentado no trabalho. — Ela era diretora de relações públicas no Le Cachet, um hotel-boutique de luxo, na antiga Montreal, uma função que exigia integralmente sua criatividade, suas habilidades organizacionais e sua personalidade extrovertida.

— Que pena eles não terem organizado o casamento de acordo com sua carga de trabalho — ele provocou.

— Ops, estou sendo uma nojenta egocêntrica?

— Só um pouquinho.

Ela suspirou, sua animação habitual deixando seu rosto. Rugas de estresse ao redor dos olhos e olheiras diziam que ela estava aborrecida por algo além da inconveniência de se ausentar do trabalho. Depois de dois anos, Nav conhecia Kat muito bem. Tão bem quanto ela deixasse que qualquer um a conhecesse, em todos os aspectos, exceto no que ele mais desejava: como seu amante.

Ele parou com a provocação e tocou sua mão.

— Como se sente com relação ao casamento?

— Muito empolgada por Merilee. Claro. — Sua resposta foi imediata, mas ela olhou para baixo, para as mãos dele, em vez de olhá-lo nos olhos.

— Kat?

Ela ergueu a cabeça, torcendo os lábios.

— Tudo bem, estou feliz por ela, honestamente, mas também estou morrendo de inveja. Ela é dez anos mais nova. Deveria ser eu. — Ela pulou para o chão, estalando os pés no concreto, como um ponto de exclamação.

Isso que ele tinha imaginado, sabendo de seu desejo de casar e ter filhos. Com alguém que não fosse ele, infelizmente. Mas não era o momento de pensar em sua mágoa. Sua melhor amiga estava sofrendo.

Ele tentou ajudá-la a ver isso de forma racional.

— Sua irmã já está com esse cara há um bom tempo, certo? — Kat não falava muito da família — ele sabia que ela tinha alguns problemas — mas já ouvira alguns comentários.

— Desde o segundo ano do ensino médio. E eles sempre disseram que queriam se casar.

— Então, por que ficar esperando?

Ela franziu o nariz.

— Para que eu possa me casar antes? É, tudo bem, essa é uma razão ruim. Mas eu tenho trinta e um anos e quero me casar e ter filhos, tanto quanto ela. — Ela deu uma fungada exagerada, depois se atirou nele. — Droga, eu preciso de um abraço.

Ele ergueu os braços, enlaçando seu corpo, acolhendo-a.

Essa era a Kat à moda antiga. Ela não tinha paciência alguma para o que chamava de "essa porcaria de psicologia pop, autoanalítica e angustiada". Se ela se sentisse mal, extravasava e seguia em frente.

Ou assim dizia. Nav estava absolutamente convicto de que isso não funcionava com essa facilidade. Não que ele fosse um psicólogo, ou algo assim, era apenas um amigo preocupado.

Preocupado demais, para sua própria sanidade. Agora, abraçado a ela, ele usava cada milímetro de seu autocontrole para resistir ao ímpeto de apertá-la com mais força. Para tentar não notar as curvas firmes e aquecidas por baixo do tecido fino da calça de ginástica que ela vestia.

Lutava contra a excitação que ela tão facilmente lhe despertava desde que eles haviam se conhecido.

Será que ela sentia como seu coração disparava, ou estaria absorvida demais por sua própria infelicidade? Nav desejou estar vestindo algo além dos shorts finos de corrida e sua velha camisa de jérsei do time de rúgbi de Cambridge, mas ele tinha vindo à lavanderia diretamente após sua corrida matinal.

Sentindo seu calor e o aroma dos cabelos ainda despenteados, após acordar, ele pensou na primeira vez que a viu.

Ele estava se mudando para o prédio, todo sujo, com seu jeans mais velho e uma camiseta de mangas cortadas, relutando para tirar seus poucos pertences de um caminhão de mudança e levar para dentro do apartamentinho. A porta ao lado da sua se abriu e ele parou, curioso para ver seu vizinho.

Uma linda jovem com um vestidinho florido justo saiu no corredor. Seu olho de fotógrafo congelou a cena naquele momento. As curvas provocantes, a maneira como o verde de seu vestido complementava seus cachos castanho-avermelhados, a centelha de interesse em seus olhos castanhos, conforme eles se arregalaram e ela olhara-o, de cima a baixo.

Quanto ao quadro que ela via, bem, ele deve ter provido uma visão e tanto, com seus braços nus, segurando uma luminária de chão da estátua de Ganesha, o deus elefante. *Nani*, a mãe de sua mãe, lhe dera a estatueta quando ele ainda era garoto, dizendo que o objeto abençoaria sua moradia.

A mulher no corredor abriu um sorriso radiante.

— *Bonjour, mon nouveau voisin* — ela o cumprimentou, como novo vizinho. — *Bienvennue. Je m'appelle Kat Fallon.*

Seu nome e a forma como ela o pronunciou lhe disseram que apesar de seu excelente sotaque de Québécois, sua língua nativa era o inglês, assim como a de Nav. Ele respondeu nesse idioma. — Prazer em conhecê-la, Kat. Eu sou Nav Bharani.

— Ah, que belo sotaque.

— Obrigado. — Ele tinha crescido na Inglaterra, e só estava no Canadá havia dois anos, falando francês na maior parte do tempo, portanto seu sotaque inglês estava perfeito.

Sua vizinha estendeu a mão, parecendo não ligar que a mão dele estivesse suja.

Ele sentiu uma afinidade, detectando algo sexual, mas ia muito além disso. Um impulso o fez olhar para seu rosto, memorizando cada traço e sabendo, na alma, que essa mulher seria importante em sua vida.

Ele tinha sentido algo semelhante quando desembrulhou sua primeira câmera, em seu aniversário de dez anos. Uma sensação de revelação e certeza.

Ganesha já lhe trouxera sorte.

Kat também sentiu algo especial. Dava pra notar pelo rubor nas maçãs de seu rosto, na forma como a mão dela demorou para soltar a sua.

— Você acabou de se mudar da Inglaterra pra cá, Nav?

— Não, eu estava estudando fotografia na cidade de Quebec, por alguns anos, na Université Laval. Acabei de me formar e achei que encontraria mais... *oportunidades* em Montreal. Ele deliberadamente deu ênfase à palavra "oportunidades", imaginando se ela reagiria à dica da paquera.

Um sorriso surgiu nos lábios dela.

— Montreal é cheia de oportunidades.

— Quando você acorda, pela manhã, nunca sabe o que o dia irá trazer.

Ela deu uma risada sonora.

— Alguns dias são melhores que outros. — Depois, ela olhou para a estátua de elefante. — Quem é seu companheiro de moradia?

— Ganesha? Dentre outras coisas, ele é o Rei dos Começos. — Nav se sentia inebriado, intuindo que esse leve flerte fosse o começo de algo especial.

— Começos. Ora, veja só.

— Algumas pessoas acreditam que, se você afagar sua tromba, ele trará sorte.

— É mesmo? — Ela ergueu a mão, então o elevador chegou e ambos olharam em sua direção.

Um homem com um sorriso branco ofuscante saiu e veio andando, determinado, na direção deles. Alto e chamativo, ele tinha traços fortes, cabelos tingidos e tratados com uma porção de produtos, e roupas que gritavam "Eu me preocupo demais com minha aparência e tenho dinheiro para isso".

— Oi, benzinho — disse ele, em inglês. Ele se curvou e deu um beijo rápido nos lábios de Kat, depois, passando o braço em volta de sua cintura, deu uma olhada para Nav. — Novo vizinho?

Mas que merda, ela tinha namorado. Então, não estava flertando? Suas bochechas ficaram ligeiramente vermelhas.

— Sim, Nav Bharani. E esse é Jase Jackson. — Ela deu uma olhada para o cara do comercial de pasta de dente com uma expressão quase intimidada. — Nav, você provavelmente ouviu falar de Jase, ele é um dos astros de *Back Streets*. — Ela disse o nome de uma série canadense de TV, filmada em Ontário e Quebec. Nav tinha visto um ou dois episódios, mas não lhe despertara interesse, e ele não se lembrava do ator.

— E aí, cara? — disse Jase, abraçando Kat com mais força. Demarcando seu território.

— E aí?

— Jase — disse Kat —, importa-se em pegar uma garrafa de água, na minha geladeira? Está ficando quente aqui fora.

Depois que o outro homem entrou no apartamento, Nav disse:

— Então, vocês são...?

— Um casal. — Ela tinha um olhar sonhador que acompanhou o outro homem. — Sou louca por ele. Ele é incrível.

Ora, mas que inferno. Apesar da atenção inicial entre eles, ela não estava flertando, apenas sendo simpática com um novo vizinho. E a convicção dele já era. A mulher estava apaixonada por outro.

Nav, que podia ser um tigre no campo de rúgbi, fora do jogo era bem tranquilo e sentiu um instinto primitivo de socar a fuça do tal ator.

Agora, na lavanderia, ouvindo Kat suspirar junto ao seu peito, ele quase desejou ter feito isso. Esse ato tempestuoso talvez tivesse mudado a dinâmica entre ele e Kat.

Em vez disso, ele havia aceitado que ela fosse, no máximo, uma amiga e se concentrara em se instalar em sua nova casa.

Ele acabara de regressar de uma visita a Nova Delhi e tivera uma briga com os pais, que tinham voltado a morar na Índia quando seu avô paterno faleceu, no ano anterior. Na visão deles, ele havia sido um traidor ao se mudar para Quebec a fim de estudar fotografia, rejeitando a carreira de negócios que lhe haviam arrumado. Agora que ele tinha se formado, seus pais disseram que estava na hora do filho único deixar de tolices. Ele devia assumir um papel na direção da empresa da família, em Nova Delhi ou em Londres, e concordar com um casamento arranjado.

Ele se recusara a tudo e bateu o pé quanto a se mudar para Montreal e construir uma carreira na fotografia.

Ao chegar lá, começara a verificar todas as oportunidades e conhecer pessoas. Mas ele foi muito lento com Kat, ao menos no sentido da amizade. Ela imaginou que ele fosse tímido e o acolhera, dando uma arrancada em sua vida social. Ele gostava de estar na companhia dela — afinal, quem poderia resistir à força atraente da decidida Kat Fallon? — ele se deixou levar.

Porém, mesmo saindo com outras mulheres, seus sentimentos por Kat cresceram. Ela sabia que era besteira. Embora ela tivesse rompido com Jase e cobiçasse os músculos de Nav, quando ele estava consertando seu encanamento ou ajudando a pintar seu apartamento, ela buscava homens como o tal ator. Magnânimos – pelo menos, por fora. Eles frequentemente provavam ser homens com mais físico que essência, vivendo um caso de amor com os próprios egos, não com a namorada.

De forma alguma, Nav era esse tipo de homem. Crescera na Inglaterra, com pais abastados, bem-sucedidos e cheios de status social, ele já tivera alguma convivência com gente assim.

Embora Kat tivesse uma queda por outros homens, ela havia se tornado uma boa companheira de Nav. Quando ela estava entre um namorado e outro, as poucas vezes em que ele fez alguma investida, ela deu um fora diretamente. Disse que ele era um amigo muito bom e ela valorizava demais a amizade que tinha para arriscar perdê-la. Embora ele ocasionalmente visse uma centelha de atração em seus olhos, ela se recusava a sequer reconhecer, quanto menos ceder a isso.

Agora, ali, em pé, com seu corpo atraente e tentador nos braços, ele imaginava se havia alguma esperança para que um dia ela piscasse aqueles imensos olhos castanhos e percebesse que o homem por quem procurou pela vida toda estava logo ali, na porta ao lado.

Ela deu um suspiro repentino e recuou. Ficou olhando pra ele, mas, não, não era nenhum olhar revelador. Só uma fungada e um sorriso censurando a si mesma.

— Tudo bem — disse ela. — Cinco minutos são o suficiente de autopiedade. Obrigada por me tolerar, Nav.

Ela desviou e abriu duas lavadoras. Dentro de uma delas, jogou jeans e camisetas. Na outra, colocou regatas, corpetes de seda, sutiãs de renda, calcinhas e fios dentais.

Um cavalheiro jamais imaginaria sua amiga e vizinha de calcinha e sutiã cor-de-rosa combinando, ou com uma fio dental preta de renda. Nem ficaria fantasiando sobre fazer sexo ardente com ela, na lavanderia.

Aliviado porque os shorts folgados e a camisa de rúgbi disfarçavam sua ereção, ele voltou a se concentrar nas novidades de Kat.

— Então, você está partindo pra Vancouver. — Ela tinha crescido lá e era onde a irmã caçula morava, com os pais. — Quando vai? Você vai de trem? — Ela detestava andar de avião.

Ela ligou as duas lavadoras, depois se virou para ele.

— Pretendo ir na segunda-feira. Sim, vou de trem. É uma viagem ótima e eu sempre conheço gente fascinante. Vou tirar a cabeça dessa porcaria que é minha vida amorosa.

— Não vai ter problema tirando esse tempo de folga?

— Meu chefe fez um megassermão porque vou em junho, sem avisar com antecedência. Nossa, até parece que sou indispensável. — Ela deu um sorriso que fez seus olhos brilhar.

— Tenho certeza de que você é — disse ele, provocando, mas sabendo que ela geralmente era o foco das atenções, tanto na vida social, quanto no trabalho.

— Nós resolvemos isso. Minha assistente pode cuidar das coisas. Mas será uma loucura o fim de semana. Tem toneladas de trabalho para organizar, e roupa pra lavar, levar ao tintureiro, fazer mala.

— Posso ajudar com alguma coisa?

— Pode cuidar das plantas enquanto eu estiver fora?

— Sem problemas. — Ele já tinha feito isso, além de bancar o faz-tudo pra ela e as amigas. Por outro lado, ela tinha pregado botões e preparado a melhor comida italiana que ele já tinha experimentado - houve um tempo em que ela namorou um chef cinco estrelas - e eles sempre dividiam pipoca vendo filmes antigos.

— Obrigada. Você é um amorzinho, Nav.

Amorzinho. Que nem um mariquinha. Como um de seus amigos disse, ele estava preso à armadilha do amigão.

Afastando a ideia depressiva, ele se lembrou da boa-nova.

— Ei, eu também tenho notícias empolgantes.

— Legal. Conte tudo.

— Sabe a Galerie Beau Soleil?

— Aham. Chique. Le Cachet compra obras lá.

— Bem, talvez eles comprem algumas das minhas fotografias. — Ele lutou para conter um sorriso presunçoso, depois deixou pra lá e sorriu radiante.

— Nav! — Ela o abraçou exultante, dando outra amostra tentadora de suas curvas. — Você conseguiu uma exposição lá?

— Aham, em três semanas. — Ele se esforçava para ganhar a vida fotografando como freelancer e vendendo fotos, mas seu objetivo era construir uma carreira como fotógrafo artístico. Ele queria que suas imagens transmitissem sua visão e perspectiva e acabassem penduradas em paredes de grandes empresas, colecionadores particulares e galerias.

Essa seria sua primeira exposição de fotografias artísticas.

— Eles ligaram ontem. Alguém precisou cancelar no último minuto e perguntaram se eu poderia substituir.

— Isso é fabuloso. — Ela deu outro apertão nele, depois deu um passo atrás. Essa pode ser sua grande arrancada.

— Eu sei.

Eles passaram um bom tempo sorrindo, um para o outro, enquanto as máquinas trabalhavam, batendo e girando. Então, ela perguntou:

— Você tem quantidade suficiente para uma mostra?

— Vou precisar de novas imagens. Tudo tem que se encaixar no tema.

— Você já tem um tema?

— Vamos intitular "Perspectivas da Perspectiva". — Suas fotos mostravam iluminações interessantes e ângulos incomuns, frequentemente incorporando reflexos. Eram capitulações precisas da realidade, porém a partir de perspectivas que os outros raramente notavam. Ele gostava de sacudir as pessoas, fazê-las pensar de forma diferente sobre o que viam no dia a dia.

— Ah, que artístico e intelectual. É ótimo. Estou *tão* feliz por você. Isso vai lançar sua carreira, eu tenho certeza. Você vai vender para hotéis, prédios comerciais, lojas de design, colecionadores particulares. — Os olhos dela cintilavam de entusiasmo. — E vou poder dizer "Eu o conheci quando".

Nav riu.

— Não se precipite.

Kat deu um pulo subindo na lavadora mais próxima, fazendo jus ao seu nome. Sentada de pernas cruzadas, ela estava com o nível de visão quase paralelo ao dele.

— Você é um fotógrafo fantástico e merece isso. Fez isso acontecer, portanto acredite. Não sonhe pequeno, Nav.

Se ao menos isso funcionasse para ganhar Kat.

— Acredite no quanto você é ótimo. — Ela franziu o rosto, como se uma ideia interessante lhe ocorresse, depois ficou olhando pra ele, com uma expressão de descoberta. — Sabe, você realmente é um grande cara.

Ela parecia não estar mais falando de sua fotografia, e sim dele. O coração de Nav parou de bater. Será que era isso? O momento pelo qual ele tanto ansiou? Ele olhava em seus olhos castanhos, quase excitado.

— Sou? — Habitualmente, ele tinha um voz grave e profunda, mas agora saiu como um grasnido de adolescente.

Ela estreitou os olhos, com um lampejo calculado.

— Você sabe da pouca sorte que tenho tido em minha vida amorosa. Bem, a minha família me culpa por isso. Eles dizem que tenho um péssimo gosto para homens, que sou tipo pé-frio quando se trata de relacionamentos.

— Bem... — Droga, ela tinha mudado de assunto. E ele não devia comentar sobre isso. Sim, claro que ela tinha um julgamento horrível no quesito namoro. O ator, o investidor internacional, o esquiador olímpico e medalhista de ouro, o campeão da Nascar? Eles conseguiam arrebatá-la, mas eram completamente errados pra ela. Para ele, não era nenhuma surpresa quando cada relacionamento esplendoroso terminava, mas Kat sempre parecia chocada. Ela detestava que alguém criticasse seu gosto para homens.

— Merilee disse que eu poderia levar um namorado ao casamento, depois ficou perguntando se eu estava namorando alguém, ou se estava entre um rolo e outro. Eu realmente detestaria aparecer sozinha.

Ele já aprendera a não confiar naquele brilho dos olhos dela, mas não conseguia entender aonde ela estava querendo chegar.

— Você acabou de terminar com o cara da Nascar. — Geralmente, ela levava dois ou três meses até se apaixonar por alguém novo. Nesse meio-tempo, ela ficava mais com ele, como vinha fazendo, recentemente.

Os lábios dela se curvaram.

— Adoro quando você diz o "Cara da Nascar" com esse sotaque inglês bacana. Sim, nós terminamos há duas semanas. Mas eu acho que talvez tenha encontrado um cara ótimo pra levar ao casamento.

Droga. O coração dele murchou.

— Você já conheceu, mesmo, alguém novo? E vai levá-lo como seu namorado?

— Se ele for. — O brilho agora estava malicioso. — O que você acha?

Ele achava que só um louco não aproveitaria a oportunidade de passar um tempo com ela. Mas...

— Se você começou a namorar, levá-lo ao casamento pode parecer pressão. E se você pegar o buquê? — Se Nav estivesse ao seu lado e ela pegasse o maldito troço, ele atracaria o padre, antes que ele pudesse fugir, e casaria na hora.

Não que Kat fosse deixar. Ela acharia que ele tinha perdido a cabeça.

— Ah, eu acho que esse cara não levaria a mal. — Ela estava falando e rindo.

— Não?

Ela pulou de cima da lavadora, se aproximou dele e segurou a frente da camisa de jérsei com as duas mãos, e os nós de seus dedos, através do tecido gasto, fez seu coração acelerar e sua virilha se contrair.

— O que me diz, Nav?

— Hã? Sobre o quê?

— Ser meu par para o casamento?

O sangue quente fluiu por suas veias. Ela o estava convidando para viajar até o outro lado do país e acompanhá-la ao casamento da irmã?

Será que ela tinha finalmente aberto os olhos e o coração, e o enxergara? Teria visto que ele, Naveen Bharani, era o homem perfeito pra ela? Ou que talvez a conhecesse melhor que ela mesma. Que a amava tanto por suas vulnerabilidades e falhas, quanto pela competência e força, por sua generosidade e seu senso de diversão, por seus olhos cintilantes e o jeito sexy que suas curvas preenchiam suas calças de corrida nas manhãs de sábado.

— Eu? — ele ergueu as mãos e cobriu as dela. — Você quer que eu vá?

Ela concordou, vigorosamente.

— Você é um fotógrafo promissor. Inteligente, criativo. — Com o rosto perto do seu, ela acrescentou, com os olhos radiantes. — E atraente, também. Seu gosto pra roupas é uma porcaria, mas, se você me deixar produzi-lo, vai ficar bonito. E você é legal. Bondoso, generoso, meigo.

Sim, ele era todas essas coisas, menos meigo — outra palavra de mariquinha, como amorzinho. Mas ele estava confuso. Ela o achava atraente, o que certamente era bom. Mas faltava alguma coisa. Ela não estava se derretendo quanto a ele ser *incrível*, nem dizia que estava *louca* por ele, como fazia, quando se apaixonava por um homem. Seus belos olhos estavam focados, não sonhadores. Não mostravam paixão, nem um novo amor. Então... o que ela estava dizendo?

Ele apertou a mão dela.

— Kat, eu...

— Você vai? Minha família talvez até *aprove* você.

A desconfiança o deixou com a garganta apertada. Ele forçou as palavras.

— Então, eu seria sua prova viva para mostrar que nem sempre você namora babacas.

— Ai. Mas, sim, essa é a ideia. Eu sei que é pedir muito, mas, por favor, você pode fazer isso?

Ele tirou as mãos das dela e deixou os braços caírem paralelos ao corpo, fechando os punhos de frustração.

Alheia, ela segurou a camisa de jérsei com mais força, com os olhos suplicantes.

— É só um fim de semana e eu vou pagar sua passagem e...

— Ah, não vai, não. — Ele se afastou bruscamente, e as mãos dela soltaram de sua camisa. Droga, o ego de um cara só apanhava até certo ponto. — Se eu for, eu pago minha passagem. — As palavras saíram rangidas. Ele desviou, ocupando-se em tirar a roupa da lavadora e passar para a secadora, tentando se acalmar e pensar. O que ele deveria fazer?

Primeiro, o prático. Se ele concordasse, isso afetaria sua exposição? Não, ela só estava pedindo um ou dois dias. Ele poderia acompanhá-la, fazer uma presença com sua família, interpretar o papel que ela lhe designara. Ele marcaria pontos com Kat.

— Nav, eu não poderia deixá-lo pagar pela passagem. Não com você me fazendo um favor tão grande. Então, você vai? Pode pelo menos pensar a respeito?

Claro que ele já tinha acumulado mil pontos e o que isso lhe rendeu? Falando em *papéis*, ela o escalara como o bom camarada há dois anos e não mostrava qualquer sinal de promovê-lo a protagonista.

Ele estava na berlinda.

Mas o negócio era que ele estava cansado de ser solteiro. Queria compartilhar sua vida – se casar e ter uma família. Embora ele e seus pais se amassem mutuamente, seu relacionamento com eles sempre havia sido tenso. Quando criança, ele ficava imaginando se teria sido adotado, pois ele e os pais pareciam muito diferentes.

Ele sabia que "família" deveria significar algo diferente: uma sensação de afeto, de fazer parte, aceitação, apoio. Isso que ele queria criar com sua esposa e seus filhos.

A mãe ficava no seu pé, para um casamento arranjado, mandando fotos e biografias, mensalmente, na esperança de fisgá-lo. Mas Nav queria um casamento por amor. Durante mais de dez anos, ele teve uma vida movimentada de namoros, porém, por mais legais que fossem as mulheres, nenhuma delas o fizera sentir o que ele sentia por Kat. Maldita ela.

Ele se curvou para pegar mais roupas na lavadora e, quando se endireitou, deu uma olhada para ela. Será que ela estava olhando seu traseiro?

— Nav? Por favor? — Ela estava franzindo as sobrancelhas. Seu tom de voz baixou. *A pobrezinha da Kat não consegue encontrar um homem, que pena.*

Ele entendia quanto esse casamento seria duro para ela. Kat se esforçara muito para encontrar o amor, queria tanto, e sempre fracassava. Agora, ela tinha que ajudar a irmã caçula a organizar seu casamento e ficar feliz por ela, embora o coração de Kat doesse de inveja. Ter um bom amigo ao seu lado, fingir para a família ter encontrado um cara legal facilitaria as coisas pra ela.

Sim, ele estava zangado por ela só querer ser sua amiga, mas isso era problema dele. Ele não deveria descontar sua frustração e mágoa em cima dela.

Ele apertou o botão ligando a secadora e virou de frente pra ela.

— Quando você precisa saber?

— Não tem pressa. Faltam duas semanas. Como eu disse, provavelmente vou partir na segunda-feira. Vou pegar o trem até Toronto, depois para Vancouver.

— É uma longa viagem.

— É. O rosto dela se acendeu. — É realmente divertido. Faço isso praticamente todo ano, desde que me mudei pra cá, quando tinha dezoito anos. É como estar de férias com gente fascinante. O trem é um mundo especial. Onde as regras comuns não se aplicam.

Ele sempre viajava de avião, mas já tinha assistido a filmes antigos, com Kat. *Intriga Internacional*, *O Expresso de Chicago*. Trens eram excitantes.

Droga. Agora ele já estava até vendo. Kat ia conhecer algum cara, se apaixonar por ele, fazer um sexo ardente e, em vez de Nav, acabaria levando o cara ao casamento.

A menos que...

Uma ideia – brilhante? insana? – lhe ocorreu. E se ele fosse o cara no trem?

E se ele aparecesse do nada e a pegasse de surpresa? Um choque inicial, depois vários dias juntos naquele mundo especial e sexy onde as regras comuns não se aplicam. Será que ela o veria de maneira diferente?

Se ele analisasse a ideia, acabaria concluindo que era loucura e jamais faria. Portanto, esqueça o lado racional. Ele subiria correndo, entraria na internet e faria uma transferência de sua poupança, que ele não tocara desde que viera para o Canadá.

Tinha sido uma questão de princípio: provar a si mesmo que não era um garoto rico mimado que podia fazer tudo que quisesse. Mas, agora, que se danassem os princípios. Viagens de trem não eram baratas e essa era a chance de ganhar a mulher que ele amava.

Amor não correspondido não era saudável. Ele sairia dessa berlinda de bom colega, deixaria de ser uma porra de um patético e iria atrás dela.

Mas, primeiro, ele tinha que combinar as coisas com Kat para que ela ficasse totalmente surpresa quando ele aparecesse no trem.

— Está bem. — Ele tentou parecer casual. — Eu serei seu cara legal como prova. Vou pegar um voo para o casamento.

— Ebaaaa!! — Ela se jogou nos braços dele com tanta animação que o pegou desprevenido e quase derrubou os dois. — Obrigada, obrigada, obrigada. — Ela deu beijinhos em seu rosto todo.

Mas o que ele queria era beijos indecentes, de abalar a alma, boca com boca, língua com língua. Virilhas grudadas.

Chega. Ele já estava farto da forma como ela o tratava. Farto consigo mesmo por aceitar isso. Agora as coisas entre eles iam mudar.

Ele segurou sua cabeça com as duas mãos e a manteve parada, com a boca bem pertinho da sua.

Os lábios dela se abriram e ele ouviu um breve suspiro.

— Nav? — Será que havia um tremor em sua voz?

Ele deliberadamente encostou os lábios nos dela. Em seus lábios macios, tão macios e quentes. E embora tivesse precisado de toda a sua força de vontade, ele recuou, antes que ela decidisse como reagir.

— De nada — disse ele, casual, como se o beijo tivesse sido meramente "entre amigos".

Mesmo assim, ele sabia que isso a fez lembrar da atração que havia entre eles.

Ela ficaria ligeiramente inquieta.

Sutilmente, ele havia dado um aviso.

Ele seria o cara sexy do trem.

***

Capítulo . 2

O cronômetro da secadora de Nav apitou, mas ele ainda não tinha voltado à lavanderia.

Ele havia concordado em ir ao casamento de M&M, e quando ela estava agradecendo ele saiu correndo, dizendo que precisava fazer algo lá em cima.

Bem, primeiro, ele tinha me lançado aquele olhar indignado. Depois, me beijou e eu quase achei que... quase quis... toquei meus lábios, ainda quentes, pelo breve contato com os dele.

Não, isso era maluquice.

O que eu e Nav tínhamos era perfeito do jeito que estava. Sempre tive uma porção de amigos, mas nunca me senti tão ligada a nenhum deles, como acontecia com Nav. Outras mulheres diziam que namorados vêm e vão, mas é com os amigos que você pode contar. Eu nunca tinha entendido o que isso significava, porque nunca tivera um amigo tão próximo. Agora que eu tinha, não arriscaria nossa amizade, já que todos os relacionamentos em minha vida haviam terminado de maneira desastrosa.

Além disso, enquanto eu procurava um marido, o comportamento de Nav, quanto a namoros, era só brincadeira. Nos dois anos que eu o conhecia, ele nunca tivera nada sério com ninguém. Todo mês tinha alguém novo: uma coleção de mulheres. Da boca pra fora, ele dizia acreditar no casamento, mas, toda vez que eu comentava que sua política de porta giratória não era a melhor maneira de encontrar uma esposa, ele piscava e dizia que estava esperando pela mulher perfeita. Sei, está bem.

Ele ainda não tinha voltado e sua roupa ficaria toda amassada, então abri a porta da secadora e comecei a recolher. Dobrei as calças de moletom, os jeans, as camisetas. Não tinha nada de marca. As roupas de Nav eram bem ao estilo "artista faminto", embora eu estivesse sempre lhe falando das lojas de preços razoáveis que tinham roupas de estilo.

E agora eu colocava no cesto, os shorts que exibiam suas pernas musculosas e sua bunda linda. Camisas do time de rúgbi, com o leão vermelho de Cambridge no peito. Um homem de Cambridge. Nossa, mas que demais.

Cuecas samba-canção. Pretas e em azul-marinho, simples e velhas Stanfield's. Algodão macio que envolvia suas partes íntimas. Droga, seria bem mais fácil se minha melhor amiga fosse uma mulher.

Eu não deveria estar pensando no *pacote* de Nav, mas o negócio é que ele tinha um pacotão excelente. Na verdade, seu corpo todo era bem bonito, como eu havia descoberto, a cada pedacinho tentador. Como nos momentos em que eu o abraçava. Ou quando ele descia a rua para sua corrida matinal e eu por acaso estava na janela quando ele saía. Ou quando ele se esticou para pendurar minha nova luminária, ou ergueu minha escrivaninha, ou consertou o encanamento, embaixo da pia da minha cozinha... Não, eu não estava arranjando tarefas que precisassem de um homem; é que era muito mais fácil ter a ajuda dele do que resolver tudo sozinha.

Ficar olhando também não fazia mal nenhum. Ele tinha ombros fortes, peito firme e uma bundinha de tirar o fôlego, assim como o *pacote*, que já mencionei.

No qual eu não deveria estar pensando. Em nada disso. Nem nisso, nem no sotaque inglês de matar de tão sexy, nem na pele deslumbrante, cor de canela. Eu deveria me concentrar nas roupas sem estilo, nos cabelos desgrenhados que precisavam de um corte, na barba e no bigode que escondiam metade de seu rosto.

Mesmo que ele não fosse meu melhor amigo, e mesmo que estivesse a fim de casar, Nav não seria meu tipo. Eu gostava do polimento de um homem cosmopolita bem-sucedido, misturado à empolgação imprevisível de um *bad boy*. Um homem que me agarrasse e beijasse até me fazer perder os sentidos, em vez de me dar selinhos nos lábios.

Então, eu estava contente porque com Nav era só esse negócio de selinho. Claro que estava. Porque, se ele realmente me beijasse, eu talvez retribuísse. E se nós fizéssemos isso, passaríamos um limite que eu não tinha nenhuma intenção de cruzar.

Uma vez, alguns anos atrás, eu tinha me apaixonado por um vizinho. Quando terminamos, eu me mudei do prédio porque não suportava vê-lo. Eu não ia repetir o erro e correr o risco de estragar o melhor relacionamento da minha vida.

E tudo isso significava que o tamanho do *pacote* de Nav era profundamente irrelevante pra mim, sem chance de continuar pensando nisso.

— Kat, o que está fazendo?

Eu virei, com uma cueca nas mãos, e vi o dono, ainda com aqueles shorts pequenos. Lutando pra não corar, eu disse:

— Dobrando sua roupa.

— Não precisava fazer isso. — Ele inclinou a cabeça, me observando. — Você está ficando vermelha.

Droga. Eu dobrei a cueca e coloquei no cesto. Totalmente casual. E menti:

— Eu estava pensando no casamento. Minha família.

— Ah. — Ele virou na direção da secadora. — Eles realmente afetam você. — Flexionando os músculos dos antebraços, ele colocou o restante das peças secas por cima das que eu tinha dobrado, amassando tudo.

Distraída por seus músculos, tentei me lembrar do que ele disse.

— É. Não é pra isso que serve a família? — dei um sorriso triste. — Na minha família, o amor é incondicional, mas certamente não vem sem julgamento. Esse é o motivo para que eu não visite mais de uma vez por ano.

Meu lar já não era mais a casa da minha família, em Vancouver. Era o meu apartamento remodelado, no prédio de tijolinhos perto da St. Catherine, próximo ao coração da vibrante Montreal, onde eu morava ao lado do meu melhor amigo.

— Eu sei exatamente o que você quer dizer. — Ele recostou na lavadora, todo casual, com sua força e graça masculina, apesar da roupa desbotada de corrida e dos cabelos desgrenhados. Não que eu, sem esperar ver alguém tão cedo, estivesse com uma aparência muito melhor, embora minha calça de corrida fosse Lululemon.

— Recebi outro e-mail da minha mãe — disse ele —, me pressionando pra que eu me mude pra Nova Delhi. Desde que ela e meu pai voltaram pra lá, eles estão ficando cada vez mais tradicionais.

— Ahn ahn. — Eu sacudi a cabeça. — Você não tem permissão pra isso. — Nós repetimos essa conversa três ou quatro vezes, ano passado, e eu sabia - quase - que ele nunca se mudaria. Mas também sabia que morar no Canadá era um motivo de briga entre ele e os pais. Nav estava sempre ouvindo sermão por ser um filho desrespeitoso.

Ele fechou o rosto e eu fiquei tensa. Certamente ele não estava pensando em mudar. Meu apartamento, Montreal, a minha vida, nada seria igual sem ele.

Ele lentamente balançou a cabeça, seus cachos brilhantes captando a luz.

— Não, eu não vou me mudar pra Índia. Amo minha família, mas ter meio mundo entre nós é uma coisa boa.

Eu soltei o ar que estava prendendo.

— Ótimo. Como eu sobreviveria sem você?

— Não sobreviveria — ele provocou. Seu olhar abrandou. — Kat, você sempre irá sobreviver. É uma mulher forte.

— Sim, eu sou. Uma garota durona — eu brinquei. Mas ele estava certo. Eu tinha sobrevivido crescendo em minha família estranha, mudando para uma nova cidade, trabalhando e falando francês, e tinha sobrevivido após ter o coração partido mais de uma dúzia de vezes. Mas eu não queria sobreviver sem Nav.

Uma das minhas secadoras desligou e eu virei para cuidar da roupa delicada. Enquanto estava caprichosamente dobrando, a segunda secadora apitou.

Nav abriu a porta e tirou uma calça de algodão e uma camiseta. Quando ele começou a jogar em cima da minha pilha arrumada, eu peguei tudo das mãos dele.

— Obrigada, mas eu prefiro a roupa dobrada. Ao contrário de *algumas pessoas*, não gosto de roupa amassada.

Ele deu um sorriso torto.

— *Algumas pessoas* dão muito valor à aparência, bens materiais, essa porcaria toda.

— *Algumas pessoas* gostam de causar uma boa impressão.

Há muito tempo, nós já tínhamos estabelecido que éramos diferentes em muitas coisas, e o negócio da aparência era uma piada frequente.

Eu continuei dobrando e dei uma olhada no relógio.

— Preciso ir ao hotel e reorganizar os horários, deixar instruções para todos, reagendar algumas reuniões. — Meu emprego era desafiador, mas eu adorava. Adorava ter um papel-chave em uma equipe de pessoas inteligentes e dinâmicas, determinadas a fazer do Le Cachet o melhor hotel de Montreal.

Pegamos nossos cestos de roupa e seguimos ao elevador. Quando chegamos ao terceiro andar, coloquei o cesto no chão para procurar a chave da porta no bolso.

— Tem um encontro picante essa noite? — perguntei.

Eu, certamente, não tinha. Fazia só duas semanas que eu havia dispensado meu último equívoco, Jean-Pierre. O belo campeão da Nascar dissera estar seriamente interessado em mim, e seus presentes caros contavam a mesma história. Mas ele seguiu adiante - ou por ser um desgraçado traidor, ou porque eu o entediava - e meu coração ainda parecia machucado.

— E por que você está perguntando sobre minha vida amorosa...? — Nav ergueu as sobrancelhas.

— Achei que podíamos nos encontrar para um jantar mais tarde. — Depois de um dia longo e caótico no Le Cachet, seria ótimo relaxar com ele. Além disso, nós precisávamos comemorar sua exposição.

Ele ficou me observando por um longo tempo.

— Uma de nossas velhas noitadas de comida e filme? — Havia um tom estranho em sua voz.

Será que ele estava com medo de que eu pedisse outro favor? — Sim, só isso. Não vou pedir mais nenhum favor, sério. Se você tiver um encontro, ou algo assim, não cancele.

Ele refletiu, talvez revisando a agenda na cabeça. Ele não apenas saía com uma porção de mulheres, mas seus rompimentos geralmente pareciam amistosos e ele estava sempre tomando um café com alguma ex, enquanto saía com alguém novo. E também tinha uns três ou quatro amigos, com quem sempre se encontrava.

Finalmente, ele disse:

— Nada de encontro, nada de nada.

Era ridículo ficar contente. Por mais ridículo que fosse, pela manhã, quando eu estava saindo para o trabalho e ele chegava em casa se arrastando, exausto, com cara de quem tinha feito sexo a noite inteira, precisando desesperadamente dormir, isso me deixava de mau humor pelo resto do dia. Esse negócio de ser melhor amiga de um cara bonitinho pode ser bem complicado, mas Nav valia a pena.

— Terei que me contentar com você — ele brincou.

— Ei, olha o insulto. Eu ia trazer uma garrafa de champanhe para comemorar sua exposição.

Seus olhos chocolates brilharam de malícia.

— Nesse caso, eu não consigo pensar em nenhuma outra mulher do mundo, com quem eu queira passar a noite.

Eu ri.

— Oh, estou *tããão* lisonjeada. Tudo bem, champanhe será.

— Vou comprar uma *tourtière* Les Deux Chats.

Ele sabia que a torta picante, uma tradição de Quebec, era minha comida caseira preferida.

— Provavelmente só chegarei em casa por volta das nove. Tudo bem?

— Claro. Eu também tenho um dia movimentado. Bata na porta quando chegar em casa.

— Você é um amorzinho.

Foi uma careta que vi em seu rosto? Ele virou antes que eu tivesse a chance de olhar outra vez.

Tinha passado mais de doze horas e, arrastando os pés de cansaço, com a barriga roncando pelo longo tempo desde a salada do almoço, bati na porta de Nav.

Ele abriu, com uma calça de moletom e uma camiseta desbotada, de mangas cortadas.

— E aí, Kat?

— Cansada. Com fome. — Eu recostei no portal e tentei não notar seus ombros musculosos morenos. — Dia muito, muito comprido. — Eu ergui a sacola que carregava. — Eu trouxe champanhe.

— Ótimo. Vá se trocar e eu levo a comida.

Eu sorri. Como era bom não precisar ficar alerta. Poder relaxar, ser eu mesma.

Depois de entrar em casa, deixei a porta destrancada para ele. Seu apartamento era menor que o meu e cheio de equipamento fotográfico, então nós sempre ficávamos no meu.

Tirei meu terninho de trabalho, os sapatos e o sutiã, me espreguicei de alívio. O dia de trabalho tinha terminado, era hora de desacelerar.

A noite de junho estava quente, então, em vez de calça de moletom, eu escolhi uma salwar kameez de algodão — uma túnica em tons de amarelo e azul, por cima da calça solta, de cadarço na cintura. Leve e feminina. Eu tinha visto as mulheres indianas usando-as em Montreal e comentei com Nav.

Ele dissera que, segundo sua mãe e suas tias, o traje só tinha um caimento perfeito se fosse feito sob medida. Em sua visita seguinte à Índia, para visitar a família, ele havia levado minhas medidas e me trouxe três conjuntos. As roupas eram tão confortáveis e lindas que eu fiquei viciada.

Ouvi uma batida na porta do meu quarto.

— O jantar está pronto.

— Estou indo.

Nós comemos na mesinha de jantar que ficava entre a cozinha e a sala de estar. Eu a utilizava somente para servir jantares elaborados para impressionar namorados. Nav e eu costumávamos nos esparramar no sofá, com a comida e os pés brigando pelo espaço da mesa de centro.

Sentei no meu lado do sofá, aconchegada e tranquila, em meio aos móveis interessantes que eu havia escolhido, em leilões e vendas de garagem – tapetes de tramas, arte folclórica de Quebec, meia dúzia de plantas floridas. Embora essa manhã Nav e eu tivéssemos mencionado um filme, em vez disso, ele tinha colocado um CD. Um que ele tinha me dado. Uma música *new age* agradável, com piano, flauta e sitar, que combinava com meu humor.

Assim como o aroma da torta picante de porco que estava na mesinha de centro. Sem mencionar a visão de Nav carregando pratos e talheres da minha cozinha. Era sempre um prazer vê-lo em movimento. Jogador de rúgbi na escola e agora corredor, ele tinha a força e a graça de um atleta. Tanto quanto o esquiador olímpico que eu havia namorado.

Conforme Nav colocou os pratos, o cheiro apimentado fez minha barriga roncar. Graças a Deus ele comia porco.

Ele encontrou a garrafa de champanhe que eu havia posto na geladeira. Moët Chandon Grand Vintage 2000 Brut. Ela estava fechada, na mesa de centro, com duas taças.

— Tem certeza de que quer tomar isso hoje? — perguntou ele. — É bem chique. Eu tenho um Beaujolais lá em casa.

— Você merece algo chique. Meu Deus, Nav, é sua primeira exposição. Isso é muito importante.

Ele deu um rápido sorriso.

— Obrigado. Tudo bem, faz de conta que você me obrigou. — Ele tirou o laminado, afrouxou o arame e, usando um pano de prato, foi girando a garrafa, soltando a rolha, com a habilidade de um sommelier. O líquido dourado espumou em nossas taças.

Eu ergui a minha para ele.

— A um grande passo na sua estrada ao sucesso.

— Dois passos à frente. E sucesso. — Ele bateu a taça na minha.

Havia algo em sua voz, uma determinação, um fogo, que me deu um arrepio, mas um arrepio bom, que percorreu minha espinha. Um homem com essa paixão e esse ímpeto conseguiria o que quisesse.

Experimentamos o champanhe e suspiramos de prazer. Esse é um dos meus prediletos. Fruta, mel, fermento e um toque ardido. Fresco, rico, elegante. Perfeito para uma comemoração. Falando nisso...

Ergui meu copo mais uma vez.

— E esse é para M&M. Que eles tenham uma vida longa e muito feliz juntos. — Eu sabia que teriam. Estavam juntos desde os sete anos e se apoiavam muito um ao outro.

Nav bebeu a esse brinde também.

— Que delícia de champanhe, Kat.

Eu desconfiava que ele raramente, ou nunca, tomava um champanhe tão caro. Ele se recusava a falar de dinheiro – e sempre brigava comigo para pagar a conta – no entanto, estava claro que vivia com um orçamento apertado.

— Que bom que você gostou. — Eu torcia para que sua exposição fosse um grande sucesso e ele finalmente pudesse comprar algumas das melhores coisas da vida.

— Mas é elegante demais para uma noite caseira, com um amigo e um prato de *tourtière*.

Talvez seja, mas parecia certo para aquela noite.

— Nav, isso é perfeito. Voltar pra casa, comer, ouvir música. Você cuida de mim como... ah, uma esposa dos anos 1950.

Ele se inclinou à frente para cortar a torta, e havia um tom estranho em sua voz quando ele disse:

— Para isso que servem os amigos. — No entanto, quando olhou acima, ele estava com o mesmo sorriso quieto de sempre, meio escondido pelo bigode e a barba.

— Eu realmente gostaria que você tirasse essa barba — eu disse, pela zilionésima vez. Eu morria de curiosidade de ver como era seu rosto, por baixo de todo aquele pelo encaracolado preto. Com a barba, seu rosto tinha um formato arredondado e juvenil, mais para bonitinho do que para bonito. Claro que ele podia estar disfarçando um queixo fraco ou marcas de acne.

— Você é obcecada demais por aparências. — Ele deu sua resposta habitual e me entregou um prato com um belo pedaço de *tourtière*.

Ele também se serviu e nós dois começamos a comer.

— Teve um dia bom no escritório, querida? — perguntou ele, num tom açucarado.

Levantei os olhos e vi o brilho nos dele. Ele estava encenando o meu comentário sobre a esposa.

— Bonitinho. — Franzi o nariz. — Meu dia foi estressante. Viajar com pouca antecedência é difícil.

— Assim como pensar em Merilee se casando. — A mão de Nav encostou em meu antebraço. Sem dúvida, ele teve a intenção de um gesto consolador, mas deu uma sensação de carícia, lançando uma onda de... excitação. Droga.

A mão dele se afastou, pegou seu copo e eu estremeci, eliminando a sensação.

— Eu sei que você quer a mesma coisa — disse ele. — Mas você fica namorando homens que são... — ele sacudiu os ombros.

— Eu sei, eu sei. Tenho uma péssima sorte.

— Você escolhe, é... homens muito dramáticos.

Isso era verdade.

— Não tenho culpa de me sentir atraída. — A atração de opostos é normal. Sou uma pessoa bem comum. Nada de brilhante, como meus pais e Theresa, minha irmã mais velha, nem deslumbrante como Jenna, um ano mais velha que eu. Fazia sentido se sentir atraída por homens incríveis. E quando a atração de um desses homens era recíproca, eu ficava arrebatada.

Nav deu um sorriso sem graça.

— É bem verdade.

Disse ele, que todo mês ficava a fim de alguém.

— E, ao contrário de você — eu disse —, eu namoro sério. — Pra mim, é uma perda de tempo ficar saindo à toa. Eu só saía com homens com quem pudesse imaginar um futuro. — Quero um cara pra sempre.

— E você acha que esses homens com quem sai são caras pra ficar pra sempre?

Obviamente, nenhum deles havia tido esse desfecho.

— Achei que fossem, quando os conheci. — O que apenas provava o quanto eu julgava mal, ou que eu não possuía o necessário para mantê-los interessados e fiéis.

— Por quê?

— Porque sou uma otimista. — Meu tom pareceu meio irritado, mas me sentia sensível com relação a isso. Estava acostumada à minha família fazendo piada do meu mau gosto e do negócio de ser pé-frio, mas será que o Nav também tinha que ficar implicando comigo? Ele geralmente era bom ao oferecer um ombro para chorar, sem julgamento. Por que ele estava agindo diferente essa noite?

— Eu sei, Kat, e essa é uma ótima qualidade. Mas você também precisa ter bom-senso. Você conhece o cara olímpico, ou o cara da Nascar e já fica maluca por ele, pensando em ficar para sempre. O que é isso, com relação a eles? Ou tem menos a ver com eles e é mais por você estar desesperada pra casar?

— Não estou *desesperada*, droga. Só porque eu quero casar e você não...

— Eu quero. Só não...

— É, claro, eu sei. — Talvez, em cinco ou dez anos. Sua política atual, de porta giratória, não tinha finalidade nenhuma de achar uma esposa.

— Desculpe por eu ter dito isso — disse ele, baixinho. Eu sei que não está desesperada. Mas, talvez, quando olhe esses caras, você veja o que quer. Um possível marido. Em vez de enxergar o que realmente está diante dos seus olhos.

Será que ele estava certo? Droga, isso estava seguindo o rumo da psicologia pop de autoanálise, o tipo que, em minha humilde opinião, só deixava as pessoas deprimidas.

Quando minha família ficava falando o mesmo papo de sempre, sobre meu péssimo gosto, e do meu pé frio em relacionamentos, eu sempre tentava deixar pra lá. Doía demais pensar que minha vida sentimental se resumia a atrair fracassados ou homens fortes que rapidamente se cansavam de mim.

Deus, eu detestava esse negócio de introspecção.

— Vamos assistir a um filme.

Geralmente, Nav concordava, mas, essa noite, ele disse.

— Não estou com vontade.

Pelo menos, ele mudou de assunto.

— Você já reservou o trem? — perguntou ele, segurando o prato de torta em minha direção e oferecendo o último pedaço da *tourtière*.

Seu braço musculoso estava ainda mais tentador que a torta. Eu sacudi a cabeça.

— Não, obrigada. E sim, eu reservei, hoje de manhã.

Ele colocou o pedaço em seu prato.

— Qual é seu plano?

Expliquei minha programação pela décima vez, hoje.

— Trabalho, na segunda de manhã, depois pego o trem das 15h40, para Toronto. Chego por volta de 20h30 e fico no Royal York, em frente à estação. Depois, pego o trem da manhã para Vancouver e chego lá bem cedinho, na sexta.

— Tomara que você conheça uma ou duas pessoas fascinantes. — Havia um tom estranho em sua voz, mas ele olhava para o prato e aquele cabelo desgrenhado dificultava que eu visse sua expressão.

Falando do cabelo, e de sua aparência geral... Mais cedo, eu tinha mandado um e-mail para minha irmã Theresa, contando que eu estava levando Nav ao casamento, como meu acompanhante. Aproveitando meu direito de me gabar, eu o descrevi como bonito e bem-sucedido. E ele era, à sua maneira.

Sua carreira estava decolando e eu estava muito empolgada por ele. Agora era a hora de se vestir para o sucesso. E para ser um acompanhante invejável no casamento também.

Para nós, as discussões sobre aparência sempre foram uma piada, um beco sem saída. Como eu poderia fazê-lo ouvir agora?

Eu engoli o último pedaço de torta e coloquei meu prato vazio na mesa de centro.

— Falando nisso — eu disse, casualmente —, você tem um terno? — Eu nunca tinha visto ele com um, mas todo homem tem um terno, não?

Ele franziu os lábios, depois abrandou.

— Para o casamento? Eu posso arranjar alguma coisa.

Como eu já conhecia seu gosto para roupas, detestava pensar no que ele podia *arranjar*.

— Humm. — Eu mordi meu lábio. Será que eu conseguiria convencê-lo a deixar que eu lhe comprasse um terno fino? Não, não se ele brigava para pagar a pizza.

Eu respeitava o orgulho masculino, mas, que droga, isso também tinha a ver com o meu orgulho. Ele precisava de uma repaginada antes de conhecer minha família. Eles eram cruéis com namorados. Eu nunca tinha levado um homem em casa que tivesse sido aprovado, e a aparência de Nav seria um ponto forte contra ele.

Talvez, se eu comprasse um terno e mandasse entregar, sem recibo que o permitisse devolver... Ainda tentando agir de forma casual, eu perguntei:

— De qualquer forma, de que tamanho é?

***

Capítulo . 3

De que *tamanho* é? Nav quase engasgou com a última garfada de *tourtière*. Exatamente de que parte de sua anatomia Kat estava perguntando?

Então, ele percebeu. Ela estava falando do tamanho de seu terno. Droga, a mulher estava tentando vesti-lo para que ele impressionasse sua família. Mas que diabos havia de errado com ele do jeito que era?

Ele tinha sido criado por uma mãe que só pensava nessa merda e tinha frequentado um colégio com garotos que julgavam pela aparência. Pela imagem, pelo status, pelas prospecções de emprego, não pelo tipo de pessoa que você é por dentro. Ele detestava aquela porra.

Ele e Kat tinham pontos de vista diferentes quanto à aparência e essa era uma das coisas que se tornara uma piada entre eles. Mas essa noite ela tinha ido além das provocações e estava começando a irritá-lo.

Nav ruidosamente colocou o prato na mesinha e a encarou estreitando os olhos.

— Eu posso me vestir sem sua ajuda.

Ela arregalou os olhos de surpresa. Depois, encarou de volta.

— Nav, sou totalmente grata por você vir, mas encare os fatos. Isso é um casamento. Você já tirou fotos de casamentos. Sabe que o jeans e a camiseta de artista faminto não servem para um convidado. Você precisa de roupas de adulto.

Roupas de adulto? O que tornava um terno mais adulto que um jeans? Quando era garoto e depois rapaz, ele vestiu ternos suficientes para uma vida inteira. Mas ela tinha razão. Como convidado do casamento de sua irmã, ele deveria seguir o traje indicado.

— Certo, tudo bem — disse ele, ranzinza. — Vou dar uma olhada em algumas lojas de aluguel.

— Lojas de aluguel. — Ela olhou-o, cautelosa. — Eu vou escrever os nomes das melhores.

As melhores, significando lojas que tinham roupas de estilistas usadas somente uma vez. O tipo de loja onde ela comprava muitas de suas roupas de classe. Certo, talvez ele seguisse sua sugestão. Não ia querer constrangê-la diante de sua família.

Talvez ele até usasse um terno no trem. Ele conteve um sorriso. Isso a deixaria abalada.

Talvez ele cortasse o cabelo e raspasse a barba. Fazia anos que não via o próprio rosto. Provavelmente nem se reconheceria.

Nav não estava totalmente certo por que havia concordado com essa noitada de amizade, mas isso estava lhe dando ideias interessantes. Se ele quisesse que Kat o visse de outra forma, um terno de grife talvez ajudasse.

Em vez de concordar com seu ponto de vista, ele resolveu se divertir um pouco com ela.

— O Exército da Salvação tem um brechó.

Ela recostou, sacudindo a cabeça.

— A aparência importa, droga. — Depois de um instante, sentou ereta outra vez. — Vamos pegar essa manhã como exemplo.

— É... — O que teve essa manhã?

— Na lavanderia. Eu estava de calça de moletom, certo?

Feita de um tecido macio, aderindo às suas curvas. Igual ao algodão leve da salwar kameez, dessa noite. Para ele, já era suficiente ter notado que sob a blusa fininha ela só estava com um top. Nada de sutiã. Ele limpou a garganta e mudou de posição, conforme sua virilha se contraiu.

Ela fez uma careta. Claro, você nem se lembra. De qualquer forma, pode acreditar, eu estava de calça de moletom. Eu tinha acabado de sair da cama e peguei a primeira coisa que apareceu.

Ah, cara, a imagem dela saindo cama, toda quentinha e macia - será que ela dormia nua? - bagunçou sua cabeça. Se esse plano do trem desse certo, ele descobriria o que ela usava pra dormir. Ele casualmente puxou a camiseta larga por cima da calça de moletom, para esconder sua ereção que aumentava.

Ela continuava falando, alheia ao efeito que lhe causava.

— Depois, você me viu quando voltei do trabalho. Provavelmente também não se lembra disso, mas eu estava usando um terno social, salto alto, maquiagem.

Também estava ótima, de um jeito totalmente diferente. Quando a viu, vestida para trabalhar, toda elegante e profissional, ele teve um ímpeto esmagador de arrancar suas roupas. De despenteá-la, derrubá-la e...

— Nav? — Seu tom foi incisivo. — Você está prestando atenção?

— Claro. — Ele conteve um sorriso. — Continue.

— Estou dizendo que a aparência conta. Confie em mim.

Mesma lenga-lenga.

— Não é a fachada que importa, é o que está por baixo. — Olhe a Margaret, a garota inglesa que ele planejava pedir em casamento. No fim das contas, ela só representava uma imagem. Quando ele escolheu fotografia, em vez da carreira corporativa de alto poder que seus pais tinham preparado para ele, Margaret deu no pé.

Quando ele se mudou para Quebec, a fim de estudar, ele não tinha mencionado o negócio multinacional de sua família, vivia com um orçamento apertado, em vez de ficar tirando dinheiro da poupança, e se vestia com conforto, em vez de estilo. *O que você vê é o que você leva. É pegar ou largar.* Muitas mulheres estavam felizes em pegar. Por que diabos Kat não estava?

— Eu sou mulher, trabalho com relações públicas e estou lhe dizendo que as duas coisas contam — ela disse, firmemente. — Olhe o Le Cachet. Nós oferecemos uma imagem adorável, luxuosa, e o que há por trás combina. É pura qualidade. E todos nós, que trabalhamos lá, transmitimos essa imagem com nossas roupas, nosso asseio, nossa postura.

Humm. Isso até que fazia sentido. Mas...

— E quanto a esses caras que você namora? Ali, você só vai pela fachada.

— Não vou, não! Eu quero essência. Profundidade. — O protesto veio rapidamente, depois ela fechou os lábios apertados, franzindo um pouquinho o rosto.

Ele esperou, dando-lhe tempo para refletir. Para ele, qualquer cara com profundidade veria como Kat era incrível e não a deixaria escapar.

Ela disse, lentamente:

— Tudo bem, talvez eu me deixe levar um pouco pelo estilo, charme, beleza. Homens bem-sucedidos, com carreiras empolgantes. Acho que fico ligeiramente deslumbrada.

Deslumbrada de cegueira, para não enxergar por baixo da superfície.

— Nossa, você acha?

— O que há de errado em querer alguém que seja atraente e bem apresentável? — ela disse, inflamada. — Alguém que faça coisas interessantes, que seja bem-sucedido?

Droga. Agora ela o fez pensar. Sim, claro que ele achava Kat atraente e era inquestionável que ela se apresentava bem, tanto com seus ternos estilosos de trabalho quanto com as roupas elegantes de noite, corpetes combinando com jeans finos, ou *salwar kameezes* que ele mandara fazer para ela, em Nova Delhi. Ah, sim, ele gostava de olhar para ela.

Claro que ele a achava interessante e, sem dúvida, ela era bem-sucedida.. Contrariado, ele admitiu:

— Acho que não há nada de errado com isso. Mas você não deveria primeiro olhar a personalidade, e não a aparência? E se você se importa com alguém, faz diferença se é bonito ou comum? Se é um medalhista olímpico, ou um... é... — Ele não podia dizer "fotógrafo".

— Professor? Escavador de fossos? Talvez eu não devesse, mas quero alguém que seja mais que apenas... mediano. — Ela murmurou algo que pareceu — Eu já sou mediana o suficiente.

Ele devia ter entendido errado. Prestes a perguntar, ele parou, quando ela disse:

— É como acontece quando vou dar uma olhada nas vitrines. Não são os vestidos comuns que chamam minha atenção, são os deslumbrantes.

Vestidos deslumbrantes e homens de sucesso.

O que ele estava pensando com esse seu plano maluco? Mesmo que aparecesse no trem de terno, ele ainda seria Nav. Um homem três anos mais novo que ela, que estava apenas começando sua carreira, que não tinha nada de deslumbrante. Ela lhe diria a mesma frase de sempre, que o via como um amigo e blá-blá-blá.

Falando em sua carreira, ele deveria ficar em casa e se concentrar em sua exposição, que talvez pudesse abrir algumas portas. Por que colocar isso em risco e arrumar sarna pra se coçar, tentando ganhar o amor de Kat?

Vamos encarar, estava na hora de seguir adiante com sua vida.

Ele devia deixar seus sentimentos por Kat para trás e dar uma chance justa a outras mulheres. Ele achou que estivesse fazendo isso, mas seu empenho talvez se perdesse, pois ele ainda tinha esperanças de que Kat, algum dia, retribuiria seu amor.

Ele estava tão mergulhado na própria melancolia que nem notou que ela também estava quieta havia um tempo.

Então, ela disse:

— Não são necessariamente os homens deslumbrantes que busco. São os que fazem o melhor uso daquilo que possuem. Como eu faço. Eu não sou bonita...

Ele não pôde conter um som de protesto.

Ela riu.

— Ah, isso é gentil, mas eu não sou. Jenna é a beldade de nossa família. Eu tenho um porte decente, feições razoáveis, um cabelo legal. Se eu me mantenho em forma, arrumo o cabelo, uso um pouquinho de maquiagem e me visto bem, pareço bem mais bonita do que realmente sou.

— Pra mim, você sempre parece ótima. — Ele tentou não soar perdidamente apaixonado e resistiu à vontade de olhar para ela, temendo que seu rosto o entregasse.

— Conversa fiada de um bom amigo.

Nav cerrou os dentes, *armadilha do amigão* ecoando em sua cabeça.

— Um amigo homem. — Ela lhe deu um soquinho de leve, no ombro. — Uma mulher teria feito uma avaliação detalhada de meus pontos fortes e fracos, como eu e minha irmã fazíamos quando eu morava lá. Com relação à aparência, as mulheres são mais analíticas e objetivas do que os homens.

— Mais obcecadas. — Ele cruzou os braços.

— Mas essas coisas também são importantes para os caras. — Ela se encolheu no sofá, de frente pra ele. — Nav, você tem que ser capaz de se identificar com isso. Seu trabalho é inteiramente sobre representação visual e a mensagem que ela transmite. Qual é mesmo o nome da exposição?

Ele deu uma olhada pra ela. Aonde ela estava querendo chegar?

— Perspectivas da Perspectiva.

— Certo. Percepções, mensagens. Imagem e o que está por trás dela.

Seu cérebro estava tentando entender o que ela dizia, mas ela prosseguiu falando depressa.

— Pense na noite de abertura da sua exposição. Aquela galeria elegante, seu trabalho nas paredes, emoldurado, iluminado, exposto com perfeição. — Kat abanou as mãos, como se imaginasse a cena. — As pessoas com taças de champanhe. — Ela ergueu a sua, num brinde. — Admirando suas fotos.

Ah, sim, ele teve que sorrir com essa visão.

— Eles querem conhecer o artista — disse Kat. — E lá está você, *tchã-nã!* Naveen Bharani, o fotógrafo brilhante. Vestido de calça de moletom? Uma velha camisa de rúgbi?

— Claro que não.

— Então, com o quê? Jeans e uma camisa?

Ele não tinha pensado nisso. Mas agora que pensou...

— Não seria com um terno. Fica enfadonho demais.

O rosto dela se acendeu, como se ele tivesse lhe dado uma caixa de chocolates Godiva.

— Exatamente! Agora você está pensando em imagem. Você não deve parecer enfadonho, nem um artista faminto. Precisa parecer um fotógrafo de sucesso. Jeans pode ser legal, mas precisa ser um jeans de marca. Com uma camisa elegante, ou um suéter leve. Um suéter com gola V, talvez preto. Algo que mostre seu porte excelente e sua cor maravilhosa.

Ela achava que ele tinha um porte excelente e uma cor maravilhosa?

— Você precisa fazer o que eu faço — disse ela. — Aproveitar ao máximo o que você tem.

Ele tinha taxado sua obsessão com aparência como se fosse a mesma coisa esnobe com a qual ele crescera e detestava. No entanto, agora que ela estava explicando, seu ponto de vista fazia algum sentido. Sim, ele, logo ele, precisava entender sobre perspectivas e percepções.

Olhando seu problema sob esse ângulo... da perspectiva de Kat, ele era um velho amigo. Ele precisava alterar essa percepção e fazer com que ela o visse como alguém diferente.

Como... um estranho? Parte da mística dos trens era conhecer um estranho fascinante.

A empolgação correu por suas veias. Isso era maravilhoso. Ele poderia aparecer no trem como um estranho, o tipo de homem que a encantava. Roupas chiques, cabelos cortados, barbeado. Um anel de diamante chamativo, dado por seus pais em seu aniversário de vinte e um anos, que ele deixava guardado no banco. Ele havia criado uma imagem radicalmente diferente, não apenas Nav de terno.

Ela saberia que era ele, no entanto não seria ele. Será que ele poderia criar um jogo "estranho sexy no trem" e persuadi-la a entrar?

Ele deu uma olhada para Kat, que estava dando um gole no champanhe. Será que ele seria capaz de arrebatá-la? Teria coragem de fazer algo tão ousado?

Ele podia ser um cara tranquilo, mas não era nenhum covarde. Na Inglaterra, ele tinha passado a infância sendo regido pelas expectativas dos pais. Então, chegou a um ponto de ruptura. Não podia mais ser o que a mãe e o pai queriam, portanto partiu para seguir sua paixão pela fotografia, embora não tivesse a aprovação deles.

Bem, sua paixão por Kat era ainda mais forte e ele estava farto de deixar que as expectativas dela conduzissem o relacionamento deles. As coisas entre eles certamente *tinham* que mudar.

Ora, é isso mesmo. Ele podia se reinventar. Como dizia o velho ditado: *Tudo é justo no amor e na guerra.*

Com a adrenalina correndo nas veias, ele ficou de pé.

— Hora de ir pra casa. Tenho umas coisas pra fazer e você precisa de uma boa noite de sono.

— Mas ainda temos que conversar sobre os detalhes do casamento — ela reclamou. — Seu terno. A passagem de avião. Nós precisamos...

— Combinamos depois. — Ele a cortou e estendeu a mão. — Venha.

Ela pôs a mão na dele e deixou que ele a levantasse. — Tem alguma coisa diferente em você essa noite.

— Tem? — O amigão teria juntado a louça e colocado na lavadora, mas Nav caminhou direto para a porta.

Kat o seguiu.

— Não consigo identificar o que é.

— Estou com muita coisa na cabeça. — Ele lutou para manter o rosto sério.

— Eu sei. Mais uma vez, parabéns pela exposição. Isso é fabuloso. E, novamente, obrigada. — Ela jogou os braços ao redor dele. — Você é o melhor, Nav.

— Isso, eu sou. — O melhor homem para ela. Em seu subconsciente, ela tinha que saber disso.

Ele não pôde resistir a beijá-la no rosto, bem de leve. Ah, sim, era desvantagem ter pelos no rosto. Ele mal podia tocar a pele dela. Isso mudaria muito em breve.

Ela recuou rapidamente, deu uma risada nervosa.

— Faz cócegas.

— Faz? — Da próxima vez que ele beijasse Kat, ele com certeza causaria uma reação bem diferente.

***

Capítulo . 4

A Estrada Ferroviária Via Rail, que ia de Montreal a Toronto, era uma velha amiga. Eu a pegava pelo menos uma vez por mês, a negócios, pelo Le Cachet.

Ao me acomodar numa poltrona confortável, junto à janela, tomei um gole do café expresso que eu tinha trazido da Central Station e dei uma bela espreguiçada. Sim, haveria estresses de família ao longo das duas semanas seguintes. Mas o principal era que minha irmã caçula estava se casando e eu tinha duas semanas de férias.

Eu tinha mudado de roupa no Le Cachet, deixando minha personalidade profissional para trás, no escritório. Agora, eu estava vestindo meu jeans predileto, *Miss Sixty*, com um corpete rosa choque e, por cima, uma blusa de gaze, sem mangas.

Olhei pela janela, vendo o movimento da estação subterrânea, imaginando quem sentaria ao meu lado.

Engraçado como irmãs podiam ser tão diferentes. Theresa preferia textos acadêmicos a seres humanos, Merilee ficava praticamente só com Matt, e Jenna e eu éramos realmente extrovertidas.

Eu torcia para que essa tarde eu tivesse um companheiro de viagem que estivesse a fim de conversar, pelo menos por parte das quatro horas e meia até chegarmos em Toronto.

Talvez um homem bonito e charmoso? Não. Não fazia nem três

semanas que Jean Pierre tinha me dispensado. Meu coração não se recuperava tão depressa.

Pensar em relacionamentos me fez lembrar de minha conversa com Nav, no sábado à noite. Ele tinha razão quanto à minha tendência de me apaixonar perdidamente. Era como ver um lindo vestido que eu *precisava* ter. Com homens, eu tinha visto o campeão olímpico, ou o campeão da Nascar, lindos, sensuais e fascinantes, e se um deles realmente se sentiu atraído por mim, como eu não me apaixonaria por ele?

Claro que se tratando do vestido adorável, depois de experimentá-lo, eu sabia se ficaria bom, e a etiqueta era uma garantia de qualidade. Com um homem, talvez eu falhasse em olhar além da superfície, checar a verdadeira qualidade e compatibilidade, em termos de personalidade e valores. Talvez esse fosse o motivo para que tantos homens acabassem me decepcionando.

Em outros casos, eu que temia decepcioná-los. Eu não era suficientemente bonita, empolgante e sexy para prender a atenção deles. Eles seguiam adiante, arranjavam outra mulher, como Jean-Pierre tinha feito.

Uma ideia depressiva. Porém, sendo uma mulher de ação, eu não ficaria pensando nisso. Na verdade, eu precisava de um plano de ação para não repetir o mesmo erro.

O que eu precisava fazer era evitar a parte de me apaixonar perdidamente. Atração era legal, mas eu tinha que dar um tempo para o amor, até que conhecesse o cara por... ah, talvez, um mês. É, isso fazia sentido. Depois de quatro semanas de namoro, eu me concentraria em conhecer o homem por trás da fachada e, com sorte, poderia identificar qualquer falha importante. E também, se ele estivesse se cansando de mim, até essa época, provavelmente haveria sinais.

Satisfeita pela minha abordagem proativa, eu concentrei minha atenção para fora da janela, apreciando o fervilhar de atividade na estação movimentada.

Meu olhar parou numa mulher com cara de passarinho, pele morena e cabelos brancos, enrugada como uma noz-pecã, embrulhada com um lindo sári vinho e dourado. De frente para ela e de costas para mim, havia um homem que, pelo menos de trás, valia uma segunda olhada. Seu jeans – eu reconheci o logo da 7 For All Mankind – e a camisa branca estavam ótimos num corpo de ombros largos, quadril estreito e pernas compridas. Ele tinha cabelos pretos brilhosos, compridos e caprichosamente puxados pra trás, e meu palpite era que fosse indiano, como a mulher.

Atrás do par havia duas malas de rodinhas; uma em pé e a outra emborcada. A mulher carregava um bolsão bordado e o homem tinha duas bolsas pretas penduradas no ombro, que ele tentava segurar ao abaixar para pegar a bagagem caída. Bela bunda, eu notei.

Quando endireitou a mala, ele virou ligeiramente e vi seu perfil. Uau. Eu prendi o ar. Que gato, com feições bem talhadas e pele cor de canela, realçada pela camisa branca. Bonito, másculo, simplesmente UAU!

Havia algo familiar nele. Será que eu o conhecia? Não, eu certamente me lembraria desse homem.

Os dentes brancos reluziram num sorriso enquanto ele conversava com sua acompanhante.

Ah, era isso. Ele me lembrava Nav, ligeiramente, com seu porte atlético, sua cor, a forma como ouvia atentamente.

Ele gesticulou para a mulher, provavelmente sua avó, em direção à bilheteria, depois foi atrás, arrastando as malas de rodinhas. Eu estreitei os olhos, torcendo para que ele olhasse em minha direção.

— *Bonjour*. — Uma voz masculina me deu um susto. Um homem distinto, de cabelos grisalhos e terno cinza impecável, estava no corredor. Em francês québécois, ele disse — Acredito que estou sentado ao seu lado.

— *Bonjour*. — Eu estendi a mão. — *Je m'appelle* Kat Fallon.

— Philippe Martineaux. *Enchanté*.

Ele sentou na poltrona do corredor, depois nós batemos aquele papinho "quem é você, e por que está nesse trem". Philippe era advogado, a caminho de Toronto para uma série de reuniões sobre uma fusão corporativa. Eu estava pronta para começar o papo, mas ele me deu um sorriso educado e disse que precisava trabalhar. Quando o trem deixou a estação, abri minha maleta e tirei uma pasta de arquivo.

Matar o tempo conversando, já era. Era melhor ir entrando no clima do casamento. Abri e liguei meu laptop.

Merilee estava ocupada, recompensando o semestre na faculdade depois de perder aulas por ter adoecido. Minha mãe estava se preparando para apresentar um caso na Suprema Corte do Canadá na semana seguinte, e meu pai, cientista pesquisador, era inútil quando se tratava de assuntos de garotas. Então, o trio – como nossa família chamava Theresa, eu e Jenna, nascidas com um ano de diferença entre cada uma – se ofereceu para organizar o casamento.

Eu duvidava que Jenna fosse ajudar em alguma coisa. Ela nem acreditava em casamento, sem mencionar que era terrivelmente desorganizada. Teríamos sorte se ela conseguisse vir a tempo para o evento, de Santa Cruz, onde estava catalogando falcões-peregrinos e surfando. Portanto, tudo estava por conta de Theresa e de mim.

Tínhamos muito a fazer nos próximos dez dias. Conforme o trem atravessou o Canal Lachine, abri os e-mails mais recentes da família, dando uns goles no café enquanto lia.

No sábado, eu tinha escrito para Theresa. Depois de mandar meu itinerário de viagem, eu disse:

> Com que frequência uma garota Fallon se casa? Até agora, só uma vez e você nem nos convidou (menina malvada!) e isso obviamente deu azar no seu casamento, então não podemos deixar que isso aconteça com a Merilee. Não que alguma coisa possa dar azar pra ela e Matt, não é? Quer dizer, eles só estão juntos há quanto tempo? Quinze anos!

Pobre Theresa. Minha irmã professora era literalmente um gênio. Como Doogie Howser, ela teve uma passagem meteórica pela escola, tirando dez em tudo e fracassando nas habilidades sociais, e se apaixonara exatamente uma vez na vida. Casou-se com o cara – um professor – e ele acabou sendo um babaca, se apropriou de sua pesquisa e passou adiante como se fosse dele.

A experiência deixou Theresa azeda com os homens.

Eu voltei ao e-mail para minha irmã.

> Fico me perguntando como é que a garota tem tanta sorte... Você achou que tinha encontrado o cara ideal e ele acabou sendo um idiota. E eu, bem, até posso imaginar o que você está dizendo. Que continuo repetindo o mesmo erro e você pelo menos aprendeu com o seu.
>
> Mas, Theresa, eu não QUERO ser cética como você. Quero acreditar que por aí existe um cara ótimo pra mim. Que mereço amor e irei encontrá-lo.

Era verdade. E por eu me recusar a ser cética, continuava dando meu coração e tendo ele jogado de volta, machucado, esgotado. Um dia – cruzando os dedos, para que fosse logo – eu conheceria o Sr. Correto-Para sempre.

Enquanto isso, graças a Nav, pelo menos eu podia fingir com a minha família. Eu estava farta das piadas. E da piedade. Li meu e-mail para Theresa.

> Enfim, sabe da maior? Vou levar um namorado ao casamento!!!! Sim, é um cara bonito e bem-sucedido. E muito, muito legal. Seu nome é Nav. Honestamente, Theresa, esse homem NÃO é outra das minhas más escolhas. Você e o resto das irmãs irão aprová-lo. SINCERAMENTE! Ele vai pegar um voo provavelmente um ou dois dias antes do casamento.

Nav era incrível em fazer isso por mim. Uma garota podia ter um amigo melhor? Eu ia ficar devendo muito a ele.

Para dizer a verdade, eu não podia acreditar que ele tivesse concordado e realmente não entendia o motivo. Às vezes, o homem parecia transparente como vidro, e outras vezes eu desconfiava que havia mais coisa além do que ele me deixava ver.

Ele era meio parecido com suas fotografias. Em certo nível, eram meramente excelentes fotos de prédios, cenários, pessoas – ligeiramente incomuns quando se tratava de ângulo e iluminação. No entanto, se você olhasse mais fundo, havia muito a ver e você nunca sabia se tinha visto tudo. Se perguntasse ao Nav, ele daria um sorriso enigmático e diria: "O observador é quem faz a imagem".

Como a foto de um arranha-céu empresarial. Não dava para ver através das janelas em vidro fumê; restava a você adivinhar a respeito de quem trabalhasse ali. Em vez disso, as janelas refletiam imagens: um grupo de homens de terno, algumas mulheres bem-vestidas carregando sacolas de compras, um mendigo esparramado na calçada pedindo esmola.

O trabalho de Nav era brilhante e o fazia pensar. Eu estava contentíssima com sua exposição na Galerie Beau Soleil.

O homem ao meu lado deu uma fungada e eu o vi anotando pontos de interrogação na margem de um documento. Voltei ao meu e-mail para Theresa.

> A propósito, com relação ao casamento: vamos precisar de convites, certo? M&M precisam fazer uma lista de convidados, o mais rápido possível. Eu sei que Merilee sempre quis convites escritos à mão, com cartões RSVP anexados, mas não dá tempo. Ligações telefônicas seriam uma dificuldade, por ter que passar todas as informações e fazer com que as pessoas anotassem. Então, eu estava pensando, por que não fazemos convites virtuais? Eu sou boa com design gráfico e poderia elaborar algo, nos próximos dias, se você pegar a lista com M&M. Ah, e

nós poderíamos usar a lista para planejar o chá de panela e para um dos amigos de Matt providenciar a despedida de solteiro.

Diz o que você acha.

Abraço, Kat.

Theresa, voando de Vancouver para Sydney, Austrália, onde lecionava sociologia na universidade, tinha visto o e-mail em Honolulu e respondeu.

Oi, Kat. Que bom que você comprou a passagem. Vou pegar o carro de alguém emprestado e encontrá-la na estação.

Sim, você está certa quanto aos convites. Acho que os virtuais são uma boa ideia. Conversei com Merilee e ela concorda. Ela e Matt vão preparar a lista. Então, quando você tiver tempo, faça algo. Tenho certeza de que ficará ótimo.

Apenas lembre-se, são M&M, e não um desses hotéis chiques que você está promovendo!

Também dei a minha fungada. Ter uma superempreendedora como irmã mais velha era um pé no saco. Ela nunca me dava crédito. Claro que eu criaria um design especial para minha irmã caçula e seu noivo.

Ah, falando nisso, só estarei em Vancouver amanhã à noite. Vou pernoitar em Honolulu. Você pode falar comigo pelo e-mail (obviamente) ou pelo celular.

Pernoitar em Honolulu era uma mudança de planos. Ela tinha a intenção de fazer uma conexão diretamente para Vancouver. Normalmente, minha irmã controladora obcecada ficaria profundamente injuriada se algo estragasse seus planos, no entanto ela parecia surpreendentemente tranquilinha.

Teve notícias da Jenna? Eu disse a ela para ligar pra você. Ela está tentando organizar seu itinerário de viagem.

Falamos em breve. Theresa.

Ah, Jenna. Não. Eu ainda não havia tido notícias dela. A palavra "excêntrica" tinha sido inventada para a terceira irmã do trio. Com quase trinta anos, ela nunca tivera um emprego de verdade, ou um relacionamento pra valer. Seu lema era *A diversidade é o tempero da vida*. E ela gostava de sua vida muito, muito apimentada.

O e-mail seguinte era de Merilee – a filha inesperada que viera oito anos depois de Jenna, para expandir o nosso trio. Sua mensagem dizia que ela e Matt estavam cuidando da lista de convidados e adoraram a ideia dos convites virtuais. Eu tinha respondido o e-mail para ela e Theresa.

> Estive pensando e temos algumas opções. Merilee, aquelas revistas que você espalhava pela casa eram sempre de corações/flores/renda, então, talvez você queira optar por um estilo romântico e tradicional. Mas eu também pensei no quanto você e Matt sempre foram M&M, e como vocês sempre incluem um saquinho de M&Ms quando trocam presentes, em aniversários ou no Natal, e achei que talvez fosse divertido usar o doce como tema.
>
> Me diz o que você acha. Eu posso fazer qualquer um dos dois. O que vocês quiserem.
>
> Abraços e beijocas para a futura noiva!

Merilee respondeu com

> Ebaaaaaaa!!!!!! É isso, M&Ms! Que ideia legal. É a nossa cara. Você é demais, Kat.

Eu sorri. Theresa pode ter se colocado como encarregada pelo casamento – ela disse que estava preparando uma planilha –, mas fui eu que fiz Merilee escrever o *Ebaaaaa* com seis pontos de exclamação.

Ontem à noite, comecei a rascunhar um convite virtual. Agora abri, para trabalhar nele.

Dando uma olhada pela janela, vi que estávamos passando pelos subúrbios de Montreal. Claro, instantes depois, entramos na estação de Dorval e alguns passageiros começaram a juntar seus pertences.

Um riso feminino sexy me distraiu da tela do meu computador, e a mulher que eu não via disse, em francês:

— Ah, certamente vou querer saber mais sobre isso.

Uma voz masculina, profunda e em tom baixo, respondeu, mas eu não consegui identificar as palavras.

A mulher surgiu à vista, vindo pelo corredor, rebolando em minha direção, rumo à saída. Cabelos loiros compridos, feições alegres, um corpo opulento um terno de matar, que imaginei ser Amarni. Na mão, ela trazia uma bolsa vermelha de couro, deslumbrante e muito feminina – ou Birkin, ou uma excelente imitação – que me deixou babando. Jogou os cabelos para trás e olhou com ar de paquera, depois seu companheiro surgiu.

Era o homem da estação de trem. O indiano sensual, que pensei ser o neto, quando vi antes. E agora, ali estava ele, com uma nova companheira de viagem.

Ele se aproximou mais; eu olhei seu rosto e – oh, meu Deus! – Nav?

Será que era? Se fosse, estava transformado.

Seu olhar passou pelo meu. Ele ergueu as sobrancelhas, com um ar mais intrigado do que sorrindo por me reconhecer, mas decididamente havia uma expressão de admiração masculina no brilho de seus olhos, uma menção de sorriso nos cantos de seus lábios carnudos.

Não, não era meu vizinho. Os olhos eram muito semelhantes, mas esse homem, cujo senso de moda e orçamento eram o extremo oposto da posição de Nav – era mais velho. Ele tinha uma testa mais larga, maçãs do rosto mais acentuadas, um maxilar mais forte. Uma boca profundamente sensual.

Meus lábios se curvaram. Como eu poderia deixar de reagir a

essa centelha lisonjeira, nos olhos de um cara tão sexy e arrebatador? Mesmo que ele estivesse com outra mulher, uma mulher muito mais bonita que eu.

Ele seguiu em frente, puxando uma mala Louis Vuitton de rodinhas. Eu vi o brilho do relógio de ouro em seu pulso. Um relógio caro.

Dei uma olhada para fora da janela, observando os passageiros que desembarcavam. Esperando ver o casal atraente, fiquei surpresa quando só vi a mulher - agora, ela mesma puxando a mala Louis Vuitton - seguindo para o ônibus de passageiros. Caminhando confiante, com um balanço sensual nos quadris, ela parou e, rindo, disse algo por cima do ombro.

Fiquei imaginando como seria o relacionamento deles. Seriam um casal ou tinham acabado de se conhecer na curta jornada de trem e trocado telefones?

Será que ele caminharia de volta pelo corredor? Fingindo estudar a tela do meu computador, dei uma olhada por baixo dos cílios, quando passou uma família barulhenta. O trem começou a andar e lá estava ele. Parando para me olhar, até que não pude mais fingir.

Ergui a cabeça e o encarei.

A centelha de interesse ainda estava em seus olhos e me despertou - tenho que admitir - uma certa cobiça.

Nossa, mas ele era muito bonito. Mas também espantosamente familiar. Seria meu vizinho, me pregando uma peça?

Se o cabelo de Nav fosse puxado para trás, seu bigode e sua barba fossem raspados e se ele pudesse ser convencido a usar roupas de marca, será que ficaria assim? Claro que era muita coincidência que um sósia aparecesse no meu trem. Mas será que cheguei a contar a Nav sobre meu itinerário? Ontem à noite, eu tinha batido em sua porta, mas ninguém atendeu.

— Nav? — eu perguntei, novamente, falando em inglês, ouvindo a incerteza em minha voz. — Ora, vamos, é você, não é?

Seus olhos - olhos de Nav - se moviam. Quando ele falou, sua voz era profunda como a de Nav, mas ele não falava inglês, nem francês Quebécois. Num francês parisiense, ele disse:

— Você parte meu coração. — Seu gesto teatral, pousando a mão direita no peito, era algo que eu nem imaginava Nav fazendo. Nem o anel pesado de ouro, com um diamante reluzente, algo que meu vizinho antimaterialista jamais usaria, em um milhão de anos, nem poderia pagar. — Eu gostaria de pensar que se você me conhecesse, moça adorável, se lembraria de mim.

Então, ele disse:

— Perdão. Imagino que fale francês. Sim?

— *Oui*. — Perplexa, mudei para francês. — Estou impressionada pela semelhança. Você é parente de Naveen Bharani?

— Não, não sou parente de Naveen Bharani, mas todos têm um sósia. Quem é esse homem? Seu namorado? — Novamente, ele pousou a mão no coração. — Diga-me que não tem namorado.

Eu ri e estava prestes a responder quando o advogado sentado na poltrona do corredor disse:

— Desculpem-me por *interromper*, mas vocês dois gostariam de sentar juntos? — Ele colocou uma ligeira ênfase na palavra "interromper".

— Lamento muito — eu disse. — Eu sei que está tentando trabalhar.

— Também peço desculpas — disse o paquerador. — Talvez possamos trocar de lugar? Se a senhorita concordar? — Ele inclinou a cabeça em minha direção, com as belas sobrancelhas erguidas e olhos faiscando, desafiadores. Ele era educado, mas sua atitude confiante sugeria a certeza de que o advogado e eu concordaríamos.

— Eu... — Essa pessoa que poderia se passar por irmão gêmeo de Nav tinha acabado de se despedir da uma linda mulher, e agora estava dando em cima de mim. Eu não deveria ir em sua onda.

Mas, mesmo assim, era uma viagem longa e meu atual companheiro de poltrona não estava muito a fim de papo. O indiano me intrigou, e não por sua semelhança com Nav. Ele era nitidamente sensual e sua atenção era lisonjeira.

— Então? — A voz do advogado estava pontuada de impaciência.

— Tudo bem — eu disse. — Obrigada. E, novamente, desculpe por termos perturbado.

— Sem problema. — Ele juntou suas coisas, levantou, depois os dois seguiram juntos, pelo corredor.

Rapidamente fechei meu computador, retoquei meu batom e me livrei do copo vazio de café.

E o bonitão voltou. Enquanto ele guardava suas malas no compartimento acima, achei que ele se movimentava como Nav, com vigor e fluidez.

Adorei seu estilo. Moderno, elegante, caro, mas não exagerado. Impecavelmente arrumado, mas sem o menor traço de ser metrossexual, com suas feições fortes e seu porte atlético. Não, ele era puramente másculo e meu corpo estava em alerta sexual.

Ele sentou na poltrona ao meu lado e eu senti um leve toque de sândalo, um dos meus aromas prediletos. Em meu apartamento, eu sempre tive velas de sândalo. Aquele cheiro terroso e picante vindo de um homem sexy envolveu meus sentidos de um jeito que as velas jamais tinham feito.

Seus movimentos me faziam lembrar de Nav; seu cheiro era diferente. Seus olhos eram iguais aos de Nav, mas seu rosto era mais fino, forte. Ou, pelo menos, eu achei que fosse. O melhor que eu podia imaginar, em virtude dos pelos da barba de Nav, era que meu amigo tivesse feições mais arredondadas.

— Não — disse o homem –, não tenho nenhuma relação com seu amigo. Eu me pareço com ele tanto assim?

Ele me pegou encarando.

— Desculpe. — Olhei, lamentosa. — Realmente há algumas semelhanças.

— Como eu disse, todos têm um sósia. — Ele ajustou sua poltrona e eu vi melhor o seu relógio — um Piaget de ouro que devia custar uma pequena fortuna.

Eu ri ao pensar em Nav com seus cabelos desgrenhados, seu velho jeans e o Timex surrado ao lado desse homem.

— Vocês não são exatamente sósias. — Por um momento, a ideia me fez sentir desleal ao meu amigo. Mas isso era tolice. Nav, meigo e lindinho, com sua filosofia "você é obcecada demais por aparências", havia escolhido seu estilo, assim como esse homem fizera.

— Não somos? — Meu companheiro cruzou uma das pernas sobre a outra, e seu joelho roçou em minha perna. Não acidentalmente. Uma coisa, esse homem não era: tímido. Ele me encarava com um olhar provocador. — De que forma sou diferente?

Por baixo do meu jeans, minha perna formigava, agradavelmente. Mas eu afastei a perna. Eu não facilitaria demais pra ele. Além disso, meu coração ainda estava machucado por Jean-Pierre - embora eu devesse admitir que estava sarando com o bálsamo lisonjeiro da atenção desse homem sensual.

Como eu deveria responder à sua pergunta? Esse homem não precisava de impulso em seu ego másculo, e eu não lhe diria que era mais bonito, mais bem-vestido, mais rico, e mais confiante que Nav. Mantendo o rosto sério, eu disse:

— Você é mais velho. — Nav tinha vinte e oito anos, era três anos mais jovem que eu. Esse homem, com seus traços angulares, estilo caro e aura sofisticada, tinha que ser mais velho que eu.

— Mais velho? — Um lado de sua boca se curvou.

— E ele fala francês de Quebec, e o seu é parisiense. — Embora eu me lembrasse de Nav me dizer que quando criança, em Londres, ele tinha aprendido o francês do continente. Quando se mudou para Quebec, tinha se esforçado muito para mudar o sotaque a fim de se entrosar com seus colegas de classe. A dúvida voltou a cruzar minha mente. Aqueles olhos eram tão parecidos com os de Nav.

Eu estreitei os olhos.

— Você tem certeza absoluta que não é ele?

Ele riu.

— Você gostaria que eu fosse Naveen? Posso fingir, se é isso que quer.

— Não tenho certeza se você conseguiria. Ele é uma pessoa muito legal. — Eu disse, provocando. Esse homem sabia que eu me sentia atraída por ele, mas eu queria que ele soubesse que eu tinha minhas reservas.

— Poxa. — Ele franziu a sobrancelha. — O que foi que eu fiz para merecer isso?

— Você abandonou sua avó, depois se despediu de sua namorada em Dorval e cinco minutos depois já está flertando com outra?

— *Ma grand-mère?* — Ele franziu o rosto, confuso. Então, seu rosto ficou leve e ele estalou seus longos dedos torneados. Dedos iguais aos de Nav, exceto pelas unhas muito bem cuidadas. — Você me viu na estação. Como deixei de notá-la? — Seu francês parisiense era tão elegante, tão mais apropriado a esse tipo de elogio do que o francês de Quebec, ou o inglês.

— Não exagere na bajulação — eu disse, secamente, embora eu adorasse. — E eu não estava na estação, estava no trem. — Gesticulei na direção do janelão ao meu lado. Lá fora, eu vi campos de plantações margeados por florestas suntuosas. Logo cruzaríamos a fronteira entre Quebec e Ontário.

— Ah, sim. Bem, a madame que você viu, a Sra. Chowdary, não

é minha avó. Eu estava atravessando a estação quando a mala dela caiu, então parei para ajudar.

Um bom samaritano. Nav teria feito a mesma coisa.

— Gentil de sua parte.

Ele sacudiu os ombros.

— A mala era pesada demais para ela. Ela está indo visitar a família, em Quebec, e estava abarrotada de presentes para a filha, o genro e os seis netos.

Ela lhe contara sua história de vida e ele ficou ouvindo. Ponto para ele, por ser gentil com a velhinha, mas isso não livrava sua cara.

— E quanto à namorada? A loira de Armani, com a bolsa Birkin.

— Observadora, hein? — Ele sorriu e tocou rapidamente o meu antebraço. Casualmente. Só que eu senti que nada que esse homem fazia era casual. Se teve a intenção de fazer minha pele queimar, minha respiração acelerar e me deixar ainda mais alerta, com relação à sua presença, ele conseguiu. — E você tira conclusões precipitadas — acrescentou ele.

— Tiro?

— Ela é minha namorada tanto quanto a Sra. Chowdary é minha avó. Minha poltrona era ao lado da dela, nós conversamos. Você sabe como é.

— *Certainement*. Imagino que as mulheres que sentam ao seu lado sempre lhe deem seus telefones, não? — Imaginei que a loira tinha dado, pelo comentário que eu ouvira. E porque ele era esse tipo de homem.

O tipo de homem que eu buscava. O tipo perigoso.

— Já aconteceu. — Ele tinha uma expressão de humor nos olhos.

Eu desejei que aqueles olhos não fossem tão parecidos com os de Nav. Eles me faziam querer confiar nele. Eu contraí meu maxilar.

— E é isso que quer de mim? Meu telefone? — Mais um, para

colocar em sua agenda? Se fosse, ele não teria. Eu não precisava de um homem que - assim com Jean-Pierre e Nav - passavam por mulheres como eu passava por uma caixa de chocolates Godiva.

Ele me lançou um sorriso malicioso.

— O que quero de você? Muitas coisas. Começando pela companhia agradável numa longa viagem de trem. Parece justo?

Eu teria passado a viagem feliz da vida, papeando com o advogado de cabelos grisalhos, então por que não com esse paquerador sexy?

— Justo. — Eu estendi a mão. — Sou Kat Fallon.

Ele pegou minha mão, porém, em vez de apertá-la, ficou segurando.

— Só para esclarecer, você não quer que eu seja Naveen?

Um calor subiu pelo meu braço.

— Que gracinha. Não. Só há um Nav e ele é meu melhor amigo.

— Melhor amigo. — Ele repetiu lentamente as palavras, pensativo.

Ele deve achar incomum que uma mulher tenha um homem como melhor amigo, mas era a verdade. Uma verdade que nunca cheguei a dizer ao Nav. Parecia meio patético que uma mulher tão extrovertida da minha idade nunca tivesse uma amiga de quem se sentisse próxima, como eu me sentia dele.

— Então, está certo. — Meu companheiro de poltrona ergueu minha mão até seus lábios e pressionou um beijo lento, suave e sexy. — Pode me chamar de Pritam.

Minha respiração falhou. Deus, ele tinha lábios tão sensuais. E aquele beijo me deixou imaginando qual seria a sensação daqueles lábios em partes mais íntimas do meu corpo. Como ele, sem dúvida, pretendia fazer.

Eu recolhi a mão.

— Não tem sobrenome?

Ele sacudiu a cabeça.

— Eu só uso Pritam.

— É mesmo? — O nome único, as roupas, as joias... decididamente não era o tipo de cara que habitualmente se conhecia na rua. — Em que você trabalha?

— Entretenimento. E o que você faz?

Entretenimento? Combinava com sua imagem. Fiquei curiosa, mas respondi sua pergunta.

— Sou diretora de relações públicas de um hotel, na Velha Montreal. Le Chachet. Conhece?

— Conheço. É encantador.

— Já se hospedou lá? Ou mora em Montreal?

— Já comi no restaurante uma ou duas vezes. E, sim, no momento, estou vivendo em Montreal.

— No momento?

— Estou fazendo negócios em Montreal. E quanto a você? Cresceu lá? Seu francês é perfeito, no entanto sinto que não é nativa de Quebec.

— Não, sou da Costa Oeste. Vancouver.

— Ah. Montanhas e mar. Ouvi dizer que é adorável. O que a trouxe a Quebec?

Eu estava prestes a dar a versão editada que não tinha nada a ver com o desejo de fugir das pressões da família quando um comissário uniformizado parou ao nosso lado.

— *Madame, monsieur*, gostariam de um drinque antes do jantar?

— Eu gostaria de uma taça de vinho branco — eu disse.

— Para mim também — disse Pritam. — E eu ofereço.

— Temos chardonnay do Château des Charmes, ou um Inniskillin pinot grigio — disse o comissário.

— Eu aceito o pinot grigio — eu disse. E para Pritam — Obrigada.

— O prazer é meu. — Eu aceito o mesmo.

O comissário serviu nosso vinho.

— Deixarei os cardápios do jantar e volto já.

Nós agradecemos e, depois que ele saiu, Pritam ergueu sua taça de vinho. Os punhos de sua camisa estavam desabotoados, seu pulso era masculino e moreno.

Muito, muito masculino e dava vontade de tocar. Meus mamilos se retraíram junto ao tecido sedoso do meu corpete.

— A dois estranhos que se conhecem num trem. — Havia uma rouquidão sedutora em sua voz, avisando que, se as coisas saíssem ao seu modo, nós não seríamos estranhos por muito tempo.

Meu corpo reagiu com outra onda de excitação. Eu tilintei minha taça à dele.

— E a uma jornada agradável.

— Muito agradável. — Ele disse as palavras lentamente e, por cima dos copos, nossos olhares se cruzaram. Não havia dúvida quanto à faísca sexual nos olhos dele.

Sem dúvida essa faísca aqueceu meu sangue e me fez pulsar entre as pernas. Esse era exatamente o tipo de homem que me atraía. Carismático, sexy e seguro de si. Atraído por mim e totalmente concentrado em conseguir o que queria. A atenção de Pritam abrandou minha dor de cabeça e atiçou minha sexualidade. Eu não me sentia tão viva, tão feminina e tão desejável havia meses.

Eu poderia me permitir esse deleite e dar a ele o meu telefone, no fim da viagem, se eu quisesse, mas precisava me lembrar da minha nova regra de um mês. Atração era uma coisa, mas nada de se apaixonar perdidamente.

Ele tomou um gole de vinho.

— Falando nisso, você vai até o fim?

Eu engasguei com meu vinho.

— Até Toronto, eu espero?

Ele tinha me pegado direitinho. Na verdade, essa não era uma frase do filme *O Expresso de Chicago?* Eu ri.

— Sim, até o fim, em Toronto.

— Bom, então temos muito tempo para nos conhecer. Onde estávamos mesmo? — Ele me deu um sorriso encorajador. O homem realmente tinha os lábios mais fartos e sensuais, dava muita vontade de beijar.

— É... — Até parece que eu me lembrava. — Diga o que você faz na indústria do entretenimento.

— Primeiro, você ia me contar como uma garota de Vancouver acabou indo parar em Montreal.

— Ah, certo. — Sim, disso que estávamos falando. — Aliás, você fala inglês? — A primeira coisa que eu lhe dissera tinha sido em inglês, e ele entendeu.

— *Avec compétence, mais jê prefere Français.*

— Então, continuamos em francês.

— Afinal — disse ele, em francês —, é a língua do amor.

Eu ri.

— Ah, dá um tempo.

Ele também riu.

— O que posso dizer? Os franceses são conhecidos por serem

ultrajantes, principalmente quando há uma bela mulher envolvida. E, no momento, vivo em Montreal, portanto sou um francês por direito. Agora, me conte por que você se mudou para tão longe de casa.

A maioria dos homens que eu tinha namorado estava mais ansiosa em falar de sua vida empolgante do que da minha, tão comum. E eu ficava ouvindo suas palavras, fascinada. Por mais curiosa que eu estivesse em saber mais sobre Pritam, seu interesse por mim era novidade.

Mesmo assim, eu não queria que ele caísse em prantos, então dei uma versão resumida.

— Cursei a Universidade de Toronto, eu queria conhecer um lugar novo, gente nova.

— Toronto? Estudando uma carreira acadêmica específica?

— Não. Eu não sabia que carreira queria seguir. — O que tinha deixado meus pais muito zangados. Eles tinham a própria carreira e minha irmã mais velha também. Mas eu não tinha nenhum talento de destaque e não me sentia inclinada a nenhum tema de estudo, nem a uma linha particular de trabalho. Tentando me mostrar da melhor forma, eu disse: — Sou criativa, mas prática, também, e sou bem sociável.

— Uma excelente combinação. Então, como decidiu seguir sua carreira?

— Através da experiência. — Eu dei um gole no vinho. — Eu segui caminhos diferentes, trabalhei em empregos temporários de verão, descobri do que eu gostava e o que eu fazia bem.

Ele assentiu.

— Uma abordagem inteligente.

Eu me sentia mais desnorteada, e meus pais reclamavam da minha falta de foco. Eles me induziam a fazer direito, área da minha mãe. Não pesquisa médica, que era a especialidade do meu pai, porque eu não tinha um cérebro científico.

— E como você acabou em Montreal? — Pritam se inclinou em minha direção e sua manga passou em meu braço, que estava no braço da poltrona.

Tentei me concentrar na pergunta, e não na sensação que seu toque me causou.

— Eu queria ser bilíngue fluente, então fui estudar em Montreal, na McGill. Adorei Montreal. Quando me formei, trabalhei em vários hotéis, e fui assistente do diretor de relações públicas do Le Cachet. Depois ele se mudou para Nova York. Fiquei com seu cargo e adoro.

— O que você adora na função? — Ele estava com uma expressão atenta.

Como colocar isso em palavras? Eu não era muito boa em analisar sentimentos, apenas sentia. Por exemplo, quando eu caminhava rumo à porta de entrada do Le Cachet, meus passos eram saltitantes e eu tinha vontade de cantar. Mas pareceria tolice dizer isso.

— Faço um bom uso de todas as minhas habilidades. A equipe é ótima de se trabalhar e eu adoro o hotel. Eu me sinto desafiada, viva. Cada dia é diferente.

Enquanto eu falava, Pritam tinha começado a sorrir. Agora ele pousou a mão em meu antebraço, fazendo-o formigar outra vez.

— Você encontrou seu nicho. É uma sensação maravilhosa quando isso acontece, *n'est-ce pás?*

— Sim, você está certo, é exatamente isso. — Se ele conseguia se identificar com a sensação, provavelmente considerava a indústria do entretenimento o seu nicho. Novamente, eu estava prestes a perguntar o que ele fazia, mas ele continuou, com uma expressão intrigada no rosto.

— Seu nicho é sua carreira, *oui*. Agora, e quanto à sua vida pessoal? Você é uma mulher linda, inteligente, que escolheu ser solteira.

Escolhi? Não, eu certamente não tinha escolhido ser solteira.

Devo ter franzido o rosto, porque ele disse:

— Espere, eu estou fazendo uma suposição. Você não é solteira?

— Sim, claro que sou. Eu não estaria... — flertando com ele.

Então, algo me ocorreu. A pergunta que eu deveria ter feito antes de deixá-lo flertar comigo.

— Você é solteiro?

— *Mais oui*. — Suas sobrancelhas se juntaram. — Se fosse casado, eu jamais me comportaria dessa forma com você. Como pôde pensar isso?

— Porque não o conheço. Você poderia ser um daqueles homens que tiram a aliança no instante em que estão longe da esposa.

Ele franziu o rosto.

— Claro que você não tem como saber. Mas eu lhe dou a minha palavra. Quando eu me casar, a fidelidade fará parte do acordo. — Seus olhos escuros pareciam sinceros e, naquele instante, iguais aos de Nav. Foi muito desconcertante.

Então, ele deu um sorrisinho travesso.

— E não, como você disse, você não me conhece. Eu espero consertar isso nas horas de nossa viagem, Kat.

Kat. Eu me retesei. Foi a primeira vez que ele disse meu nome. Meu coração acelerou. Ele pareceu dizer exatamente da forma que Nav dizia. Com um sotaque britânico, não parisiense.

Uma sílaba. Eu o encarei. Talvez eu estivesse enganada. Quanto eu podia analisar em uma sílaba?

— Diga meu nome outra vez. Inteiro. Kat Fallon.

Os músculos ao redor de seus olhos se contraíram; havia um ar de diversão neles.

Eu percebi que estava na expectativa.

— Katherine Fallon — disse ele, com um floreio parisiense.

Eu sacudi a cabeça, olhando-o fixamente.

— Não. Em inglês. Kat Fallon.

Um sorriso surgiu em seu rosto. E se abriu. Falando com o sotaque inglês de Nav, ele disse:

— Kat Fallon, até que demorou bastante.

Oh! Eu estava certa.

— Nav! Oh, meu Deus! O que está fazendo? O que está havendo? Onde arranjou essas roupas maravilhosas e as joias caras?

Eu coloquei as mãos em minhas bochechas, rindo, sacudindo a cabeça, perplexa.

— Que jogo maluco é esse que você está fazendo? Não posso acreditar que você me enganou. E eu disse que você é anos mais velho. É seu rosto; parece mais magro, sem todo aquele pelo. Por que você...

— Kat — ele interrompeu.

Agora, seu tom era sério. Eu baixei minhas mãos e fiquei olhando para ele. Para aquele rosto tão intrigante que era dele, mas não era dele. O rosto do meu amigo Nav, no entanto, o rosto de Pritam, o estranho sexy.

— Sim?

— Você encontra gente fascinante em um trem — disse ele, em inglês. — Um trem é um mundo especial. As regras comuns não se aplicam.

Eram minhas próprias palavras. E agora, eu estava realmente assimilando a verdade. Ele tinha me enganado. Rija, eu disse:

— Então, você resolveu me pregar uma peça?

Os lábios dele se curvaram, num sorrisinho.

Embora eu estivesse ficando cada vez mais zangada, tinha de admirar a boca sensual e expressiva que ele estivera escondendo por trás do bigode e da barba.

— Um jogo — disse ele. — Eu sabia que você acabaria me reconhecendo.

Lembrando como eu tinha reagido ao flerte, a forma como fiquei excitada, corei.

— Não foi um jogo muito gentil. Você me fez de boba. — Nav jamais me deixaria viver isso. Se ele tinha finalmente ouvido meu conselho quanto a melhorar sua aparência, deveria ter sido honesto comigo. Em vez disso, ele me enganou e até pegou joias emprestadas para fazê-lo.

A irritação estava rapidamente se transformando em raiva.

Ele sacudiu a cabeça.

— Não, essa não foi a minha intenção, Kat. Eu só...

— Que besta, Nav! Que diabo estava pensando?

Ele olhou fixamente em meus olhos.

— Que talvez você gostasse da companhia de Pritam em sua viagem de trem até Toronto. E eu sabia que Pritam ia gostar da sua.

Confusa, sacudi a cabeça.

— Não compreendo. — Talvez ele não tivesse a intenção de uma piada cruel. Afinal, Em dois anos, Nav nunca tinha feito nada maldoso pra mim.

— Nav e Kat são bons amigos, e essa amizade é importante pra eles. Certo?

— Claro. — Por que ele estava falando daquele jeito, meio distante?

— Mas existe atração entre eles, certo?

Será que ele precisava falar sobre isso? Eu tentei evitar pensar nessa atração. — Tudo bem, às vezes — eu admiti. — Mas a amizade é mais importante. — Para mim, nossa amizade era única e maravilhosa.

— Kat não quer arriscar perder essa amizade e Nav não quer arriscar perdê-la.

Eu concordei, contente porque ele também valorizava o que havia entre nós. Mas eu ainda não entendia qual era a intenção desse seu jogo.

— Mas Pritam é um estranho — disse ele. — Um estranho que ela conheceu em um trem. Se ele e Kat flertarem, se eles... — ele acenou a mão, fazendo um dos gestos sugestivos de Pritam —, o que isso tem a ver com o que existe entre ela e Nav?

— Mas você é ambos. Pritam e Nav. Eu não entendo.

— Pritam é uma... fantasia. As pessoas podem desfrutar de uma fantasia sem que isso afete a realidade.

Isso me lembrou da fotografia de Nav, que tinha a ver com perspectivas e realidades diferentes.

O que ele estava dizendo? Se ele interpretasse esse papel de Pritam, nós poderíamos flertar como se fôssemos estranhos e - oh, Deus, talvez, até fazer sexo - sem colocar em risco o relacionamento que tínhamos, em nossa cidade? Minha respiração acelerou.

— Você quer dizer que depois será como se Pritam nunca tivesse existido? Nós - Kat e Nav - voltaremos a ser bons amigos, como se... Nav nunca tivesse deixado Montreal?

Ele engoliu.

— Você gosta dessa ideia?

Era loucura.

Mas tentadora. Por ele ser Nav, eu podia confiar. Mas com o "estranho" Pritam, eu podia me soltar, ceder à atração poderosa que sentia.

Eu poderia satisfazer minha curiosidade. A curiosidade sexual que eu sentira desde a primeira vez que vi Nav no corredor, com os olhos cintilantes, seus braços morenos musculosos segurando um elefante. Quando comecei a flertar com ele, antes que Jase Jackson chegasse e eu me lembrasse de que estava apaixonada por ele.

Se quiséssemos, eu e Nav poderíamos até ser amantes em um hotel desconhecido em Toronto, sem colocar em risco a nossa amizade. Se eu pudesse entrar nesse jogo e fingir que ele era um estranho sedutor, chamado Pritam.

Seu rosto estava esguio, com ângulos desconhecidos, seus olhos estavam inebriados de uma determinação e um ar desafiador que eu nunca tinha visto. Uma expressão muito máscula e atraente.

— De quem você quer estar ao lado nessa jornada para Toronto? — perguntou ele. — Nav ou Pritam?

***

Capítulo . 5

Como ela responderia? Se ela dissesse "Nav", ele ficaria lisonjeado, mas ele torcia para ouvir Pritam.

Pritam. O nome que ele escolhera porque significava querido, amado. Ele adoraria ouvir Kat chamá-lo por esse nome em vez de se referir a ele como *um amorzinho.*

Ela certamente ficara atraída e tinha interagido com ele de maneira diferente, mas só tinha passado uma hora com Pritam. Isso não era o suficiente para romper um padrão de dois anos. Quando ela pensava nele como Nav, ainda era somente amizade.

Nav precisava desse jogo. Precisava que ela optasse pelo mundo de fantasia que ele iria criar.

Ele queria que Kat o tratasse como um homem que tinha acabado de conhecer. Um homem que fazia seus olhos brilhar, deixasse seus mamilos arrepiados. Como o cara da Nascar, ou o ator. Ela tinha dito que ficava deslumbrada com estilo, boa aparência, charme, sucesso, carreiras empolgantes. Então, era isso que ele lhe daria.

Por Kat, ele faria algo que havia jurado jamais fazer: usaria sua fortuna para criar uma fachada.

Ele também tinha mentido ao dizer que as coisas seriam iguais quando eles voltassem para Montreal. Sim, ele sempre seria seu amigo — provavelmente, sempre iria amá-la –, mas não podia mais viver nessa berlinda de *amigão*. Ou ganhava seu amor, ou seguiria em frente com sua vida e criaria alguma distância entre eles. Sentia-se mal em enganá-la, mas não sabia de que outra maneira conquistá-la.

Finalmente, ela abriu a boca para responder. Sua voz era suave, murmurante.

— Você quer que a gente finja que Pritam realmente existe?

Era bom mesmo que o homem existisse. Nav tinha gastado uma pequena fortuna em roupas, bilhetes de trem, um belo relógio e havia feito umas coisas meio metrossexuais, como ir à manicure. Além de dedicar algumas horas à pesquisa de uma carreira intrigante.

Ele vinha falando com ela no inglês de Nav, mas agora tinha voltado a falar em francês parisiense, que estava tão profundamente enraizado que vinha com facilidade.

— Mas eu existo. E eu estava me divertindo muito ao conhecer uma linda estranha. Achei que ela também estivesse se divertindo.

— Ela estava — ela disse, em inglês. E, depois de um instante, em francês. — Eu estava me divertindo com Pritam.

— Então, vamos voltar a isso.

— Mas como eu poderia? Você é Nav.

— Você não tem imaginação, linda? Nunca participou de uma peça de colégio?

— Participei. Interpretei a Betty Rizzo, em *Grease*. Eu já disse isso pra você.

Claro que ela tinha dito e ele sabia que ela havia gostado de fazer o papel.

— Não, você está enganada. Até agora, você só me contou como se mudou para Vancouver e sobre seu emprego. Mas eu gostaria muito de ouvir mais sobre sua vida.

Ela o encarava intensamente, depois seus lábios se curvaram nos cantos.

— Acho que prefiro ouvir sobre a vida de Pritam. Como, por exemplo, o que você faz na indústria do entretenimento? Ah, espere. — Ela tocou um dedo no rosto, arregalou os olhos, com falsa ingenuidade. — Deixe-me adivinhar. — Você é fotógrafo.

Nav deu um sorriso malicioso.

— Não. Mais uma chance.

— Com licença — uma voz masculina interrompeu e Nav virou e viu o comissário. — Decidiram o que gostariam de entrada?

— Ops — disse Kat, rapidamente abrindo o menu.

Nav fez o mesmo. Ele viu que as entradas de hoje eram *prosciutto* com melão e queijo asiago, e a sobremesa era *cheesecake* de morango. Eles tinham opções de prato principal: filé com cogumelos, salmão com manteiga de limão ou *tortellini* de espinafre e quatro queijos, com molho Alfredo.

— O que você vai comer? — ele perguntou a Kat.

Sabendo que ela gostava de massa com bastante queijo, ele ficou surpreso quando ela disse:

— O salmão. E você, *Pritam?* — Os olhos dela brilharam ao dizer o nome dele.

— O *tortellini*. — Ele certamente lhe ofereceria para experimentar.

Depois que o comissário reabasteceu as taças de vinho e seguiu adiante, Kat disse:

— *Tortellini*. Você é vegetariano, *Pritam?*

Inúmeros hindu-canadenses eram, mas ela sabia que Nav não. Para ele, que era *Sindhi*, não havia restrições alimentares específicas, embora sua família evitasse carne em feriados religiosos, como o *Diwali*.

Ele decidiu tornar Pritam vegetariano, para enfatizar que ele não era Nav.

— Na maior parte do tempo, mas não sou radical. — Se ela lhe oferecesse um pedaço do salmão, ele não recusaria.

— Bem, nós estabelecemos um fato sobre Pritam. Um começo encorajador. Agora, vamos voltar ao seu trabalho. Com *entretenimento*. — Ela ergueu as sobrancelhas, num tom exagerado de indagação.

— Você já ouviu falar de Bollywood? — Sabendo que ela se sentia atraída por homens magnânimos, ele imaginou o que poderia ser maior e ter mais glamour que Bollywood. Ele seria um cara de Bollywood.

Um riso surpreso e satisfeito.

— Filmes indianos. Musicais pomposos que duram horas.

— Sim. Você já viu algum? Gosta deles?

— Alguns, com meu amigo *Nav*. — Os olhos dela reluziram com malícia. — Ele é hindu-canadense e tem um parente na Índia que trabalha em Bollywood. Ele não gosta muito de filmes. Diz que muitos têm mais ostentação do que conteúdo. Imagino que você pense diferente, Pritam.

Era verdade, Nav geralmente não gostava muito de musicais, fossem de Bollywood ou Hollywood. Mas hoje ele era Pritam.

— Alguns têm essência, mas esses tendem a ser difíceis para os ocidentais se identificarem, pois a cultura e os valores indianos são diferentes. Mas, de qualquer forma, há espaço para conteúdo e também para o entretenimento escapista.

— Concordo inteiramente. Então, você está envolvido com Bollywood? — Ela se aproximou avidamente, o braço encostando na manga da camisa dele, se exibindo com sua representação. Ela era tão bonita com seus cachos ruivos emoldurando o rosto em formato de coração, seus lábios fartos e rosados entreabertos. Aquela blusa sedutora e transparente, por cima de um corpete cor-de-rosa marcando suas curvas macias e seus mamilos acentuados, que agora, infelizmente, não estavam arrepiados de tesão. Pernas esguias vestidas com um jeans justo, a coxa provocante perto da sua. Com seu cheiro de sempre, de jasmim.

Droga, ele queria tanto tocá-la.

Mas era cedo demais. Ela ainda o via como Nav. Pritam tinha que lançar uma história, atraí-la para dentro da fantasia. Fazê-la participar, flertar de verdade, como ela tinha feito antes.

— Sou produtor. — Sua prima Laksha era casada com Vijay, produtor de Bollywood. Na última viagem que Nav fizera à Índia, ele fora visitá-los em Bombaim, onde fez um passeio pelo estúdio e ouviu muitas conversas sobre o cinema. E sobre os laços crescentes entre Bollywood e o cinema canadense. Ontem, ele tinha refrescado a memória com duas horas de pesquisa e agora podia falar bastante a respeito.

Kat arregalou os olhos, de forma teatral.

— Nossa, um produtor! Mas que legal, hein?

— Eu gosto.

O comissário serviu as entradas. Kat experimentou a dela e murmurou:

— Que gostoso! — Depois disse: — Continue, Pritam. Você é produtor de Bollywood, no entanto mora em Montreal? Por que está no Canadá? — Era decididamente um desafio. Ela ainda não tinha entrado no jogo, mas estava intrigada.

— Bollywood está expandindo seu campo de atuação. — Ele parou, cortando fatias iguais de melão e presunto *prosciutto*, pegando um filete de queijo asiago e saboreando a garfada. — O conceito dos filmes mudou ligeiramente ao longo dos anos, mas a maioria ainda se baseia na ideia de que o melhor entretenimento é uma combinação de música, dança, romance e violência, envolvidos com glamour. Uma fantasia escapista, geralmente com uma dose de justiça poética no fim.

Ela assentiu, pensativa.

— Isso se encaixa a alguns que vi. Os filmes de Bollywood têm tido muito sucesso, não é?

Ele riu.

— Porque Bollywood produz mais filmes e vende mais ingressos que Hollywood?

— Você está brincando.

Ele sacudiu a cabeça.

— De forma alguma. E isso é para um público de maioria sul-asiática. Os filmes agradam gente de diferentes castas, profissões, níveis sociais.

Ela tinha uma expressão atenta enquanto ouvia beliscando sua entrada.

— Eu sei que estão conseguindo uma distribuição maior no Canadá, e imagino que nos Estados Unidos também.

— Sim, e isso é ótimo. — E agora que tinha preparado o pano de fundo, ele precisava tornar pessoal. Atrair o foco de volta a Pritam. — Como produtor, eu quero que meus filmes sejam tradicionais o suficiente para fazer sucesso com seu público principal, mas que também atraiam os norte-americanos.

Ele estava realmente aquecendo seu papel.

— Além de considerar o conteúdo, também estou em busca de produções feitas em parceria. Rodar os filmes de Bollywood em locações canadenses com alguns astros da Índia, porém usando a maior parte de atores locais. E equipes locais. Depois, levar alguns desses atores e equipes de volta a Bombaim para filmar lá.

— Isso é fascinante. — Kat parecia realmente envolvida, atenta às suas palavras, como se ele de fato fosse um charmoso produtor.

— O Canadá e a Índia têm um acordo de incentivo para projetos conjuntos, com redução de impostos para ambos os lados. — Ele tinha ouvido isso de Vijay, que de fato estava pensando em vir ao Canadá pesquisar as oportunidades.

— Mas a indústria cinematográfica canadense não está mais concentrada em Toronto e Vancouver, em vez de Montreal?

— Sim, mas pense nisso. Bollywood tem a ver com canções e dança, drama, cor e pompa, certo? É uma diversão viva e empolgante.

Surgiu um lampejo de sorriso.

— Ah, sim.

— E Montreal não é assim? Não seria uma locação ótima?

— Você está certo. — Ela ficou olhando pra ele, com a empolgação estampada no rosto. — Isso é brilhante!

Era mesmo. Ele teria que sugerir isso a Vijay.

Então, ele havia despertado seu interesse e a impressionara com seu brilhantismo. Era hora de voltar à sedução. Será que ela estaria suficientemente interessada no jogo para flertar com Pritam?

Hora de descobrir. O comissário estava tirando os pratos da entrada e servindo o prato principal.

Nav experimentou o *tortellini*, que estava cremoso e delicioso. Humm, havia uma vantagem em seu novo rosto barbeado. Ele não precisava se preocupar com o bigode e a barba sujos de molho. Mas seu rosto nu ainda parecia um pouquinho sensível e exposto, e era um choque toda vez que ele passava por um espelho. Perdera as bochechas rechonchudas que tinha quando jovem. Não se admirava que Kat tivesse achado Pritam mais velho que Nav.

Ele deu outra garfada na massa.

— Isso está excelente. Como está o salmão?

— Muito bom. — Ela deu uma olhada de lado para o *tortellini* dele.

— Você gosta de *tortellini*?

— Adoro. Mas tem tanta coisa gostosa nos trens, eu tento comer comidas mais leves.

— Experimentar não tem problema. Quer um?

— Sim, por favor. — Ela respondeu prontamente.

Em vez de empurrar o prato em sua direção, como seu amigo faria, ele passou uma conchinha de massa no molho de queijo e estendeu o garfo a ela. Uma oferta de intimidade.

Será que ela aceitaria? Comer no garfo em que ele tinha posto a boca instantes antes?

Seu olhar encontrou o dele, depois, hesitante, ela ergueu a mão e tocou a dele, segurando delicadamente enquanto se inclinava na direção do garfo.

Quantas vezes Kat o tocara? Cutucando-lhe as costelas, quando ele contava uma piada ruim, pedindo um abraço, quando estava aborrecida, dando um tapa de brincadeira, quando ele ia pegar o último pedaço de pizza.

Mas ela nunca havia tocado Nav como tocou agora. Esse toque fervilhava de significado. Ele pôde notar, pela forma como os dedos dela tremiam. Isso não era um meio de equilibrar a mão dele; era uma aceitação de intimidade física. Ela estava optando por embarcar na fantasia do estranho no trem.

Ele sentiu o pênis pulsar, como se ela o tivesse tocado ali, e não na mão, e ficou grato por estar com o guardanapo no colo.

Ele não desviou o olhar enquanto ela puxava a massa do garfo entre aqueles lábios rosados. O rubor surgiu no rosto dela. Ele tinha deixado Kat Fallon vermelha.

Bem, na verdade, tinha sido seu *alterego*, Pritam. Que era a segunda melhor coisa.

Ela mastigou, engoliu e ficou ainda mais corada enquanto ele observava, atentamente.

— Bom? — ele perguntou, dando um tom grave à voz. Como quem quer dizer que estava se referindo a algo além da massa.

Ela assentiu.

— Sim. — Sua voz foi quase um sussurro.

— Mais?

Agora, suas bochechas estavam em brasa.

— Eu gostaria.

Ele espetou outra conchinha de *tortellini* e ofereceu a ela. Quando ela novamente tocou sua mão, o artista dentro dele aprovou o contraste entre as unhas à francesinha e sua pele escura. O homem dentro dele saboreou a pressão dos dedos macios e os imaginou descendo por sua barriga e enlaçando seu pênis, agora duro.

Ele se esforçou para não se remexer na cadeira.

Ela deslizou a massa para dentro da boca e ele pensou naqueles lábios fartos engolindo seu pau.

Ele conteve um gemido.

Depois de mastigar e engolir, ela disse, com a voz rouca:

— Você gostaria de experimentar meu salmão? Você come peixe?

— De vez em quando, e eu adoraria provar. E, Kat, por favor, me chame pelo meu nome. Pritam.

— Pritam. — Foi um mero sussurro, mas ela tinha obedecido. Agora, será que ela lhe ofereceria a comida como ele fizera, em seu próprio garfo?

Ela o fez.

Essa foi sua desculpa para pegar sua mão levemente enquanto fechava os lábios em seu garfo, puxando o salmão para dentro da boca.

Ele não soltou a mão dela. Em vez disso, depois de terminar o peixe - que nem saboreou -, ele se inclinou mais e virou a mão dela, com a palma para cima. Beijou suavemente o centro da mão, depois passou a língua na pele, fazendo-a estremecer. Ele olhou para cima.

— Obrigado. Está delicioso.

Os olhos dela tinham se arregalado e ele viu como seus seios se movimentavam com a respiração rápida, notou como seus mamilos se arrepiaram, pressionando o corpete.

— Você está... — Ela se soltou da mão dele. — Você está tentando me seduzir, Pritam?

A pergunta direta o pegou de surpresa.

— Tentando? Eu esperava estar seduzindo.

— Ainda estou confusa. — Seus olhos castanhos mostravam uma vulnerabilidade incomum.

Geralmente, quando ficava aborrecida com alguma coisa, Kat tendia ao lado dramático. Ela se sentia "arrasada" ou "enfurecida", com pontos de exclamação. Raramente baixava a guarda, expondo suas dúvidas e incertezas. Frequentemente ele desejava que ela o fizesse, mas esse não era um desses momentos.

— Você está sendo analítica demais, *chérie* — ele provocou, ainda com a voz de Pritam.

Ela deu uma risadinha.

— Isso certamente não sou eu.

— Qual é o seu maior temor?

— Temor? — Ela mostrou uma expressão assustada. A palavra claramente a surpreendeu.

— Qual é a pior coisa que poderia acontecer?

— Agora, você está me pedindo para ser analítica. Decida-se.

— Só por um momento. Vamos identificar o medo. Ver se é real.

— Eu... não quero fazer papel de boba — disse ela, baixinho, com o rosto corado.

— Você não está fazendo. Não vai fazer. — Meio sem jeito, porque as bandejas estavam atrapalhando, ele pegou as mãos dela e apertou. — Sim, eu quero seduzi-la, e acho que você quer ser seduzida. Você está atraída; não consegue esconder. — Ele deliberadamente fixou o olhar no rosto corado, depois desceu aos seios. Quando ele subiu novamente, ela estava ainda mais rosada. — Então, como pode ser tolice ceder e desfrutar?

Os lábios dela tremeram, num quase sorriso.

— Acho que não é. — Ela soltou as mãos devagarzinho. — Mas, Pritam, eu tenho um amigo chamado Nav. Ele é muito importante pra mim. Não quero estragar meu relacionamento com ele.

Tudo é justo no amor e na guerra, ele lembrou a si mesmo.

— Você não vai estragar. O que acontecer no trem fica no trem. — A menos que ela quisesse levar isso de volta para Montreal, como ele torcia para que acontecesse. — Pritam e Kat podem se divertir, levar isso para onde quiserem ir. Isso não precisa afetar Nav e Kat. — Mas ele certamente torcia para que afetasse, no bom sentido.

Ele voltou ao inglês e falou como Nav.

— Kat, eu prometo. — Se esse plano não funcionasse, ele se distanciaria e ambos acabariam se casando com outras pessoas, mas uma coisa ele sabia. — Enquanto você me quiser como seu amigo, eu estarei lá pra você.

— Oh, Nav, eu também. — Os olhos dela se encheram de afeição e, por longo instante, eles apenas sorriram, um para o outro.

O coração dele amoleceu, mas ele sabia que esse era um ponto-chave na conquista. Se ela passasse tempo demais vendo-o como Nav, não conseguiria voltar ao jogo de Pritam.

Como Pritam, ele disse:

— O que me diz, querida companheira de poltrona? Você está aberta à sedução?

Ela mordeu o lábio.

— O jantar está esfriando.

Então, ela não tinha decidido. Enquanto ela dava uma garfada no salmão, ele voltou ao seu *tortellini*. Eles comeram em silêncio, por alguns minutos, embora ele estivesse tenso demais para sequer sentir o gosto da comida. Ele tinha dito tudo que podia para persuadi-la. Agora precisava esperar que ela se decidisse.

Ela finalmente ergueu os olhos.

— Tudo bem, Sr. Produtor, vamos ouvir mais sobre Bollywood. O que você estava dizendo era fascinante. — Seu tom foi neutro. Não era de adesão nem de rejeição.

Ele imaginou que a abordagem mais inteligente agora fosse a sutileza. Não a seduziria excessivamente, mas tentaria despertar seu interesse, ajudando-a a relaxar outra vez.

Enquanto eles terminavam, ele recorreu ao seu conhecimento restrito.

— Vamos começar pela música. Música *filmi*, é como se chama. Em Hollywood, a trilha sonora é uma parte importante do pacote, mas, em Bollywood, é geralmente vital para o sucesso de um filme. Sabe como os *trailers* são lançados, para despertar o interesse? Bem, as trilhas sonoras de Bollywood são lançadas antes e suas vendas podem render mais que as bilheterias.

— Eu não fazia ideia. — Ela voltou a ouvir com atenção.

— Aqui está outra diferença de Hollywood. Nos filmes de Bollywood que você já viu, notou alguma dublagem?

— Sim. O que é aquilo? — Ela tinha terminado seu jantar e se inclinou mais perto dele.

Seu rosto macio estava tentadoramente próximo. Se ele se esticasse alguns centímetros, poderia beijá-lo. Seu sangue aqueceu só em pensar. Era infernal ter que se concentrar na conversa.

— Até a virada desse século, Bollywood não gravava o som simultaneamente à imagem. O som era feito depois. Então, após as filmagens, os atores entravam num estúdio de gravação e dublavam os diálogos.

— E cantavam as músicas, eu imagino.

— Na verdade é o inverso; as músicas raramente são cantadas pelos atores, e sim por cantores profissionais chamados cantores de *playback*. Eles gravam as canções antes das filmagens, depois os atores dublam. Alguns dos cantores de *filmis playbacks* são astros tão famosos quanto os atores.

— Nossa. — Ela estava prestando atenção em cada palavra. — Você disse que as coisas mudaram, recentemente?

— Sim, com um filme inovador, chamado *Lagaan*. Desde então, a indústria tem ingressado em uma nova tecnologia, e mais filmes de primeira linha estão sendo feitos com som simultâneo, em locação. A dublagem de diálogos não está sendo feita. Mas geralmente ainda usamos os cantores com *playback* para as canções.

O comissário levou os pratos e ambos aceitaram novas taças de vinho.

Kat ergueu a sua, num brinde.

— À Bollywood. Agora, conte-me mais sobre seu emprego. Deve ser muito empolgante.

Ele bebeu ao brinde, depois prosseguiu contando sobre sua carreira fictícia. Ambos reclinaram ligeiramente as poltronas, e Kat virou de lado, fazendo o jeans no joelho roçar nele. Quando ele se atreveu a acariciar levemente seu rosto, ela ficou vermelha e não recuou.

O rosto dela estava radiante de interesse, expressando admiração, e ele podia imaginá-la com o cara da Nascar, ou o esquiador olímpico. Com homens falando de suas vidas dramáticas e Kat sendo tragada cada vez mais fundo.

Ela se impressionava tanto pelas realizações e pelo charme que não olhava além da superfície para ver se o homem era, de fato, uma pessoa decente.

Droga, ele estava cansado de falar sobre Pritam. Sim, seu *alterego* precisava ser magnânimo, de modo a instigar Kat a entrar no jogo da fantasia, mas ele não precisava ser um babaca egocêntrico.

Então, depois que o comissário serviu *cheesecake* de morango e café, Nav disse:

— Para mim, chega. Conte-me mais sobre seu emprego.

— Nem de longe é interessante como o seu.

Isso era estranho. Em casa, com Nav, ela sempre contava histórias sobre seu emprego. Mas, com Pritam, ela era diferente. Quase como se o glamour da carreira dele a intimidasse. O que era aquilo?

— Ora, vamos — ele incentivou. — Me dê uma visão interna da indústria hoteleira.

— Humm, vejamos.

Enquanto ela pensava, saboreando o *cheesecake*, ele experimentou sua sobremesa. O toque de gengibre, a doçura dos morangos e o queijo cremoso formavam uma combinação inesperada, mas perfeita.

— De certa forma — disse ela —, administrar um hotel é parecido com fazer um filme. Há muitas coisas e pessoas para organizar. O gerente-geral coordena tudo com outros gerentes - como eu, de relações públicas - que se reportam a ele. É preciso muita organização para manter as coisas funcionando tranquilamente, porém a maior parte acontece nos bastidores.

Ele concordou.

— Como acontece com um filme, o que importa para o público é o produto final.

— Exatamente. O Le Cachet tem a ver com luxo, conforto, receber cuidados. Para muitos hóspedes, a estadia é uma fuga da vida real. Quando estão num hotel, as pessoas mudam. Ou um pouquinho, ou muito.

Ela tinha contado a Nav histórias sobre incidentes bizarros ou engraçados no Le Cachet, mas nunca tinha comentado que as pessoas mudam.

— Como assim? — perguntou ele. — Como se interpretassem um papel? — Ou como ele estava fazendo nesse trem, tentando reinventar a forma de se relacionar com Kat?

— Não exatamente, pois não há roteiro nem diretor. Elas vão fazendo conforme vai acontecendo. — Ela riu, entrando no clima de seu assunto. — E não há cinegrafista, então, elas são mais livres. Fazem coisas no hotel que não fariam em casa.

Ele deu outra garfada na torta.

— Por exemplo? Me conte uma história.

— Humm, me deixe ver. Certo, tem um casal muito distinto e mais velho que fica conosco algumas vezes por ano. Eles jantam fora, vão ao teatro. São maravilhosos com os funcionários e todos nós os adoramos. Uma noite, por volta de meia-noite, a esposa ligou para a recepção e disse que seu marido estava tendo um ataque do coração. O concierge ligou para a emergência e subiu correndo até o quarto, porque tinha treinamento em primeiros socorros. Adivinha o que ele encontrou? — Ela arregalou os olhos dramaticamente.

— Espero que nada terrível.

— A esposa estava vestida com uma roupa preta de couro, de

dominatrix, e ele estava nu, algemado à cama. Ela estava freneticamente caçando os óculos, pois não conseguia enxergar para abrir as algemas.

— Deve ter sido um choque para o concierge.

— Acredite, os concierges já viram de tudo. Ele nem hesitou. Abriu as algemas, sugeriu que ela se trocasse e até conseguiu colocar o pijama no homem antes que os paramédicos chegassem. No fim era só uma indigestão, ainda bem. Depois, ela disse ao concierge que eles nunca faziam aquilo em casa, porque não parecia certo.

Nav deu uma risada, contente.

— Mas que drama. Tem mais drama no seu trabalho do que no meu. — Então, ele estalou os dedos. — Um hotel seria um ótimo set para um filme de Bollywood. — Por um momento, ele se sentiu quase como um produtor de verdade.

Kat assentiu vigorosamente.

— Que ideia maravilhosa. Se precisar de um consultor, me diga. — Ela pareceu sincera, como se realmente estivesse falando com um produtor de Bollywood.

— Você será a primeira pessoa para quem vou ligar. — Ele lançou um olhar de flerte e pousou a mão no antebraço dela. — Quer dizer, se você me der seu telefone.

Ela automaticamente se abaixou para pegar a bolsa. Então, congelou. Quando se endireitou, com a bolsa na mão, sua expressão dizia que ela tinha voltado à realidade, lembrando que ele era Nav.

O que ela faria?

A mão dela remexeu no fecho da bolsa.

— No começo, achei que você fosse pedir meu telefone — ela disse, devagar. — Depois, esqueci. — Eram palavras que ela diria a Pritam, mas falou hesitante, como se estivesse argumentando se deveria ou não continuar com o jogo.

Ele não ia abandonar o personagem. Na voz de Pritam, ele disse, sedutor:

— Eu nunca me esqueci, *chérie*. Mas quis ter certeza de que, quando chegasse o momento de pedir, você estaria certa de sua resposta. — Tentando aplicar a ousadia do tudo ou nada que usava no campo de rúgbi, ele acrescentou — E você está. — Foi uma afirmação, não uma pergunta.

Ela riu baixinho.

— Você está cheio de si, não é?

— Você quer um homem confiante. — Ao dizer as palavras, ele percebeu que eram verdadeiras.

Além disso, ele sabia que, logo que se mudou para Montreal, Kat não o via como alguém confiante. Embora fosse preciso coragem para começar uma nova carreira, numa nova cidade, sem conhecer ninguém, a confiança dele era do tipo silenciosa, não ostensiva. Era seu jeito encontrar seu caminho e fazer amigos devagar, e ele estava feliz em ser assim.

Mas Kat o achava tímido e ficara com pena dele, por isso o puxara para dentro de seu mundo.

Ela formou sua opinião cedo e nunca mudou, mesmo depois que ele desenvolveu sua carreira e a vida social.

Pritam, ao contrário de Nav, era um maldito presunçoso. Então, ele olhou-a fixamente, e disse:

— Confiança é sexy.

— É. — Ela o olhou novamente nos olhos, parecendo aberta às possibilidades entre eles.

Ele deu seu sorriso mais encantador e afetuoso.

— Você é sexy, Kat Fallon. Tudo em você é sexy.

— O que, por exemplo? — A pergunta murmurada dizia que ela dera boas-vindas ao flerte.

Ele não queria dizer as mesmas coisas que ela tinha ouvido de todos os caras que haviam tentado ficar com ela.

— Como a forma que seu batom combinava com seu corpete. Antes de você ter comido o batom todo.

Ela deu uma risadinha trêmula e seus mamilos novamente se enrijeceram por baixo do tecido do corpete. Ele estava desesperado para tocar seus seios, mas, em vez disso, pegou sua mão, segurando delicadamente, sentindo o calor que sempre sentia quando tocava Kat. Um calor que era excitação, amor e carinho, tudo ao mesmo tempo. Sem olhar abaixo, para a mão dela, ele disse:

— Como essas unhas tão bem-feitas, com pontas brancas, menos a que está quebrada, de seu dedo médio.

— Eu fiz ontem. — A voz dela estava rouca, interrogativa, atiçada. — Quebrou quando eu estava fechando o zíper da minha mala. Você realmente repara nas coisas.

— Eu reparo as coisas em você. Bem, vamos ver o que mais eu descobri. Uma coisa é certa, você não gosta de compartilhar um homem com nenhuma outra mulher.

— Na mosca. Que mulher gosta?

— Algumas. Se quiserem, por exemplo, só sexo, companhia, diversão, mas sem compromisso, sem pressão. Como você é solteira, fiquei imaginando se seria assim. Mas acho que não.

— Por quê?

— Sua reação à Marie-Thérèse.

— Marie-Thérèse? Ah, a loira Armani. — Ela assentiu. — Você está certo. Gosto de homens que são atraentes para as mulheres, mas espero fidelidade. E algum grau de comprometimento. Se um homem me trai, já era. — Com uma expressão voraz, ela disse: — Já passei por isso e não gostei.

Ela tirou a mão da dele, se inclinou e pousou as duas mãos nos ombros dele. Com o rosto a um palmo do dele, ela olhou em seus olhos.

— *Pritam*, o que você quer de mim?

— Isso não é difícil de adivinhar. — Se ele tirasse uma das mãos dela de seu ombro e colocasse no colo, embaixo do guardanapo, ela saberia. — É *com* você, não de você. Quero saboreá-la. — A voz dele saiu rouca de desejo. — Sentir seu cheiro. Tocar você. Ouvir você gemer de prazer, fazer você gritar de êxtase.

Ruborizada, de lábios abertos, ela ouvia.

— Tenho um quarto de hotel reservado em Toronto — disse ele. — Fique comigo.

Ela não pareceu surpresa, portanto ele soube que a ideia já lhe ocorrera, mas ela mordeu o lábio.

— Não sou do tipo de uma noite só.

Será que ele deveria contar que tinha reserva para o trajeto todo, até Vancouver, e queria continuar a aventura com ela? Não, ele precisava se manter flexível. Talvez tivesse que adaptar sua estratégia amanhã.

— O que há de tão errado quanto a me deixar fazê-la feliz por uma noite?

Ela inclinou a cabeça.

— Que tipo de homem é você, *Pritam?* Um paquerador que gosta de uma noite aqui, outra ali, com uma mulher diferente?

Ele tinha criado o produtor de Bollywood que quase conseguira seduzi-la e agora, se ela fosse seguir no jogo de uma noite de amor, queria saber se o cara de Bollywood era um homem decente. Era interessante como ela entrava e saía do jogo conforme o clima.

Ele deu um sorriso cheio de charme.

— Não, sou muito exigente. Só fico com mulheres bonitas, sensuais, inteligentes, bem-sucedidas, interessantes, divertidas.

— Sei. — As palavras foram cínicas, mas seus lábios tremularam com um sorriso.

— E, Kat? Assim como você, eu também sou sério nos relacionamentos. Estou em busca da pessoa certa, assim como sinto que você também está.

— Aham — disse ela cética. — Certo, me diga uma coisa. Você já se apaixonou?

Ela realmente via Pritam como um paquerador.

— Sim.

— É mesmo? — Ela ergueu as sobrancelhas — O que aconteceu?

Ainda estou esperando para descobrir. Claro que ele não diria isso, mas podia contar outra coisa. Compartilhar algo seu, que nunca tinha revelado a ninguém. Para Nav, a rejeição de Margaret feriu tão fundo que era doloroso e constrangedor falar a respeito. Porém, Pritam, que era um homem sobre o qual as mulheres se jogavam, poderia ser mais acessível.

— Eu me apaixonei e ela disse que era recíproco. Eu ia pedi-la em casamento. — Ele parou, tentando não se lembrar da dor. — Mas ela me dispensou.

***

Capítulo . 6

Fiquei olhando o homem fascinante e sexy ao meu lado.

— Você está brincando. — Que mulher, em seu juízo perfeito, dispensaria um cara como ele?

Por outro lado, Pritam, na verdade, não existia.

No entanto, eu estava olhando pra ele. Um homem que sabia falar com conhecimento sobre filmes de Bollywood, que parecia um astro de cinema, que tinha beijado minha mão. Que não tinha nada do Nav.

Será que essa história de ter sido dispensado pela mulher que ele amava não passava de outra fábula para despertar compaixão?

— Infelizmente, não — disse ele, mantendo o personagem. Interpretando seu papel.

E, sim, era um papel. Ele tinha proposto um jogo e estava se divertindo. Embora a amizade de Nav tivesse me ajudado ao longo de vários rompimentos, o flerte do sexy Pritam massageava meu ego, depois da rejeição humilhante de Jean-Pierre.

— Lamento sobre sua ex — eu disse. — O que aconteceu?

Ele brincou com seu garfo por alguns segundos, então, como se tivesse percebido que estava enrolando, o soltou.

— Sabe o que estávamos falando antes, sobre encontrar seu nicho de carreira? Eu estava em outro caminho profissional, e aquele – principalmente na questão da renda e do status - atraía Margaret. Mas não a mim. — A amargura pontuava sua voz.

Amargura que pareceu autêntica. Seria verdade? Será que Nav tinha amado essa Margaret? Se fosse, por que nunca tinha me contado? Senti uma ponta de mágoa, talvez até ciúme, por outra mulher ter sido tão importante pra ele.

— O que aconteceu? — perguntei baixinho. E por que ele estava me contando isso agora, como Pritam?

— Eu me recusei a ficar preso, fazendo algo que eu detestava. — Ele engoliu. — Mudei de direção.

Isso se encaixava a algumas coisas que Nav tinha me contado sobre seus pais. Eles queriam que ele ocupasse um cargo numa grande empresa - onde seu pai trabalhava - em vez de ser fotógrafo. Ele poderia ter estudado fotografia em Londres, onde sua família morava à época, mas o relacionamento estava tão estressado que ele acabou vindo para o Canadá. Desde então, as coisas não tinham melhorado e Nav não falava muito da família.

— No fim das contas — ele prosseguiu —, Margaret estava mais interessada no status do que em mim como pessoa. — Era impossível para qualquer um fingir aquele tom na voz de Pritam, exceto um excelente ator.

Margaret era real. A piranha.

— Que horrível. Eu lamento muito. Mas você está melhor sem ela.

— É, tudo bem. — Ele me olhou, uma expressão aturdida nos olhos. — Ela disse que eu a traí.

— Traiu? — Eu refleti, pensando em minha própria vida. — Talvez ela tenha pensado que você deu em cima dela... é... meio sob falsos pretextos. Ela acreditou que você fosse um homem, depois você acabou se mostrando outra pessoa. — Meu esquiador olímpico tinha feito isso, dizendo que queria um relacionamento sério, quando, na verdade, tinha amantes na França, Itália, e Deus sabe onde mais.

Pritam - Nav - se retraiu.

— Desculpe — eu disse, rapidamente, percebendo que a comparação era injusta. — Não quero dizer que você tenha feito de propósito. — Nav jamais enganaria uma mulher deliberadamente. Eu sabia, pela minha própria experiência e pela forma como suas ex-namoradas continuavam suas amigas.

— Ela não quis ver quem eu realmente era.

Será que esse era o motivo para que Nav ficasse tão irritado com a ideia das pessoas julgarem pela aparência?

— Azar o dela. — Eu toquei sua mão.

— Obrigado. — Ele enlaçou nossos dedos. — Mas, naquela época, magoou muito.

Uma coisa tão simples, dedos enlaçados, e que sensações complexas. Carinho e entrosamento. Calor sexual e a sugestão de outras partes do corpo se enlaçando.

— Terminar sempre dói. — Eu apertei a mão dele.

Quantas vezes eu tinha reclamado enfurecida para Nav, chorando em seu ombro, quando terminei com alguém? Por que ele nunca tinha contado sua história? Eu quis perguntar, mas se o fizesse estaria falando com Nav em vez de Pritam. Teria que soltar sua mão, quebrar as sensações sensuais deliciosas.

O comissário veio tirar nossos pratos de sobremesa e servir mais café.

Depois, meu companheiro de poltrona pegou sua xícara de café e disse, ainda na voz de Pritam:

— Levei um tempo para esquecer Margaret.

E talvez nem tivesse esquecido. Seria esse o motivo para que Nav só namorasse casualmente? Teria medo de se arriscar novamente no amor?

— Isso o deixou cauteloso para namorar, Pritam?

A expressão dele se abrandou e ele me deu uma piscada sexy.

— Eu pareço cauteloso?

Eu ri.

— Eu quis dizer sobre namorar *sério*.

— Não. Fora o fato de precisar ter certeza de que a mulher esteja interessada em quem sou, não em quem ela acha que devo ser.

— Já se apaixonou desde Margaret?

A mão que segurava a minha ficou tensa.

— Uma vez. Mas ela não sentiu o mesmo por mim.

— Eu lamento. — Outra história que ele nunca me contou e outro motivo para que Nav resistisse aos relacionamentos sérios. Que ridículo que eu sentisse ciúme dessas duas mulheres que significaram tanto para o meu amigo.

Apertei sua mão até que ele relaxou, depois peguei minha xícara de café.

— Qual era sua carreira anterior? — eu perguntei. — A que Margaret ansiava tanto?

— Coisas corporativas tediosas. Nem de longe divertido como Bollywood. Mas a indústria cinematográfica é um meio de vida arriscado. Como tudo no mundo das artes. Margaret vem de uma família abastada. Ela gostava de coisas que o dinheiro pode comprar e adorava ter status. Ela e meus pais se deram maravilhosamente bem. — Ele me lançou um olhar com aqueles olhos castanhos deslumbrantes. — E quanto a você, Kat? Você se imaginaria tendo algo com um artista faminto?

A pergunta me pegou de surpresa.

— Nunca namorei alguém assim. — Alguém que, na verdade, fosse como Nav quando chegou a Montreal. Será que eu era superficial como Margaret?

— Por que não?

Eu não podia lhe contar sobre minha teoria de que os opostos se atraem, sobre mim, tão mediana, sendo atraída por homens incríveis, e não queria repetir nossa conversa de sábado à noite, portanto só sacudi os ombros, torcendo para que ele mudasse de assunto.

— Você nunca namorou um homem que fosse apenas um cara legal, normal?

— Na verdade, não — admiti. Então, me corrigi. — Bem, meu primeiro namorado, o Bob. — Eu dei uma risadinha, baixinho. — Ele tinha até um nome comum, Bob Johnson. — Era meio gordinho, meio nerd. Eu estava com dificuldade em álgebra e ele me ajudava depois do colégio. Era um cara muito legal.

— Os caras legais chegam por último — disse o meu companheiro de poltrona, melancólico. — Então, o que aconteceu com o pobre do Bob?

— Eu o levei à minha casa, para jantar, empolgada por ter um namorado. Minha irmã mais velha tem Q.I. de gênio e era - é - a estrela da família. Mas Theresa não estava namorando, então, pela primeira vez, eu a superei.

— Acho que é da natureza humana irmãos competirem.

Na minha família, nós fazíamos isso, em parte, assumindo interesses diferentes: Theresa pela inteligência, Jenna pela beleza, Merilee por ser metade de M&M e eu era a Srta. Sociabilidade.

— Depois do jantar, quando Bob já tinha ido pra casa, minha família desceu o pau nele. Ele pretendia trabalhar na loja de material de construção do pai depois que terminasse o ensino médio, e meus pais disseram que eu deveria procurar um garoto mais ambicioso. Theresa disse que ele era um bobão e minha irmã Jenna o achou um idiota.

Ele fez uma careta.

— Você despachou o pobre do cara?

Envergonhada, eu assenti.

— Aham. Foi uma coisa desagradável de falar, mas a pressão da minha família é... — Sacudi os ombros, surpresa comigo mesma por ter contado algo tão pessoal. Por que motivo desse mundo alguém estaria interessado na história da minha família?

Ele concordou compreensivo.

— Acredite, eu entendo. — Os cantos de seus lábios tremularam. — A pressão da família tem algo a ver com sua mudança para o outro lado do país assim que você terminou o ensino médio?

— Ah, sim. E com o motivo para que eu ainda esteja aqui. — Eu rapidamente disse: — Olha, eu adoro meus pais e minhas irmãs. Mas é como se em Vancouver eu fosse uma criança que se tornou uma mulher quando saiu de lá. E passou a ter controle da própria vida. Quando volto, sou tragada pelos antigos padrões.

— É. É difícil descobrir como ser um adulto independente e ainda respeitar e amar sua família.

Nós sorrimos um para o outro e eu senti uma forte ligação.

Rapidamente desviei o olhar e peguei minha xícara de café. Era muito estranho o que estava acontecendo entre esse homem e mim.

Quando ele estava contando suas histórias de Bollywood, eu conseguia entrar no jogo de Pritam.

Mas, depois, ele me contou sobre Margaret, uma história de Nav que eu nunca tinha ouvido. Embora eu e Nav tivéssemos conversado um pouquinho sobre minha família, tinha sido superficial. Hoje ele me fez pensar e compartilhar coisas que eu geralmente guardava pra mim.

Sim, ficar sentada num trem, sem mais nada a fazer, levava as pessoas a falar de um jeito diferente. De um jeito mais reflexivo do que meu papo habitual, leve e descontraído.

Mas, para dizer a verdade, eu não podia atribuir tudo ao trem. Tinha algo a ver com essa pessoa Pritam-Nav ao meu lado.

Quando "Pritam" dissera querer me seduzir, eu esperava histórias deslumbrantes, um encanto carismático, um flerte sexy. O tipo de coisa que novos namorados geralmente faziam para me impressionar. E, sim, ele me dera tudo isso, porém havia ido mais longe. Pareceu realmente querer me conhecer, não só me levar para a cama, e demonstrava tentar entender em vez de julgar. Eu detestava ser julgada, porque sempre temia ser insuficiente.

Meu companheiro também pareceu disposto a compartilhar algumas verdades dolorosas. Bem além do que Nav jamais fizera. Ou será que Nav tinha preferido se abster porque eu também não havia sido acessível?

As pessoas, quando num relacionamento – familiar, profissional ou social – tendem, sim, a assumir determinados padrões. Eu gostava do relacionamento tranquilo, companheiro, que Nav e eu tínhamos criado.

Mas também gostava da forma como eu e Pritam nos relacionávamos.

— No que está pensando, Kat? — ele perguntou, baixinho.

Corando, pousei a xícara com a qual estava brincando.

— Gosto de estar com você.

Ele deu uma risada surpresa.

— Bem, graças a Deus. Quer dizer, se estamos falando de... — Sugestivo, ele ergueu uma sobrancelha e pegou novamente a minha mão, pousando nossas mãos enlaçadas no braço da poltrona e chegando mais perto, para que nossos braços encostassem desde o ombro.

Estremeci diante do contato sensual e instigante.

— Pra você, sedução requer afeição? — A esse ponto, eu não tinha ideia de quem estava perguntando, se era Nav ou Pritam.

Ele inclinou a cabeça.

— Pergunta interessante. Sim, requer. Do contrário é só desejo. — Os olhos dele reluziram de humor. — Isso me bastava, quando eu era jovem. Porém, quanto mais velho vou ficando, mais penso que a sedução - o sexo - deve ter a ver com afeição, compartilhamento, diversão mútua.

Essa resposta veio de Nav ou de Pritam? De ambos, eu desconfiava. Quanto a mim, quando ia para a cama com um cara, geralmente estava me apaixonando. Às vezes, quando eu terminava com alguém, eu até percebia que, enquanto estava me apaixonando, não gostava tanto dele assim. Eu sentia mais falta da empolgação do romance do que do homem em si.

— Mesmo que ambos saibam que não vai dar em nada — disse ele — ainda deve ser mais que orgasmo. — Ele me deu uma piscada provocadora. — Por mais maravilhoso que seja o orgasmo.

Eu engoli, imaginando o tipo de clímax que ele poderia me dar com aqueles dedos longos e fortes, aquela boca sensual. E também tinha aquele *pacotão* excelente. Sobre o qual eu tentava não pensar quando ele era Nav. Mas tinha total permissão se fosse Pritam.

Ai, Deus, eu queria tanto ele. Queria o que ele estava propondo.

Nós dois tínhamos virado de frente um para o outro em nossas poltronas. Ele se aproximou e fez um carinho em meu rosto, me fazendo estremecer.

— Entre nós, haveria mais. Você sente isso, não sente, Kat? Houve uma ligação desde que nós entramos nesse trem e nossos olhares se cruzaram.

Ele estava me lembrando do jogo. Eu poderia aceitar Pritam e nós talvez acabássemos na cama. Ou poderia tratá-lo como Nav, meu bom amigo e vizinho – com quem eu me proibira fazer sexo – e parava agora.

Seu rosto se aproximou enquanto eu olhava, fascinada. Nervosa. Esperançosa.

Ele ia me beijar. Será que eu deveria deixar?

Eu queria esse beijo. Queria muito, de verdade.

No entanto, seria um momento de tudo ou nada. E se nossos lábios se tocassem e não rolasse aquele clique? E se o beijo fosse desajeitado? Ou se fosse legal, mas não despertasse paixão? Ou se fosse ótimo, mas eu ficasse obcecada por minha amizade com Nav? Se alguma dessas coisas acontecesse, já era o jogo, a fantasia, a sensação gloriosa.

Ai, droga, eu era uma pessoa de ação, então por que estava analisando tanto as coisas? Inclinei a cabeça e me aproximei, claramente convidando.

Os olhos dele, ternos e castanhos, estavam repletos de algo que parecia quase uma admiração. Então, aqueles lábios sensuais, macios e delicados hesitaram por um momento ao encontrar os meus. Mas só por um momento.

Eles se firmaram e ele se apoderou da minha boca de um jeito decidido, com um beijo que me deixou em chamas, dos pés à cabeça, principalmente nos lugares sensuais no meio do caminho.

Sua língua exigia entrada e eu aceitei avidamente, reagindo com a minha. Toda a atração que eu havia sentido desde que tinha visto esse homem – sendo Pritam num trem, ou Nav segurando um elefante – veio com alívio, apetite, paixão. Esse beijo era mais que as línguas entrando, as mordidinhas, o calor emanando dos olhos dele. Algo fez surgir uma centelha, acendeu uma chama entre nós.

Meu corpo se contraiu, dolorido, molhado. Imaginando as possibilidades. Nosso beijo mais que deu uma dica, ele prometia, e eu me joguei de cabeça.

Subitamente, ele recuou. Passou a mão no rosto, inspirou profundamente e espirou.

Eu estava tentando recuperar meu fôlego quando ele disse com os olhos brilhando:

— Uau, esse foi um primeiro beijo bem presunçoso.

Eu ri baixinho pela forma como ele disse.

— Você não me viu reclamar, viu?

Um rápido sorriso surgiu.

— Não, graças a Deus. Mas nós estamos num trem. Não queremos ser expulsos antes de chegar a Toronto.

Corei. Eu estava tão envolvida no mundo sexy que nós havíamos criado juntos que me esqueci do que havia em volta.

— Isso é constrangedor.

— Você sabe o que as pessoas dizem quando veem esse tipo de demonstração pública de afeto. — Os olhos dele brilharam sedutores. — Arranje um quarto.

Ah, sim!

— É...

— Estamos quase em Toronto. Meu quarto, no Royal York tem uma cama *king*.

O beijo tinha levado a isso. Nós dois na cama. Eu não conseguia pensar em nada mais sedutor. Mas... Isso era insano, não? Indecisa, eu disse:

— Também reservei um quarto.

Os dedos dele desceram pelo meu braço, num carinho delicado e instigante.

— Cancele. Eu quero fazer amor com você, Kat.

— E se não der certo?

Ele deu um sorriso malicioso de quem sabia o que estava fazendo e sacudiu a cabeça, devagar, deliberadamente.

— Depois desse beijo, você consegue fazer essa pergunta?

Se o beijo fosse uma amostra justa, o sexo seria fantástico. Ele - Pritam - era deslumbrante, sexy, confiante. Melhor ainda, ele me achava atraente e desejável. Seu beijo não tinha sido suave e experiente, e sim sensível e desejoso.

Olhei de lado. O guardanapo dele tinha caído no chão e uma ereção impressionante se mostrava na frente de seu jeans. Eu estava molhada só de pensar na sensação de tê-lo entrando fundo em mim, e eu fechei as coxas, apertadas.

Pritam estava me prometendo um sexo ótimo. O jogo tinha limite de tempo. Sem consequências.

— Somos adultos — disse ele — e sabemos o que queremos.

Tudo que ele fazia - o brilho instigante em seus olhos, o toque delicado de seus dedos, sua voz - estimulava meus sentidos, provocava ondas de desejo sexual pelo meu corpo. Meus mamilos, minha boceta ansiavam por seu toque. Ele estava certo. Nós dois queríamos sexo, então por que fingir o contrário?

Em duas semanas, de volta em Montreal, meu velho mundo e meu vizinho amistoso estariam esperando por mim. Por enquanto, o que havia de errado em curtir com um estranho sexy?

— Ligue e cancele o seu quarto — ele pediu.

O comissário recolheu as xícaras, mas eu mal notei. Estava totalmente concentrada em meu companheiro de poltrona.

Quando se tratava de homens, confiar na minha intuição frequentemente provava ser um erro. No entanto, eu não me sentia tão maravilhosa havia muito tempo. Era só uma vez. Uma vez especial, com suas regras especiais.

— Não vou cancelar o meu quarto, mas vou para o seu. — Por mais tentador que fosse, eu não passaria a noite toda com ele. Eu só fazia isso quando acreditava que o relacionamento estava ficando sério, algo que com esse nunca poderia acontecer.

— Bom. — Uma expressão aliviada cruzou seu rosto.

Eu esperava um sorriso presunçoso, masculino, um sorriso de vitória. Alívio era um estimulante ainda maior do ego.

— Quando chegarmos lá — eu disse —, prefiro não entrar com você. Tenho um relacionamento profissional com o hotel, e alguns funcionários me conhecem. Não quero que pensem... — Sacudi os ombros.

— Depois que fizer o check-in, vou ligar para o seu quarto e dizer o número do meu.

— Tudo bem.

À nossa volta, os passageiros se remexiam, inquietos. Virei para olhar pela janela e vi a Torre CN, à distância, e a primeira coloração do pôr do sol em tons de pêssego, pintando o céu.

— Estamos quase chegando. — Eu tinha perdido completamente mais de quatro horas de paisagem ensolarada. Lagos, rios, fazendas - por mais panorâmicos que fossem os cenários, a vista interna tinha sido bem mais agradável.

O trem cruzou o Don River, e eu virei de volta para ele, novamente nervosa.

Do outro lado do corredor, uma mulher miúda se esforçava para tirar sua bolsa do bagageiro. Meu companheiro, com seu corpo esguio e forte, levantou e tirou para ela. Ela sorriu e agradeceu.

— Kat? Você tem bagagem pra tirar aqui de cima?

— Sim, por favor — eu lhe disse. — Uma mala preta de rodinhas, com um lenço rosa amarrado.

— Achei. — Ele ergueu com facilidade, depois pegou suas malas enquanto o trem entrava na Union Station.

Quando levantei e saí no corredor, ele me puxou para perto de si, me dando um abraço rápido. A força de seu braço firme através de suas roupas foi provocante. Sempre que eu abraçava Nav, ficava acesa com seu corpo musculoso, mas me forçava a pensar nele como um amigo.

Agora, eu queria vê-lo nu. Olhar cada centímetro desse corpo sensual.

O corpo de Pritam, eu lembrei a mim mesma.

Abaixando-se, com a respiração morna e erótica em meu ouvido, ele murmurou:

— Mal posso esperar para fazer isso direito — depois se afastou, me soltando.

— Eu também.

Nós carregamos nossa bagagem para fora do trem, adentrando a estação subterrânea.

— Vamos subir — disse ele. — Respirar ar fresco. Ver o pôr do sol.

— Sim, será mais legal que o túnel. — No inverno, eu gostava do túnel que ligava a Union Station e o Royal York, mas nessa noite adorável de junho a ideia dele foi muito melhor.

Saímos no ar quente, numa rua movimentada, a cor do céu ia se aprofundando. Do outro lado da Front Street, estava o suntuoso hotel antigo. Eu olhei grata – e com expectativa.

Meu companheiro apertou minha mão.

Será que eu realmente poderia fingir que ele era Pritam? Entrar no jogo e separar essa aventura da vida real? Eu disse, nervosa:

— Sabia que quando a Ferrovia Canadense construiu esse hotel, oitenta anos atrás, era o prédio mais alto da Comunidade Britânica de Nações?

— É mesmo? As coisas certamente mudaram com o tempo. Mas é um clássico.

— Como *produtor de Bollywood*, você deve gostar de saber que muitos filmes foram feitos aqui. Espere até ver o lado de dentro. Já ficou aqui? — Era bem além do orçamento habitual de Nav, e eu fiquei imaginando como ele tinha conseguido pagar um quarto.

— Não, é minha primeira vez. — Ele desviou o olhar do hotel para mim. — E não é na arquitetura, na decoração nem nos filmes que estou tão interessado.

Senti ondas de excitação. Ah, sim, eu queria isso.

— Eu vou na frente e você segue depois de um tempo.

Ele se curvou e passou os lábios rapidamente nos meus, num carinho que me fez querer mais.

— Eu vejo você em breve.

Com seu beijo ainda ardendo em meus lábios, segui para o outro lado da rua.

Pela primeira vez, desde que tinha sido apresentada a Pritam, eu estava livre de sua presença esmagadora. Era a hora de refletir e ter certeza do que eu queria.

Fazer sexo com ele? Ah, sim. Mas sem arriscar perder meu melhor amigo.

Logo que me mudei para perto da St. Catherine, comecei a economizar para dar entrada em um apartamento. Então, Nav se mudou para lá. Agora, eu tinha uma enorme quantia guardada e há muito tempo olhava os classificados de imóveis. Porque meu *lar* não significava um apartamento caro, significava morar ao lado de Nav.

Mas, tudo bem, ele disse que nossa amizade não mudaria. Embora minha avó sempre tivesse dito que não se pode ter tudo. Nav prometeu diferente.

O carregador - que não reconheci - ergueu o chapéu ao me acompanhar ao lado de dentro.

— Olá, senhorita, aproveite a sua noite.

Dei um sorriso nervoso.

— Espero que sim, obrigada.

Há mais de dez anos, na primeira vez que eu havia entrado naquele hotel, fiquei parada boquiaberta diante da pompa: lustres e teto pintado, colunas com luminárias, móveis ornamentados. Essa noite, não parei para admirar a opulência dourada, mas segui direto ao balcão da recepção.

O check-in foi eficiente e em menos de cinco minutos eu estava em meu quarto. Rapidamente refrescada, esperando que ele ligasse.

Quando o telefone tocou, eu me apressei em atender.

Ele me disse o número de seu quarto e eu falei:

— Estarei aí em um minuto.

Peguei somente a bolsa e a chave e fui até o elevador.

Meu coração disparava conforme o elevador subia, passando por cada andar.

As portas deslizaram abrindo e eu respirei fundo, depois caminhei pelo corredor. Quando achei o quarto dele, notei a porta entreaberta. Entrei, fechando-a atrás de mim.

— Nossa!

Achei que ele estivesse num quarto comum como o meu, uma versão melhorada do quarto tradicional, com uma cama, cômoda, TV e etc. Mas, não, ele estava numa suíte cara, com uma sala de estar e uma suíte - a cama *king* estava visível, já com as cobertas puxadas para a noite.

Decorada com o estilo vitoriano do hotel, a suíte era elegante, em seus tons quentes de dourado e vermelho. Havia duas luminárias decoradas acesas, mas as cortinas não tinham sido fechadas. Lá fora, o sol poente tinha se aprofundado como um pano de fundo arrebatador para os prédios altos com luzes cintilando.

Ele se virou da vista e veio em minha direção.

— *Oui, c'est une chambre agréabele, n'est-ce pas?* — Surgiu uma batida atrás de mim e ele virou para abrir a porta.

Nav não poderia pagar um quarto como esse, muito menos as passagens de trem e as roupas. Um dia, eu saberia a verdade, mas, por enquanto, eu estava com Pritam.

Desse momento em diante, esse homem era Pritam. Eu não me permitiria pensar de outro modo, ou não conseguiria ir adiante com isso.

O garçom do serviço de quarto entrou trazendo um balde, uma garrafa e duas taças. Champanhe. Pritam tinha pedido champanhe.

O garçom mostrou a garrafa e eu vi a linda pintura que enfeitava a *Perrier-Jouet's La Belle Epoque* e notei a excelente safra. Essc champanhe era muito bom e muito caro.

— Gosta desse? — Pritam tocou meu ombro.

Eu levei um susto e limpei a garganta.

— Ah, sim. É um champanhe sutil, perfeitamente equilibrado. Para um paladar sofisticado. — Ah, mas que ótimo, eu mais parecia um sommelier.

Pritam deu um sorriso provocador.

— Bem, então, já que nós dois somos tão sofisticados, deve ser perfeito. — Ainda falando francês parisiense, ele disse ao garçom: — Por favor, pode abrir.

— *Bien sûr, monsieur*. — O garçom abriu, deixando a rolha sair devagar, com um sopro de ar. Pritam agradeceu e disse que nós nos serviríamos. Então, assinou a nota e o garçom partiu com um silencioso — *Merci, et bon soir*.

Quando deixei Montreal, cinco horas antes, imaginava uma noite tranquila, em meu quarto, checando o e-mail, trabalhando no convite virtual, indo para cama cedo.

Agora, ali estava eu, numa suíte maravilhosa, com um homem sexy e fascinante que eu não conhecia, e uma garrafa de excelente champanhe.

Sem mencionar a lembrança daquele beijo ardente.

***

Capítulo . 7

O coração de Nav batia tão depressa e com tanta força que era admirável que Kat não ouvisse. O amor de sua vida estava ao seu lado, dentro do seu quarto de hotel.

Uma suíte que tinha custado, por uma noite, quase o mesmo que um mês de aluguel de seu apartamento em Montreal. Mas um quarto normal não serviria. Suas armadilhas de sedução precisavam ser extravagantes. Ele precisava evitar que Kat o visse como Nav e o jogasse de volta à armadilha do amigão.

Ele serviu champanhe nas duas taças elegantes. Como fazia anos que quase não bebia isso, ele não recorreu à memória, mas pediu ao serviço de quarto que trouxesse algo especial para agradar uma dama de muito bom gosto. A garrafa florida certamente era bonita, feminina e ele percebeu o sorriso de Kat ao reconhecer.

Agora ele lhe entregava uma taça, segurando pela base. Quando ela pegou, ele fez questão que seus dedos se tocassem antes de soltar. Então, ele ergueu sua taça.

— Por termos nos conhecido e pelo começo de uma aventura maravilhosa.

— Saúde, Pritam. — A voz dela era leve, murmurante. Nervosa? Excitada? Ambos?

Eles deram um gole. As bolhas fervilharam na língua dele ao saborear a complexidade elegante da bebida. Houve uma época em que ele sempre bebia bons vinhos, e seu paladar apreciou esse, embora ele achasse que nenhum champanhe do mundo valia o dinheiro que ele tinha gastado.

Por outro lado, seduzir Kat valia o que fosse necessário.

— Venha até aqui. — Pousou a mão no pé das costas dela, tocando-a como um amante confiante faria e Nav jamais fizera, e a conduziu até a janela. — Não é uma vista maravilhosa?

Eles ficaram lado a lado, bebendo champanhe e olhando a paisagem da cidade. Luzes cintilavam em centenas de janelas, contrastando como o roxo profundo do anoitecer no céu.

Se não estivesse com Kat, ele pegaria sua câmera. Mas agora a mão dele ainda estava nas costas dela, pouco acima do cós do jeans, e ele sentia o calor de sua pele através das camadas finas do corpete e da blusa. Ele estava louco para tocá-la nua e sentiu o pau pulsar ao pensar nisso.

— A cidade está mudando de sua personalidade diurna para a noturna — comentou ele.

Ela lhe deu uma olhada.

— Que linda maneira de descrever.

— Dentro de todas aquelas janelas, as pessoas estão fazendo a mesma mudança. Estão se arrumando para sair, ou vestindo uma roupa confortável para ler um livro, ou assistir a um programa de TV. — Ele sorriu pra ela. — E aqui estamos nós.

Ele pousou seu copo numa mesa, perto da janela, pegou o dela e fez o mesmo, depois pousou levemente as mãos nos ombros dela.

— Nós não vamos sair.

Olhando nos olhos dele, como se hipnotizada, ela sacudiu a cabeça.

— Não.

— Nem vamos assistir à TV, ou ler.

Outra sacudida na cabeça. Ela sentia a pulsação acelerar no pescoço. Um lugar que ele queria muito beijar.

— Isso é o que vamos fazer, enquanto o sol termina de se pôr. — Ele inclinou a cabeça abaixo, demonstrando sua intenção.

Ela ficou na ponta dos pés, erguendo-se para encontrá-lo. Sua respiração envolveu os lábios dele. Vinho, menta. Ela tinha escovado os dentes para ele, como ele fizera para ela.

Os lábios dela eram rosados, fartos. Estavam ligeiramente entreabertos. Então, os lábios dele tocaram os dela. Levemente, mas sem hesitação. Ele tomou-lhe a boca, num beijo delicado e confiante.

Quando ela retribuiu, ele inclinou a cabeça, investigando minuciosamente, beijando e mordiscando, passando a língua no contorno externo, sem entrar. Há tanto tempo que ele queria beijá-la e agora podia saborear cada momento. Ele sugou o farto lábio inferior e ela deu um pequeno gemido.

Seu sangue engrossou nas veias. Finalmente, ele não precisava mais lutar contra a ereção, esconder o efeito que ela tinha sobre ele. Ele passou os braços em volta de Kat e, conforme seu pau aumentava, pressionou a frente de seu corpo junto ao dela.

Ela não hesitou e grudou nele.

O rosto dela estava vermelho, seus olhos se fecharam, ela o afagava nas costas. Ele desejou estar sem camisa, queria sentir a pele dela junto à sua.

Agora que ela estava de olhos fechados, ele podia encarar o quanto quisesse, sem se incomodar em esconder seu prazer e amor. Com um dos braços segurando-a firmemente pela cintura, ele tocou o rosto dela, maravilhado. Sobrancelhas arqueadas. Nariz fino. Maçãs do rosto rosadas de paixão. Por ele.

Um maxilar firme e um rosto em formato de coração para combinar com a mulher independente e determinada. Ele afagou seu rosto, bem de leve, depois segurou com mais força, mantendo-a onde queria, enquanto mergulhava a língua entre seus lábios.

Primeiro, a língua dela o recebeu delicadamente, depois com fervor.

Enquanto se beijavam, a mão dele continuou explorando, deslizando pelo pescoço que ela estendia, incentivando. Circulando a base do pescoço, onde sua pulsação latejava loucamente. Enquanto percorria o território desconhecido, lugares que Nav só olhava e desejava, ele se deliciava com cada sensação.

Colocando a mão entre eles, ele desabotoou a blusa fina, apalpando as curvas de seus seios, os mamilos rijos sob o corpete.

Ela recuou para tirar a blusa e ele segurou seus seios por cima do tecido rosa. Firmes, com uma maciez deliciosa, um peso feminino que encheu perfeitamente as suas mãos.

Ela arqueou as costas e afastou os cabelos do rosto. O movimento foi sensual, de entrega. E ergueu seus seios, encaixando-os ainda mais às mãos dele.

Nav ajoelhou e, através do corpete, passou o polegar por cima do mamilo arrepiado. De um lado para o outro. A pele aquecida por baixo do tecido fino, um cheiro de jasmim e mulher. Ele pousou a boca sobre a seda e sugou o mamilo.

Ela resfolegou.

Ele sugou mais, mordiscando levemente o botão.

Ela gemeu baixinho.

— Isso é tão gostoso.

Erguendo a cabeça do ponto molhado no corpete, ele olhou pra ela. Seus seios se erguiam e baixavam rapidamente, por baixo do tecido, uma linda extensão de pele nua, peito e pescoço, braços erguidos, rosto corado, olhos cintilantes, os cabelos lindamente desalinhados.

— Eu quero fazer você se sentir bem, Kat.

Ele voltou a atenção ao seu outro seio, enquanto ela pressionava as mãos no alto da cabeça dele, mantendo-o ali.

Então, pegando a bainha do corpete, ele começou a puxá-la pra cima. Ao desnudar a cintura, acima do jeans, ele parou a fim de passar a língua em seu umbigo delicado. Então ergueu mais o tecido, deixando à mostra sua barriga lisa, suas costelas, a curva inferior de seus seios.

Agora impaciente, ele se ergueu de sua posição de joelhos e começou a afastar o corpete.

Ela cruzou os braços por cima dos seios, impedindo-o.

Droga, o que ele tinha feito de errado?

— Kat?

Soltando uma das mãos, ela apontou para a janela.

— Precisamos fechar as cortinas.

Ele olhou lá pra fora. A noite havia caído. Diante deles, havia centenas de janelas, algumas acesas, outras escuras. Ele sentiu um ímpeto primitivo de bater no peito, como Tarzan, e declarar ao mundo que a beldade ao seu lado era sua mulher. Ele sacudiu a cabeça.

— Não precisamos, não.

— Alguém pode nos ver, estamos com as luzes acesas.

— Só se estiverem de binóculos, ou um telescópio. E quem liga? Ninguém nos reconheceria; seríamos só um homem e uma mulher anônimos. Uma imagem erótica. Deixe que olhem.

Os lábios dela entreabriram; seus olhos brilhavam.

— Você quer que as pessoas nos vejam?

— Sim. Deixe que tenham inveja de nós.

Ela baixou o braço que matinha na frente do peito.

— Tudo bem. — Seu sussurro foi tão baixinho que ele mal ouviu.

Sem perder tempo, ele voltou a tirar o corpete, por cima da cabeça dela. E lá estava ela, seminua, sob a luz dourada do abajur.

— Você me tira o ar.

— Estou constrangida. — Mas ela não voltou a cruzar os braços sobre os seios. Levou as mãos à frente da camisa dele. — Também quero ver você. — Os dedos dela tremiam ao abrir os botões.

Impaciente, Nav queria ajudar, mas também queria que ela própria fizesse. Ele queria que Kat ansiasse por ele, como ele ansiava por ela.

Finalmente, ela chegou aos últimos botões, como os dedos encostando na frente do jeans dele, roçando, sem querer, em sua ereção. Ou talvez não tivesse sido tão sem querer, pois eles demoraram ali.

Ele queria que ela o pegasse com força, mas se conteve. Kat merecia ser adorada. Independentemente do quanto ou por quanto tempo ele a queria, não agiria como um garoto com tesão.

Ela abriu as laterais de sua camisa e agora seus dedos subiam e desciam por seu corpo, levemente, tocando aqui e ali, por toda parte. Ele arrancou a camisa e ficou olhando o rosto dela, vendo-a apreciar, percebendo seu desejo.

— Bonito — murmurou ela, enquanto corria os dedos por entre os pelos de seu peito. — Forte — ao pegar em seus ombros. — Ah, sim, muito bonito. — Então, ela diminuiu a distância entre eles e entrou em seus braços, os seios nus junto ao peito dele, também nu, do jeito que tantas vezes ele havia imaginado.

A sensação o percorria. Nem em suas fantasias mais eróticas ela dava essa sensação tão gostosa. Sua imaginação não captara o calor da pele, do seu roçar sedoso, conforme ela mudava de posição. O cheiro misturado de jasmim e menta. Os sons de "hummm" que ela fazia quando seus corpos se mexiam juntos.

Ele passou as mãos nos cabelos dela, ergueu seu rosto ao dela, e mergulhou a língua em sua boca, deixando que ela sentisse sua paixão contida.

Faminta, ela retribuiu o beijo.

Ele colocou a mão entre eles, encontrou o fecho da calça dela e abriu. Quando tentou descer o jeans apertado, ela assumiu a tarefa. Ele começou a tirar a própria calça.

Ofegantes, rindo, eles se distanciaram para tirar os jeans. Ela estava um tesão de calcinha rosa. Então, eles se agarraram novamente, se beijando com avidez.

As mãos dele acariciaram cada pedacinho das costas dela, entraram por dentro da calcinha, seguraram suas nádegas curvas, prendendo-a com força, junto à sua ereção.

Ela gemeu e se remexeu, tentando colar ainda mais. As mãos dela percorriam os mesmos caminhos que ele, e desceram por suas costas, parando embaixo da cueca Armani que ele tinha comprado só pra ela. As nádegas dele se retraíram sob seu toque e ele queria mergulhar dentro dela.

Ele fechou os olhos apertados, lutando para se controlar. Kat era um tesão. Mas o que ele realmente queria era fazer com que *ela* sentisse tesão. Fazer amor com ela de um jeito que mostrasse o quanto ela era linda. O quanto era especial para ele. Adorável.

Tentando se esquecer de seu desejo impetuoso, ele recuou a boca dos lábios dela e foi traçando uma trilha de beijos em seu rosto até sua orelha, onde provocou com a língua. Depois, foi dando beijos lentos e molhados em seu pescoço, dando lambidas que faziam a pele arrepiar.

Ele passou a língua na base do pescoço dela, depois prosseguiu descendo, sem conseguir resistir ao chamariz de seus seios adoráveis.

Primeiro, pela curva branca suave, depois, os mamilos arrepiados de excitação. Os mamilos de tom rosa-escuro imploravam para serem chupados.

— Tão lindos — murmurou ele. Novamente de joelhos, ele a segurou pela cintura, colocou um mamilo na boca, fazendo pressão leve e rítmica. Chupava e soltava, chupava e soltava. Mordiscava levemente biquinho, depois lambia.

— Oh, Deus — Kat sussurrava. — Ah, sim. — Ela o pegou pelos ombros e arqueou para trás. Sob suas mãos, ela sentia a pele reverberar cada vez que respirava.

Ele passou ao outro seio, dedicando a mesma atenção.

— Não dá pra acreditar no quanto isso é bom — disse ela, sem ar. Concentrada na sensação, agora ela falava inglês.

Ele deslizou a mão para dentro da calcinha miúda. Sentiu os pelos encaracolados junto à seda fina. Depois, a curvatura carnuda da frente. Então, seus dedos acariciaram o tecido encharcado entre suas pernas, e ela soltou um gemido de prazer.

Nav também queria gemer, em parte pelo prazer de estar assim com ela, em parte pela pressão dolorida em sua virilha.

Abandonando seu seio, ele desceu beijando, mergulhando a língua no umbigo dela, passando pela barriga e pela frente da calcinha. O cheiro inebriante de almíscar que emanava pelo tesão dela o fez prosseguir até que ele estava beijando seu sexo através de uma camada de seda molhada.

Ela estremeceu e recuou, dando-lhe mais espaço, pressionando a virilha junto ao seu rosto, transmitindo o desejo. Ela cravou a ponta dos dedos nos ombros dele, esforçando-se para se manter de pé.

Ele lambia de um lado para outro, depois em círculos, pressionando o tecido em seu sexo inchado. Com força, para instigar. Depois, bem de leve, para provocar. Depois, com força outra vez.

— Ah, sim — ela resfolegava. — Mais. Que delícia. — Ela emanava calor, e se remexia com a língua dele.

Ele circulava com os lábios o clitóris rijo e soltava o ar quente da respiração em cima. Não podia colocá-lo na boca, por conta do empecilho da calcinha, mas passava a língua em cima.

— Oh, Deus! — ela dizia, ofegante, tensa, paralisada.

Ele imaginava como ela se sentia. A pressão se acumulando por dentro. Esperando que ele a instigasse e finalmente a fizesse explodir.

Ele firmou a língua, lambendo com mais força. Mais uma vez.

Ela se desmanchou em espasmos fortes junto à sua boca. Num grito ruidoso de prazer.

Ele precisou de cada milímetro de seu autocontrole para não gozar com ela.

Então, percebeu que as pernas dela estavam tremendo tanto que ela podia cair. Rapidamente levantou e abraçou-a.

Kat se segurou, encostando a cabeça em seu ombro, com o peito ofegante, se esforçando para respirar.

Ele se manteve firme, lutando contra o desejo de arrancar-lhe a calcinha e mergulhar dentro dela. Até o talo.

Ela ergueu a cabeça, com os olhos inebriados, e levantou a mão trêmula para passar nos cabelos. Suas bochechas estavam rosadas, molhadas.

— Nossa. Isso foi demais.

— Só o começo. — Era uma dificuldade se lembrar de falar em francês. — Acho que está na hora de experimentarmos aquela cama.

— Cama — ela ecoou, também em francês. Então, os olhos dela se arregalaram, olhando a janela. — Meu Deus! — Ela grudou o corpo mais junto ao dele, como se pudesse se esconder em seus braços. — Não posso acreditar que fizemos isso à vista... O que estávamos pensando?

— Eu estava achando sexy. E você?

— Eu não estava pensando em nada, só no quanto estava bom. Mas agora...

Nav não podia mais esperar. Ele a ergueu e levou para o quarto.

Mal tinha assimilado o corpo curvilíneo junto ao seu até jogá-la na cama e pegar um preservativo que tinha deixado no criado-mudo. Num movimento veloz, ele rasgou e abriu a embalagem. Então, tirou a cueca e colocou a camisinha.

Kat havia se acomodado na cama, ainda com a calcinha rosa. Com uma das mãos atrás da cabeça e um joelho erguido, sua pose dizia: "Olhe pra mim", mas, naquele momento, ele não queria olhar.

Precisava mergulhar dentro dela.

Ela deve ter visto a determinação voraz em seu rosto, pois resfolegou, depois abriu as pernas, convidativa.

Ele se encaixou entre elas e beijou-a, ardentemente. Com uma das mãos, ele puxou a calcinha de lado e mergulhou nela, sem a menor delicadeza.

Pronto. Estava no fundo de Kat. Ali que ele quisera estar desde aquele primeiro dia, no corredor.

Ficou parado por um instante, saboreando o êxtase daquele momento. Mas a forma como ela o comprimiu, com seu calor apertado, seu gemido de prazer, o fato de saber que essa era a mulher que amava, tudo isso se misturou a um ímpeto irresistível de se mexer.

Agora. Com força. Rápido. Fundo.

Entrando e saindo, implacável, conforme a pressão se acumulava na base de sua coluna, e ele se retraiu, erguendo-se.

As bocas se separaram, ambos estavam ofegantes, emitindo sons inarticulados.

Ele colocou a mão entre os dois corpos, encontrou o clitóris escorregadio e inchado. Friccionou com força. E a ouviu gritar. Sentiu o corpo dela em espasmos, enquanto ele mergulhava até seu âmago e explodia num clímax que quase arrancou o tampo de sua cabeça.

Quando as contrações foram finalmente diminuindo, ele desmoronou sobre ela. Quase inconsciente - será que havia oxigênio em seu cérebro? - ele conseguiu transferir um pouco do peso para os joelhos e braços, para não esmagá-la.

Embaixo dele, ela também estava ofegante, esforçando-se para respirar. Finalmente, ela ergueu a mão e afagou-lhe as costas.

— Isso foi incrível.

— *Oui, vraiment.* — Um sorriso surgiu nos lábios dele. — Não exatamente elegante, mas eficaz.

Ela riu.

— Decididamente eficaz.

Ele ficou observando o rosto dela. De olhos fechados, um sorriso satisfeito.

Rolou para o lado, saindo de cima dela, para tirar a camisinha. Então, pegou a garrafa de champanhe no balde, na sala de estar.

— Sente-se.

Ela abriu os olhos.

— Hum, que delícia, champanhe. — Ela se ergueu, colocou travesseiros nas costas e pegou o copo que ele estava oferecendo. Deu um gole. Um suspiro feliz. — Humm, o sexo me dá muita sede.

— A mim também. — Ele sentou na beirada da cama, ao lado dela. Deu um gole em seu copo, depois o inclinou, para derramar um filete do líquido dourado borbulhante sobre a barriga dela.

— Ei, o que está fazendo? Isso é muito caro para desperdiçar.

— Acredite, não será desperdiçado. — Agora que ele havia saciado seu apetite sexual imediato, queria voltar a adorá-la.

Ele colocou o copo sobre o criado-mudo, perto da cama, depois se inclinou abaixo, sobre ela. Embora ela estivesse com braços, pernas e rosto levemente bronzeados pelo sol de verão, sua barriga estava branca, sob a luz do abajur. Um pedaço de pele particular, exposta somente pra ele.

Ele lambeu, saboreando o champanhe e o gosto levemente salgado, tracejando o rastro de gotas do líquido, até onde havia empoçado, em seu umbigo. Quando ele lambeu, ela deu um risinho, se remexeu e murmurou:

— Faz cócegas.

Erguendo novamente o copo, ele o segurou acima da pélvis dela.

— Não quero molhar essa calcinha. É melhor você tirar.

— Como se já não estivesse molhada. — Ela puxou o pedacinho de tecido rosa pelas pernas torneadas.

Nav não viu onde ela jogou, estava absorvido pela visão perfeita que se revelava por suas pernas abertas: um ninho de cachos ruivos caprichosamente aparados e os lábios brilhosos e carnudos de seu sexo.

Lindo. Profundamente feminino. E ele tinha entrado ali.

Quando derramou um filete de borbulhas em sua barriga, ela não tinha notado a mão tremendo. Sua beleza, confiança, intimidade, tudo isso o deixou perplexo. Embora inúmeras vezes ele tivesse fantasiado fazer amor com Kat e torcesse para que seu plano do "estranho no trem" funcionasse, era quase impossível acreditar que isso fosse verdade.

Talvez ele estivesse sonhando. Se fosse o caso, ele pretendia desfrutar de cada segundo antes que acordasse. Embora seu corpo estivesse aquecendo de tesão outra vez, ele estava mais interessando em saboreá-la e tornar isso especial pra ela.

Novamente, ele se debruçou para lamber as gotas de champanhe e, dessa vez, também a acariciou com os dedos. Passando por entre os pelos, segurando-a na frente, com a mão em concha, ele torcia para que ela sentisse que estava sendo adorada.

Com outras mulheres, ele tinha feito sexo por diversão. Prazeroso, mútuo, até com consideração. Mas com Kat era tudo pelo amor que sentia por ela.

— Estou sendo preguiçosa — murmurou ela. — Me diga do que você gosta.

— Disso. Exatamente disso.

Quando ele passou a língua nas dobras inchadas, no meio de suas pernas, seu suco era mais doce que vinho. O sabor de seu tesão, o tesão que ele havia criado, era como ambrosia.

Deixando que a reação dela o guiasse, ele lambia as dobras sensíveis, primeiro delicadamente, depois pressionando a língua enquanto ela se remexia e se pressionava contra ele. Então, ele colocou um dedo dentro dela, depois outro. Ele impulsionava e circulava, sentindo a textura de sua pele secreta.

Ela ergueu o quadril.

— Não consigo aguentar.

Sem saber se o seu grito contido foi de dor ou prazer, ele deslizou os dedos para fora.

— Não! — ela reclamou. — Mais.

Ele enfiou novamente, dessa vez, três dedos, sentindo a força que o apertava, pulsando ao seu redor.

Agora ele fazia o que não tinha conseguido fazer através da calcinha. Lambeu seu clitóris inchado, chupando devagarzinho.

Ela se arqueou.

— Sim, ah, sim!

Ela apertou as coxas ao redor da cabeça dele, movimentando o quadril, se pressionando contra o rosto dele.

Ainda mergulhando os dedos, ele segurou o clitóris pequeno e sensível entre os lábios. Chupando em volta, ele passava a língua em cima. Para lá e para cá, cada vez mais depressa.

Com um grito, ela gozou, linda e molhada, pulsando na boca dele.

***

Capítulo . 8

Sem ação com o orgasmo arrasador, segurei o lençol com as duas mãos e me entreguei às ondas que arrebatavam meu corpo.

Durante todo esse tempo, ele ficou abraçado a mim.

Mas que amante raro e generoso ele era. Por duas vezes, com o pau duro de tesão, ele tinha colocado a minha satisfação em primeiro lugar.

— Ei — minha voz saiu rouca. — Dá um beijo.

Ele levantou a cabeça, um sorriso se abrindo em seus lábios carnudos.

— Achei que eu estivesse beijando.

— Ah, sim. E muito bem. Mas agora, eu quero... — parei diante da ideia do que eu realmente queria dele.

— O que você quer, Kat? — Os olhos escuros e brilhosos me desafiaram.

— Quero sentir você dentro de mim outra vez. É tão bom.

Por um momento, ele fechou os olhos apertados, e os ângulos de seu rosto ficaram quase severos, como se ele tivesse sido tomado por uma emoção forte. Então, ele se mexeu, habilmente mudando da posição retraída em que estivera.

Ele tinha feito um amor delicado e também me dera uma paixão vigorosa. Naquele momento, seu carinho tinha atiçado meu apetite pela paixão. Eu duvidava que ele fosse reclamar.

Pegando o pacote de preservativos ao lado da cama, eu disse:

— Agora. Quero você agora. — Eu tirei uma embalagem e joguei pra ele. — Forte e rápido.

A surpresa acendeu seu rosto, fez com que ele usasse as duas mãos para pegar e abrir a camisinha.

— Forte e rápido?

— Você não quer?

Ele engoliu, movimentando os músculos da garganta. Um fogo acendeu em seus olhos.

— Nossa, claro. — Com movimentos rápidos, ele abriu o pacotinho e colocou a camisinha.

Eu mal tinha aberto as pernas quando ele cobriu meu corpo.

Resfoleguei com o contato. Ele era tão musculoso, tão gostoso, tão puramente másculo. Passei os braços ao seu redor e acariciei suas costas, a bundinha dura.

Quando ele me beijou, eu retribuí avidamente. Lábios e línguas se encontraram, os dentes bateram, numa dança frenética de acasalamento.

Ele mergulhou dentro de mim de uma só vez, com força, me fazendo gritar de prazer, junto à sua boca. Eu tinha pedido forte e rápido e era o que ele estava me dando.

Agarrada a ele, eu recebia cada investida com um impulso, trazendo-o para mais fundo, incitando-o a acelerar cada vez mais. E o tempo todo, nós nos beijávamos, num fervor desesperado.

Aquela aflição pré-orgasmo foi se acumulando dentro de mim, exigindo libertação.

Ele afastou a boca da minha. Resfolegou:

— Calma, Kat. Você vai me fazer gozar.

— Eu quero que você goze. — Eu segurei suas nádegas com mais força, sem deixar que ele parasse. — Quero que a gente goze ao mesmo tempo, agora.

— Jesus! — Os olhos dele estavam enlouquecidos, inebriados.

Ele batia com investidas fortes, atingindo todos os pontos sensíveis, mergulhando no âmago do meu ser, levando tudo dentro de mim a uma sensação única. Uma sensação em que a dor e o prazer se misturavam tanto que eu não conseguia separá-los. Mas eu não podia ficar ali por muito tempo. Não aguentaria.

Então, ele deu um mergulho final, um grito visceral de triunfo, e me levou ao auge. Explodi no mesmo instante em que ele se sacudiu em espasmos, dentro de mim. Nosso gozo pareceu durar uma eternidade.

Minhas pernas estavam fracas e trêmulas quando consegui soltá-las dele. Elas caíram pesadas na cama. Desfaleci no colchão e ele desabou em cima de mim, como tinha feito antes. Estávamos ofegantes como se tivéssemos corrido uma maratona.

Ele conseguiu se erguer sobre os cotovelos e deu um beijo em meus lábios.

— Meu Deus.

— É. — Meu peito arfava, enquanto eu tentava recuperar o fôlego. — Nossa.

— Você é incrível.

— Você também — eu lhe disse.

— Eu queria fazer durar mais tempo.

— Eu quis forte e rápido.

Ele riu.

— Percebi. E foi muito gostoso.

Nossa respiração foi desacelerando.

— Sou pesado demais — disse ele.

— Não é, não. — Ele era perfeito. Apoiando a maior parte do peso nos joelhos e antebraços, ele não era pesado. Só firme, gostoso e sexy. Com um leve aroma de sândalo e muito cheiro de sexo. Se alguém engarrafasse essa fragrância, haveria uma quantidade muito maior de homens se dando bem.

— Desculpa, preciso tirar a camisinha. — Quando saiu de dentro de mim, eu ressenti essa necessidade, a intromissão da praticidade em nossa aventura sexy.

Por outro lado, conforme ele caminhou em direção ao banheiro, pude apreciar seu visual de trás. Que homem perfeito, desde os ombros largos, até a cintura fina, quadril esguio, bunda de tirar o fôlego...

Oh, Deus, eu fiz sexo com Nav. Foi a bunda que me trouxe de volta à realidade. A bunda nua de Nav. Tão fabulosa quanto eu imaginara.

Fechei os olhos apertados e pressionei as mãos sobre eles.

— Não, não, não. Não era hora de pensar em Nav.

O homem nessa suíte elegante de hotel, que havia comprado a garrafa de champanhe Belle Époque e usava um anel de diamante na mão bem feita, era Pritam.

O homem que me seduzira para gozar diante da cidade de Toronto, depois transara comigo até me fazer perder os sentidos, era *Pritam*.

Ouvi a descarga, lá no banheiro, e a água na pia.

Rapidamente me sentei, virei meu copo de champanhe e apaguei o abajur na lateral da cama. Vinha luz suficiente da sala, então dava pra enxergar e eu reabasteci meu copo. E o dele. O copo de onde ele tinha derramado champanhe em mim. Depois lambeu.

Pritam que tinha feito isso. Pritam, o produtor de Bollywood. O homem com o rosto barbeado e o relógio Piaget.

Bebi mais champanhe, dando goladas em vez de apreciar como a bebida merecia. A vida tinha dado uma embolada e eu não fazia a menor ideia de como lidar com isso. Mas champanhe excelente só podia ajudar.

A porta do banheiro abriu. E agora eu me arrependia de ter apagado a luz, porque não tinha uma visão clara enquanto ele caminhava com seus passos atléticos confiantes, atravessando o quarto até a sala.

Ele voltou um instante depois com uma garrafa d'água e dois copos. Meus olhos olharam acima, cautelosamente. Sim, seu rosto estava barbeado, tinha traços angulares e não curvos, e não tinha cabelo caindo nos olhos. Era o rosto de Pritam, não de Nav.

Ele serviu água num copo alto e me ofereceu.

— Quer um gole? — Era o sotaque parisiense de Pritam.

— Obrigada, mas estou feliz com o champanhe. — Na verdade, eu percebi que estava exausta. Saciada, cansada de estresse e prazer. Talvez, ligeiramente alegrinha. Um bocejo gigante me veio e já era tarde quando tentei cobrir a boca.

Ele riu e pegou minha taça.

— Deite.

— É melhor eu ir. — Mas ainda não. Eu bocejei de novo e deslizei, deitando na cama. Humm, que travesseiro macio. Meus olhos fecharam.

Eu estava ligeiramente consciente dele, deitado ao meu lado, me trazendo para perto, então minha cabeça repousou em seu ombro, e ele puxou a coberta à nossa volta.

E me beijou no alto da cabeça.

Eu deveria ir embora. Não podia passar a noite ali. Eu levantaria num instante, mas estava cansada demais. Contente demais.

Acordei na escuridão, com dor de cabeça pelo champanhe e a boca seca.

E um braço masculino ao meu redor. O quê? Eu estava deitada numa cama, no escuro, com um homem. Um homem que cheirava a sexo e sândalo.

Oh, meu Deus. Pritam. Nav. O que eu tinha feito?

Rapidamente me desvencilhei do braço dele. Ele se remexeu e soltou um murmúrio. Não, não, não. Eu não queria que ele acordasse, não queria falar, não queria fazer amor.

Fiquei na expectativa enquanto ele rolava para o lado e voltava a dormir. Seus cabelos tinham se soltado do elástico que os prendia. Os cachos negros – de Nav – estavam espalhados na fronha branca.

Merda. Talvez a minha dor de cabeça não fosse do champanhe, talvez fosse só do estresse.

Eu não podia ficar ali. Não podia acordar ao lado dele de manhã. Precisava da distância, de uma chance para entender as coisas em minha cabeça. Depois que parasse de doer.

Saí cuidadosamente da cama e fui pé por pé até a sala.

Ele não havia fechado as cortinas – oh, meu Deus, eu tinha deixado que ele transasse comigo na frente de Toronto inteira! –, e a luz noturna da cidade iluminava suficientemente o quarto para que eu encontrasse minha bolsa. E minha roupa espalhada, menos a calcinha. Ela estava em algum lugar do quarto e eu não ia voltar lá, ele poderia acordar.

Quando conversássemos, o que diríamos? Ele tinha prometido que nada mudaria, mas... mas nós tínhamos feito sexo. Sexo incrível. O melhor que eu já tinha feito na vida.

Não, aquele tinha sido Pritam, eu dizia a mim mesma. Nav era meu amigo e sermos amantes estragaria isso.

A próxima vez que eu visse Nav seria em Vancouver. Se ele ainda estivesse disposto a vir. Mas como Nav poderia ser meu acompanhante no casamento depois dessa... noitada com seu alterego, Pritam? Teríamos que conversar.

Talvez eu devesse tomar uma aspirina, deitar e esperar que ele acordasse.

Não, era melhor ir embora. Nós tínhamos entrado nesse joguinho de "estranhos no trem" e tinha acabado. Seria mais fácil para nós dois não encarar uma conversa estranha na manhã seguinte.

Na verdade, talvez nem quiséssemos falar nada sobre isso. Será que conseguiríamos fingir que não tinha acontecido nada? Eu podia seguir a dica dele. Se ele não mencionasse nada...

Eu teria que ligar ou mandar um e-mail sobre o casamento. Se Nav agisse como antes e não mencionasse Pritam, talvez eu não dissesse nada.

Droga. Que confuso. O que eu estava pensando?

Eu me apressei em direção à porta, já tirando a chave da bolsa.

Cinco minutos depois, após tomar uma aspirina e dois copos d'água, tirei minha roupa, coloquei o relógio pra despertar e caí na cama. Agora, eu só precisava dormir.

O que estava feito estava feito e eu me preocuparia com isso de manhã.

***

Capítulo . 9

Nav acordou com uma sensação maravilhosa de bem-estar. Estava deitado de lado, de olhos fechados, saboreando a sensação e as lembranças.

Seu plano tinha dado mais certo do que ele esperava. Ele e Kat eram amantes.

Ele virou o rosto para o travesseiro, sentindo o leve aroma de jasmim. Deus, ela era deliciosa. Cada pedacinho dela. Cada cheiro, cada som que ela emitia. Melhor do que ele jamais imaginou.

Fazer amor com ela tinha sido incrível.

Ele abriu os olhos para ver o relógio ao lado da cama. Quase sete horas. Sim, haveria tempo para fazer amor antes que eles tivessem que partir para a estação de trem. Depois, seriam três dias românticos, três noites sensuais no trem. Se ela ainda estivesse no jogo.

Será que ela estaria arrependida? Ia querer parar? Como lidaria com esse negócio todo de Nav/Pritam? Ele estava quase relutante em virar para o lado e acordá-la.

Virou lentamente, ficando de barriga pra cima, depois para o outro lado. Então, deu um solavanco e sentou. Droga! O lado dela da cama estava vazio. Ele deu uma olhada em direção ao banheiro. A porta estava aberta, nada de luz acesa.

Ele pulou da cama e foi até a sala. Mas que droga. Nada de Kat. Ela tinha fugido.

Ele bateu o punho na mesa de mogno que, ontem à noite, estava com as taças de champanhe. "Já era" a viagem romântica de trem até Vancouver.

Que diabo ele faria agora?

***

Capítulo .10

Quando acordei, minha dor de cabeça havia passado. Enquanto tomava um banho longo e delicioso, eu me sentia mais filosófica sobre o que tinha acontecido na noite anterior. Havia sido um jogo e eu tinha me divertido. Deslizei a mão ao meio das pernas, onde meu corpo ainda sentia o efeito dessa diversão.

Nav dissera que não haveria consequências e nós voltaríamos a ser amigos. Eu confiava nele, portanto acreditava que era verdade.

Torci para que ele não estivesse zangado, nem magoado, por eu ter ido embora no meio da noite, sem me despedir. Eu nunca tivera a intenção de ficar — por isso mantive meu quarto —, mas será que ele percebeu isso?

Será que eu deveria ligar pra ele? Não, ele provavelmente estaria dormindo.

Talvez ele fosse ficar em Toronto, um ou dois dias, tirando fotos para sua exposição, em vez de seguir logo de volta para Montreal. Hoje, mais tarde, ou talvez amanhã, eu ligaria para ter certeza de que estava tudo bem. Nada de ressentimentos, arrependimentos, nenhum problema.

Com alguma sorte, nós dois fingiríamos que o negócio todo de Pritam nunca tinha acontecido. Dessa forma, eu descobriria se ele ainda estava disposto a ir ao casamento.

Pelo menos, agora eu sabia que podia exibi-lo, com seu rosto barbeado e belas roupas.

Mas vê-lo pela primeira vez, depois de ontem à noite, poderia ser estranho, com sua nova imagem servindo como um lembrete de Pritam. Seria difícil não lembrar como ele era bonito nu, e que amante fabuloso ele era.

Meu corpo esquentou e eu abri a torneira de água fria. Eu não podia pensar assim. Ele seria Nav. Meu melhor amigo. Nós dois simplesmente não faríamos mais sexo ardente.

Nossa amizade era maravilhosa e até hoje todos os meus casos tinham sido fracassos desanimadores. Eu nunca correria esse risco com Nav. Além disso, mesmo que Pritam tivesse dito que queria se casar, Nav só queria saber de farra.

Ele provavelmente fazia esse jogo de bancar o estranho com outras mulheres. Por que essa ideia me incomodava?

Menos de uma hora mais tarde, um atendente me mostrou a cabine individual na VIA Rail Canadian. Era bem pequena, do tamanho de uma cama de solteiro, além do espaço para a minha mala de rodinhas. Durante o dia, tinha uma cadeira, vaso sanitário e pia. À noite, o atendente recolhia a cadeira e puxava a cama de beliche. O chuveiro ficava no fim do corredor.

O espaço apertado não era problema, porque eu raramente ficava muito tempo no quarto, exceto para dormir.

Eu geralmente ia para o vagão de recreação, para tomar um café, comer um bolinho e observar as pessoas embarcando. Mas, antes de deixar o hotel, eu tinha baixado meus e-mails no laptop e queria lê-los. Além disso, eu precisava terminar o convite virtual de M&M.

Enquanto meu computador carregava, olhei pela janela, para a estação de trem movimentada. Será que Nav estava lá fora, pegando um trem de volta para Montreal, ou ficaria em Toronto?

Será que ele ainda sentia um resquício sexy em seu corpo, ou sua mente repassava as imagens de ontem à noite? Ou, pra ele, tinha sido só mais uma de sua longa lista de transas casuais?

Eu me forcei para me concentrar na tela do computador.

Havia uma mensagem da minha amiga Corrine, da Austrália, que tinha estudado na Universidade de Toronto comigo, o título era:

Parabéns à sua irmã!

Como ela tinha ficado sabendo do noivado de Merilee? Talvez através de minha irmã Theresa, que lecionava na Universidade de Sydney, embora eu não soubesse que Theresa e Corrine se conheciam. Cliquei para abrir a mensagem.

> Theresa está na capa dos tabloides! Nossa, ela fisgou um gato! Eu já vi o noivo dela na TV e vou te contar, ele arrasa :o).

Theresa? Noivo? Eu sacudi a cabeça. Corrine estava enganada. Depois do divórcio de Theresa com o traidor do Jeffrey, ela tinha jurado não se casar novamente. Ela nem namorava. Provavelmente não fazia sexo há anos. Ao contrário de mim, cujo corpo estava agradavelmente exausto de tantos orgasmos que tinha perdido a conta.

Droga, não era prudente ficar relembrando de ontem à noite. Pritam se fora – *puf* – como se nunca tivesse existido. E eu não queria pensar em Nav de um jeito sexual.

Voltei a me concentrar no e-mail.

> Por que você não me disse que ela estava noiva de Damien Black? Ele foi eleito um dos dez solteiros mais sensuais de Oz, e agora ela tirou o rapaz do mercado. Bom pra ela! (Eu detestaria a cachorra, se não fosse sua irmã. Rsrs).

Eu também ri. É, até parece que minha irmã retraída ficaria com um cara desses. Ele nunca ficaria a fim dela, e ela o acharia burro. Só podia haver duas mulheres chamadas Theresa Fallon.

> Sempre achei que você fosse a garota de tabloide da sua família :o). Porque está sempre namorando caras como o piloto Nascar, ou o esquiador medalhista de ouro. Imagino que sua irmã goste do mesmo tipo de cara. Diga a ela para arranjar uma foto melhor, porque aquela com cara de "Professora Universitária" é horrível. Faz com que ela pareça uma... ah, espere um minuto! Uma professora universitária! Rsrs.
>
> Eles já marcaram a data? Vão se casar no Canadá ou aqui? Se for aqui, me fale quando você vem e nós vamos nos encontrar pra tomar uns drinques. (Muitos drinques!)
>
> Beijos, Corrine.

Professora universitária? Não podia haver duas Theresa Fallon que lecionassem em universidades australianas.

Bem, que tal? Theresa estava *noiva*? Theresa *e* Merilee? Não, tinha que haver algum engano. Theresa jamais faria algo tão incompatível com ela.

Eu precisava ligar para Vancouver e descobrir o que estava acontecendo.

Percebi que enquanto estava envolvida com o e-mail de Corrine, o trem tinha começado a andar. O sinal de celular era ruim dentro dessa cápsula de aço e eu teria mais chance de falar quando chegasse à próxima estação. Além disso, eram só seis horas da manhã em Vancouver.

Rapidamente terminei o convite virtual e fechei meu computador. Era melhor tomar o café da manhã.

Olhei meu reflexo no espelho. Embora só tivesse dormido algumas horas, o sexo ótimo deu uma bela cor ao meu rosto. Passei batom para combinar com a blusa Betsey Johnson e uma minissaia de brim que eu estava vestindo.

Segui meu caminho, passando por vários vagões de cabines de descanso para chegar ao vagão de recreação, uma unidade de dois andares, com visão de 360° na parte superior e uma sala de estar abaixo. Bebidas e bolinhos estavam sempre disponíveis.

Enquanto eu me servia de café e pegava um bolinho de mirtilo, uma mulher de cabelos grisalhos fazia o mesmo. Sorri pra ela.

— Bom-dia. Está viajando sozinha?

— Estou. — Seu corpo compacto e sua expressão amistosa e alegre me fizeram lembrar um fox terrier. — E você?

— Também. Por que não nos sentamos juntas?

— Por que não?

Depois que nos apresentamos — seu nome era Lynn — e encontramos nossos lugares, eu disse:

— Estou indo até Vancouver. E você?

— Vou até Jasper, depois para Banff.

— Banff, no verão. — Imaginei belos cenários montanhosos, o deslumbrante lago Louise. — Deve ser lindo. Está indo a passeio ou negócios?

— A passeio. — Os olhos dela brilharam. — Um feriado com um amigo.

— Parece ótimo. — Que local perfeito para uma escapada romântica. — Então, você mora em Toronto e ele está em Banff?

— Ele é de Vancouver. — Ela experimentou o café, depois colocou mais um pacotinho de açúcar. — Nós nos conhecemos num cruzeiro pelo Alasca, ano passado.

— Que romântico. Mas não é difícil manter um romance à distância?

— Às vezes. Mas nós vamos indo bem. — Ela mostrou um sorriso presunçoso. — Na verdade, muito bem.

— Estou ouvindo marchas nupciais em seu futuro? — Será que toda mulher que eu conhecia estava se casando?

Ela sacudiu os ombros.

— Talvez um dia. Não temos pressa. Ambos somos viúvos e tivemos casamentos felizes. Não queremos nos apressar pra nada. É melhor ter certeza antes de casar.

— Vocês estão certos. — Mais certos que meu hábito de sempre me apaixonar perdidamente. — Eu jurei a mim mesma não levar um homem a sério antes que o conheça a pelo menos um mês.

— Um mês? — os olhos dela tremularam. — Um mês inteiro?

— Pra mim, é um progresso. — Eu disse, secamente, mostrando que eu podia rir de mim mesma.

Estávamos chegando a uma estação e eu olhei meu relógio. Minha família já estaria acordada a essa hora.

— Me daria licença? Preciso dar um telefonema.

— Eu vejo você depois, Kat.

Quando as portas do trem se abriram, desci na estação e liguei para casa.

Merilee atendeu.

— E aí, Kat? Espere um pouco, vou colocar você no viva voz.

Isso significava que ela e o restante estavam na cozinha, onde meus pais tinham instalado um telefone de conferência, quando Theresa, a primeira de nós, se mudou de casa.

Escutei um clique e Merilee disse:

— Está me ouvindo?

— Estou, sim. Está todo mundo aí? — Enquanto eu falava, caminhei até o fim da plataforma, me distanciando ao máximo do movimento.

— Oi, querida — disse minha mãe.

E meu pai falou:

— Que bom ter notícias suas.

Então, ouvi a voz de Theresa.

— Oi, Kat. Cheguei aqui ontem bem tarde. Você está...

— Você está noiva? Por que não me contou?

— Não estou. Onde ouviu isso?

Então, era um engano, como eu desconfiava.

— Uma amiga me mandou um e-mail da Austrália. Ela viu num desses tabloides.

Minha mãe disse:

— É exatamente com isso que estamos preocupados.

— É tudo um grande engano — disse Theresa.

— Achei que só podia ser.

— Você teria certeza se visse o cara — disse Merilee. — Ele é realmente um gato.

— Você viu? — Do que minha irmã caçula estava falando? — Você o conheceu?

— Sim — disse Merilee. — Eles estavam no mesmo voo. Tiveram um casinho, ou algo assim. — Ela fungou. — Dá pra imaginar Theresa noiva de um dos dez solteiros mais gatos da Austrália?

Claro que não dava. Nem podia imaginá-la tendo um casinho.

— Gente, eu estou aqui! — a voz de Theresa foi ruidosa, irritada. — E obrigada pela parte que me toca.

— O quê? — eu perguntei.

Ela fungou.

— Você acha que eu não seria capaz de atrair um cara muito sensual.

Verdade. Ela era tão certinha e retraída, e meio comum. Claro que eu não diria isso, além do mais...

— É que você busca mais o tipo profissional. Como Jeffrey.

— Só que — disse Merilee —, desde Jeffrey, você não busca tipo nenhum.

— Eu busco o Damien. E ele a mim. — Theresa soou desafiadora. — É mais que um casinho. É um relacionamento.

Um relacionamento? Isso era sério? Minha irmã que só vivia enfiada nos livros tinha, mesmo, encontrado um cara especial? — Minha nossa, Theresa tem um namorado! — Dei um gritinho. Naquele momento, a felicidade tinha superado a inveja.

— Tenho. — Ela riu, parecendo jovem e toda alegrinha. — Tenho mesmo. E ele não é apenas bonito, sexy e bem-sucedido, também é inteligente e muito legal.

— Parece o homem perfeito — eu disse a ela, desejando poder encontrar um desses. Como Pritam, mas de verdade. — Até melhor que o Matt.

— Ninguém é melhor que o Matt — disse Merilee, bufando.

Ops. Perdão.

— Como vocês se conheceram? — eu perguntei a Theresa.

— Numa livraria. Ele é escritor.

A livraria se encaixava a Theresa, mas era difícil imaginá-la sendo atraída por alguém tão frívolo como um escritor.

— E depois, no avião — ela acrescentou.

Depois de toda aquela alegria, era de se esperar que ela estivesse mais entusiasmada. E o que ela queria dizer com “e no avião”? Ela falava como se mal conhecesse o homem, mas os tabloides já publicavam que eles estavam noivos?

Antes que eu pudesse perguntar, ela disse:

— E você e esse tal de Nav? É sério?

O que eu poderia dizer?

— Nav? Ah, ele é ótimo.

— O relacionamento deve ser bem sério se ele está disposto a atravessar o país pra ir a um casamento com você — disse Theresa.

— E conhecer seus pais — acrescentou minha mãe.

Ainda que eu quisesse que ele fosse, eu teria que fingir que ele era o cara especial, embora, na verdade, fosse meu melhor amigo. Apesar de termos feito sexo loucamente. Claro que naquele momento ele era Pritam.

Droga, minha dor de cabeça estava voltando.

— Certo — eu disse. — Bem, deixa eu ver. Na verdade, ele é bem parecido com o que Theresa falou sobre seu escritor. Só que Nav é fotógrafo. Mas ele é todas essas coisas. — Só não era uma celebridade. Droga, o cara da Theresa superou o meu. Esfreguei minha testa dolorida.

— Mal podemos esperar para conhecê-lo, meu bem — disse minha mãe. — Não é, Ed?

— É — disse meu pai. — Embora seja desconcertante de repente ter homens por todo lado querendo levar minhas garotas.

— Nav e eu não estamos prestes a nos casar. — As palavras saíram antes que eu pensasse. Se eu quisesse que minha família acreditasse que Nav era meu cara especial, eu não deveria ser tão apressada em negar a possibilidade de casamento. Com Merilee e Theresa tão empolgadas com seus relacionamentos, eu queria que a família pensasse que eu também tinha um. Seria bom, pela primeira vez, deixar de ser alvo de piadas ou pena.

— Nem o Damien e eu — disse Theresa.

Minha mãe disse algo que eu não entendi.

Antes que eu pudesse pedir que ela repetisse, Merilee falou:

— Vocês sempre terão Jenna, pai. Ela acha que monogamia é uma droga.

— Não quero que vocês sigam o exemplo dela — ele disse, rapidamente. — É muito perigoso e bobo, também, ficar saindo com um homem atrás do outro.

Um homem *atrás* do outro? Meu pai era tão ingênuo. Jenna não via nada de errado em ter mais de um amante ao mesmo tempo. Mas nossos pais não precisavam saber disso.

— Nenhuma notícia de Jenna sobre seu itinerário de viagem? — eu perguntei.

— Nadinha — disse Merilee. — A menos que ela tenha falado com você, Theresa?

— Não — disse minha outra irmã.

Ficamos todos em silêncio por um instante. Jenna agia por impulso e não tinha a menor responsabilidade. Ela nunca se preocupava com nada e o resultado era que todos se preocupavam com ela.

Eu precisava de uma aspirina.

Theresa rompeu o silêncio.

— Kat, Merilee e eu vamos discutir os planos do casamento, depois eu vou ligar ou mandar um e-mail para que você saiba como vão as coisas.

— E eu estou com o convite virtual. — Vou mandar assim que tiver acesso à internet.

— Você não estava em Toronto ontem à noite? — perguntou Theresa. — Não podia ter mandado de lá?

— Eu... é... ainda não estava pronto. — Graças a Deus minha família não podia ver o rubor do meu rosto.

O trem estava quase cheio, então me despedi rapidamente. Ao desligar o celular, percebi que não tinha descoberto como Theresa e o namorado tinham ido parar nos tabloides.

Uma celebridade. Ela estava namorando uma celebridade.

Que pena que o Pritam não existia de verdade. Será que o produtor de Bollywood poderia superar um célebre escritor?

Fiquei rindo parada por um momento, admirando o trem. Nunca me achei antiquada, mas havia algo mágico naqueles vagões que iam além do meu ângulo de visão.

Dentro de mais de uma dúzia de vagões havia gente que, com exceção de Lynn, era totalmente estranha. Porém, até chegarmos a Vancouver, eu teria conhecido inúmeras pessoas e ouvido suas histórias de vida.

Todos tendem a falar nos trens. Não há muito mais a fazer. Além disso, havia algo naquele zunido baixinho, no balanço delicado do movimento nos trilhos, que hipnotiza. Que solta as línguas e a inibição.

Segui de volta à minha cabine para tomar umas aspirinas, depois voltei ao vagão de recreação. Com uma nova xícara de café nas mãos, subi a escada até o andar superior para desfrutar da vista e encontrar alguém com quem conversar.

Durante a hora seguinte, fiz o máximo para não pensar em Nav ou Pritam, ou em minhas duas irmãs sortudas e apaixonadas, enquanto conversava com turistas da Inglaterra e do Japão. Quando eles partiram para almoçar, fiquei falando com um homem mais velho, chamado Terry, que seguia até Victoria para visitar a família.

Uma voz masculina falou no corredor, ao meu lado.

— Olá, pessoal.

Olhei acima, depois olhei de novo. O recém-chegado era alto e bonito como um astro de cinema, de cabelos loiros, pele bronzeada e olhos azuis. Estava elegante de um jeito informal, com jeans e uma camisa azul que acentuava sua pele. Tão atraente em seu modo americano quanto Pritam em seu estilo exótico.

Se eu não tivesse acabado de ter uma noite incrivelmente ardente com Pritam, certamente teria me interessado por esse cara.

Naquele astral tranquilo dos encontros em trens, meu companheiro e eu dissemos olá e todos nos apresentamos. O novato era Sam Wilbanks.

— O que o traz a essa viagem? — Terry perguntou-lhe.

Sam recostou o quadril numa cadeira em frente à minha.

— Pesquisa. Sou roteirista e estou trabalhando no script de um filme que é ambientado em um trem. Eu mesmo nunca viajo de trem, então estou em busca de detalhes para acrescentar autenticidade.

Que estranho ele ter um emprego tão semelhante ao que Nav tinha criado para Pritam. Dois dias, dois belos homens. Dois possíveis flertes, pois eu vi o interesse nos olhos de Sam.

Lembrou-me da forma como Pritam tinha me olhado e de todas as coisas que fizemos naquele quarto de hotel. O calor da excitação corria pelas minhas veias e eu afastei as lembranças.

— Um filme canadense? — perguntou Terry.

— A maior parte será filmada em Toronto, mas é uma produção de Hollywood. — Sam disse o nome de um grande estúdio.

— Nossa — eu disse. — Está fazendo um roteiro pra eles?

— É meu terceiro pra eles.

— Bem — disse Terry —, eu adoraria conversar mais, mas preciso ir até minha cabine antes do almoço.

— Claro. — Sam deu um passo ao lado para que o homem mais velho passasse em direção ao corredor. — Conversaremos outra hora.

— Com certeza a gente se vê de novo, Terry — eu disse.

— Espero que sim, vocês dois. — Ele ergueu a mão, despedindo-se e saiu.

Sam sentou-se na cadeira ao meu lado.

— E eu espero conhecer você, Kat. — Havia uma faísca de flerte naqueles olhos azuis.

Era impossível não sentir uma pontinha de interesse. E tolice ter um tantinho de tristeza por ele não ser Pritam. Pritam já não existia e isso era exatamente o que eu queria.

As caixas de som anunciaram o segundo serviço de almoço.

— Gostaria de me acompanhar? — perguntou Sam.

— Por que não?

O vagão-restaurante tinha uma disposição simples, com um corredor no meio e mesas belamente postas, em ambos os lados. O atrativo principal era o janelão, ou melhor, a vista de fora.

Conforme seguimos pelo corredor, a nuca de uma cabeça me chamou atenção. Cabelos negros brilhosos na altura dos ombros, puxados para trás, presos num elástico.

Oh, meu Deus, não podia ser.

Então, ouvi sua voz. Ou melhor, uma voz que não era nem de Pritam nem de Nav.

— Sim, importação e exportação — ele estava dizendo, em inglês, com um sotaque britânico de alta classe, mais acentuado que o de Nav.

Mas, sem dúvida, era Nav. Meu coração disparou, minha barriga deu um nó e o calor me percorria. Na noite passada, eu tinha feito sexo com esse homem. Um sexo incrivelmente maravilhoso.

O que ele estava fazendo ali? Por que estava falando com um sotaque diferente?

Ele estava sentado de frente para duas mulheres, uma com vinte e poucos anos e a outra com os cabelos no mesmo tom de loiro escuro, provavelmente sua mãe.

Parei no corredor e Nav deu uma olhada acima, com um sorriso e um brilho nos olhos escuros.

— Bom-dia, senhorita. Meu nome é Dhiraj. Gostaria de se juntar a nós?

Dhiraj? Ele estava interpretando outro estranho, em um trem diferente? Profundamente confusa, com cada célula do meu corpo lembrando o sexo da noite anterior, eu mal conseguia formar uma ideia coerente. Só que eu precisava saber o que estava acontecendo.

Novamente, ele estava lindo de morrer, com um blazer carvão, camisa cinza-claro e calça preta. Além disso, agora eu já tinha visto seu corpo estupendo e descoberto como ele sabia usá-lo bem.

— Kat? — disse Sam, tocando meu ombro.

Os olhos de Nav – Dhiraj – se estreitaram conforme ele focalizou o outro homem, talvez percebendo, pela primeira vez, que nós estávamos juntos. Houve um lampejo de algo sombrio. Hostilidade? Ciúme? Mágoa?

Olhei acima, para Sam.

— Desculpe, eu tenho que... Pode ir na frente, Sam.

Ele me olhou intrigado, depois sacudiu os ombros.

— Tudo bem, Kat. Tenha um bom almoço.

Eu me senti cruel em dispensar Sam, mas tinha que descobrir o que Nav estava fazendo.

Sabendo que eu precisava explicar às mulheres por que eu tinha descartado meu possível companheiro de almoço para sentar com três estranhos, eu olhei para Nav.

— Você se parece muito com uma pessoa que conheço. Por acaso é parente de Naveen Bharani?

Os músculos nos cantos de seus olhos se retraíram numa menção de sorriso.

— Não, não sou parente dele.

Conforme me aproximei para sentar ao seu lado, ele levantou e puxou minha cadeira. Eu vi o relógio e o anel que Pritam tinha usado. A mão dele roçou meu ombro, como outro lembrete de que doze horas atrás nós estávamos nus, juntos, gritando de paixão.

— Mas fico contente pela lembrança — disse ele —, se isso foi um incentivo para que você sentasse conosco. — A fala normal de Nav era ligeiramente menos casual que a das pessoas criadas no Canadá, ou nos Estados Unidos, mas havia ainda mais formalidade no jeito de falar de Dhiraj.

Eu queria me encostar a ele, sentir aquelas mãos maravilhosas pelo meu corpo inteiro. Esticar-me e beijar aqueles lábios sensuais. Eu também vi o desejo ardendo nos olhos dele, embora ele estivesse fingindo não me conhecer.

Então, Pritam já não existia, como nós havíamos concordado. Em vez disso, ele tinha criado Dhiraj? Será que ele esperava me seduzir novamente? Por três dias e noites inteiras nesse trem? Minha respiração acelerou.

Mas, espere, por baixo da fachada de Dhiraj ainda estava Nav, meu melhor amigo. O cara que tinha uma política de porta giratória quando se tratava de namoro. O homem com quem eu não podia me envolver.

Profundamente confusa, afundei na cadeira, sem dúvida parecendo meio perplexa.

A mulher mais jovem, do outro lado da mesa, sorriu radiante.

— Que bom que se juntou a nós. Sou Kristin, e essa é minha mãe, Sandra. — Sandra também deu um sorriso acolhedor.

— Prazer em conhecê-las. Eu sou Kat. E você disse que seu nome é... Dhiraj? — Fiquei olhando para Nav.

— Isso mesmo.

— Ele estava nos contando — disse Sandra — que é vice-presidente de uma empresa de importação e exportação.

— Entendo. — Essa viagem certamente não seria tediosa. Por enquanto, decidi acompanhar. — E me diga, o que você importa e exporta, Dhiraj?

— Tecidos.

Tecidos? Onde foi que ele arranjou isso? Será que também tinha algum parente que trabalhava com isso?

— Adoro seu sotaque — disse Kristin. — Você mora na Inglaterra?

— Parte do tempo. Eu alterno entre nossos escritórios em Londres e Nova Délhi.

Meu corpo estava totalmente alerta com ele, e fiquei intrigada para descobrir o que ele estava aprontando. Mas o essencial era que independentemente do papel que ele interpretasse, no fundo ele ainda seria Nav e eu podia confiar nele. Por causa desse simples fato, comecei a relaxar.

— Nova Délhi. — Lancei um olhar malicioso. — Não é lá que fazem aqueles filmes de Bollywood?

Ele soltou um som, um riso contido, mas conseguiu continuar com o rosto sério.

— Não, isso é em Bombaim.

— Ouvi falar desses filmes — disse Kristin. — Eles têm muita música e dança, não têm? Como musicais?

— Adoro musicais — disse Sandra, com deleite. — *My Fair Lady, Ao sul do Pacífico*.

— Sim, há muitas semelhanças entre os musicais de Hollywood e os filmes de Bollywood — disse ele. — Romance e drama. — Ele me olhou atentamente. — Às vezes, até uma identidade secreta, para aumentar a diversão.

— Se ao menos a vida real fosse tão empolgante — eu disse, ainda incerta de como me sentia com sua presença ali. O que era melhor? A lembrança de uma noite fantástica ou a possibilidade instigante de ter mais?

Kristin riu.

— Ah, é verdade.

Uma garçonete veio perguntar se nós gostaríamos de algo para beber.

Nav-Dhiraj disse:

— As moças me dariam o prazer de me acompanhar numa garrafa de vinho? Acho que o início de uma viagem de travessia pelo país pede algo especial.

— Eu não recusaria — disse Sandra, e a filha prontamente concordou.

— Eu bebi um pouquinho demais ontem à noite. — Dei uma olhada pra ele.

Uma expressão preocupada, ligeiramente culpada, surgiu em seu rosto, embora não fosse responsabilidade sua que eu tivesse dando goladas no champanhe.

— O melhor remédio é tomar mais um — respondeu ele.

Quando concordei, todos discutiram suas preferências. Da lista de vinhos canadenses, ele pediu uma garrafa de chardonnay da vinícola BC, Grey Monk, e mandou colocar em sua conta.

Novamente, fiquei imaginando onde ele estaria arranjando dinheiro para isso. E por qual motivo. Era realmente como se ele tivesse se transformado em outra pessoa.

Outro homem muito sexy. Meu corpo vibrava de alerta. Toda vez que ele mudava de posição e sua roupa esbarrava em mim, eu tinha que me segurar para não me denunciar.

Ao longo do vinho e da truta defumada, com a companhia das paisagens do interior de Muskoka, as duas mulheres disseram que Kristin morava em Vancouver e a mãe, em Toronto. Sandra estava indo visitar a família da filha. O marido da mais jovem tinha se oferecido para tomar conta dos filhos, a fim de que Kristin pudesse voar para Toronto e as duas voltassem de trem, desfrutando um tempo de mãe e filha.

As duas se relacionavam com tanta facilidade e afeição que eu desejei que minha mãe e eu fôssemos mais assim. Isso me lembrou do dia em que minha mãe me levou para fazer compras, à procura de um vestido para a minha formatura, e nós duas passamos um dia inteiro sozinhas, só nós duas, fazendo compras, almoçando, fofocando como garotas, sem qualquer pressão ou julgamento da parte dela. Era tão raro que minha mãe relaxasse daquele jeito.

Kristin mostrou fotos de família e eu lutei contra outra onda de inveja por seu casamento feliz e seus filhos adoráveis.

Nav também admirou as fotos e pareceu verdadeiramente interessado em ouvir as histórias sobre as crianças. Depois ele fez Kristin falar de seu emprego de meio período como web designer, e Sandra contou histórias sobre sua carreira como professora de ensino médio.

Normalmente, eu era extrovertida, mas ele tinha me deixado tão balançada que eu não estava em meu estado normal.

Contive um riso. Eu não estava sendo eu mesma. Ele não estava sendo ele mesmo.

Esse homem, Nav na versão Dhiraj, era realmente atraente. Confiante e equilibrado, como os caras que eu geralmente namorava, no entanto não era um exibicionista.

Ele não estava flertando comigo, o que era desconcertante, pela forma como eu estava vidrada nele. Porém, teria sido constrangedor se ele estivesse me paquerando, se excluísse mãe e filha para se concentrar só em mim.

Mesmo assim, ele poderia ter demonstrado um *pouquinho* mais de interesse. Será que Dhiraj estava se fazendo de difícil?

Nós quatro tínhamos quase terminado de almoçar e ele finalmente se virou pra mim. Tocou levemente o meu antebraço, me fazendo tremer com a lembrança de quando aqueles dedos hábeis me acariciaram nos pontos mais íntimos, ele disse:

— E você, Kat? Onde mora e o que faz?

Será que ele esperava que eu também fingisse ser outra pessoa? Brinquei com a ideia. Mas uma identidade secreta à mesa já bastava.

— Sou diretora de relações públicas de um hotel-butique em Montreal.

— Que empolgante — disse Kristin. Ela e Sandra começaram a fazer perguntas e contei um pouquinho sobre meu emprego.

Dhiraj mais ouvia - claro que Nav já tinha escutado tudo isso -, mas mudava de posição constantemente, chamando minha atenção para ele. Para sua mão bem moldada, quando erguia o copo. Para o cheiro de sândalo e o toque de seu braço, quando tirou o blazer e pendurou no encosto da cadeira. Para a forma como o cinza prateado de sua camisa enfatizava ainda mais o tom moreno de sua pele. Para os ângulos fortes e lindos de seu rosto. Meus dedos tremiam de desejo de tocá-lo.

Enquanto a salada de frutas e o café eram servidos, ele disse:

— Hotéis são um mundo próprio. As pessoas perdem suas inibições na privacidade de seus quartos.

Ele estava propositalmente me lembrando da forma como Pritam tinha me feito gozar diante da janela aberta, na elegante suíte do Royal York. Senti umedecer entre minhas pernas e apertei as coxas ao lembrar - ansiar pelo - orgasmo.

— Eu detestaria ser camareira — Kristin comentou secamente.

Grata por ela interromper meus pensamentos sensuais, acompanhei-a numa risada.

— As pessoas pensam em um hotel como um mundo diferente, onde as regras normais não se aplicam. — Dhiraj pegou o açúcar e sua mão roçou na minha, como se por acidente. Mas não foi um acidente. Nav tomava café preto, sem açúcar. — Sou novo em viagens de trem — disse ele —, mas ouvi alguém dizer que há algo muito especial sobre trens.

Esse tal de Dhiraj era menos evidente que Pritam, mas os toques ocasionais, o brilho nos olhos, quando fixos nos meus, as insinuações em meio à conversa, me mantinham inteiramente alerta. E eu estava mais excitada.

Sandra disse:

— Sim, concordo com você, Dhiraj. Em um trem, os passageiros estão num intervalo da vida normal. Podemos dormir até tarde, jogar caça-palavras o dia todo, beber vinho no almoço.

— Desfrutar de novas amizades com estranhos. — Ele ergueu a xícara em brinde.

— E eu acho — disse Kristin — que há liberdade em saber que provavelmente jamais voltaremos a nos ver. As pessoas revelam mais informações pessoais.

— Então, há certa intimidade? — Ele deu uma ligeira ênfase na última palavra, e seu pé cutucou o meu por baixo da mesa.

— Sim, essa é uma boa palavra — disse ela.

Contive o riso, mas ele tinha declarado seu ponto de vista e estava decididamente ansiando pela intimidade – além de palavras. Seria loucura seguir o embalo dessa sua nova sedução?

Sam Wilbanks veio pelo corredor e parou.

— Espero que você tenha tido um bom almoço, Kat.

— Sim, obrigada, Sam. — Ciente de Nav - Dhiraj - ao meu lado, fiquei pensando se eu deveria apresentar todos.

Sam resolveu a questão. Com um sorriso tranquilo, ele disse:

— Oi, pessoal. Sou Sam Wilbanks.

Kristin e Sandra retribuíram o sorriso e disseram seus nomes.

— Dhiraj. — Dessa vez, nada de sorriso, ele só acenou.

— Tenho certeza de que nos encontraremos novamente. — Sam ergueu a mão numa despedida casual.

Depois que ele saiu, Kristin disse:

— Ele é bem bonito. Aposto que é ator.

— Chegou perto — eu disse. — É roteirista. Está fazendo pesquisa para um filme de Hollywood.

— Tem quase o mesmo glamour — disse Kristin.

— Hora de irmos — disse Sandra. — Temos um jogo parado no meio, esperando por nós.

Kristin tocou seu ombro afetuosamente.

— Minha mãe é professora de literatura inglesa, então sabe todas as palavras difíceis, mas eu ganho quando o assunto é tecnologia moderna.

A intimidade entre as duas me deixou com inveja. Embora eu fosse conhecida na família como a garotinha da mamãe, isso tinha mais a ver com minha mãe me defender, com encontrar uma carreira e nunca me contentar com um homem que fosse menos do que eu merecesse. Em vez de admirar, eu havia me sentido pressionada pela aceitação que Sandra demonstrava por Kristin. Claro que Kristin talvez nunca tivesse desapontado sua mãe, como eu sempre fazia com a minha.

Depois que elas se foram, meu companheiro me disse:

— Você ficaria para conversar um pouco mais?

— Com... *Dhiraj?*

— Claro. — Ele ainda estava falando naquela voz impecável, de inglês formal. Percebi uma entonação quando ele disse: — A menos que já tenha compromissos prévios com o roteirista.

Uma ponta de ciúme? Porém, por mais que Sam fosse atraente, o homem ao meu lado era muito mais tentador.

— Não. — Eu dei um rápido sorriso. — Mas é interessante. Deve ser minha semana do cinema. Ontem, eu conheci um produtor de Bollywood.

Os olhos dele cintilaram.

— Devo parecer terrivelmente tedioso com minha empresa de importação e exportação.

— Tedioso não é uma palavra que eu usaria para descrevê-lo. — Era tão natural entrar em seu ritmo de flerte depois da noite anterior. E era inevitável que eu me sentisse tão excitada a ponto de quase não conseguir ficar sentada quieta.

— Que bom. — Ele levantou para sentar na cadeira de frente para mim. — Agora posso vê-la apropriadamente.

E eu também podia vê-lo apropriadamente. Ele realmente tinha traços arrebatadores, e parecia completamente um negociante internacional com essas roupas conservadoras.

— E gosto muito do que vejo — disse ele, com os olhos brilhando de admiração. Embaixo da mesa, seu pé novamente cutucou o meu.

Droga, eu estava caindo em sua sedução. Eu precisava esclarecer as coisas antes que fôssemos adiante. Afastei o pé.

— Nav, que jogo você está jogando agora? Achei que estivesse voltando para Montreal. Você tem que se preparar para a exposição.

Ele me olhou pensativo por alguns instantes depois respondeu com a voz de Nav.

— Eu nunca disse que estava voltando, Kat. Você que supôs.

— Achei que tivéssemos concordado que ontem à noite seria... — Eu corei. — Que nós só, você sabe... que seria algo de uma vez só.

— Outra suposição.

Indignada, eu disse:

— Você disse que nada que Pritam e Kat fizessem afetaria a amizade de Nav e Kat.

— Disse. E nós concordamos que Pritam desapareceria, e ele desapareceu. Ele mudou para a voz de Dhiraj. — Agora você tem a mim. Um novo trem, um novo estranho. Relaxe e divirta-se. O que acontece no trem fica no trem.

Eu disse lentamente:

— Você está propondo o mesmo jogo, as mesmas regras, como foi com Pritam? Dhiraj também irá desaparecer como se nunca tivesse existido? Minha amizade com você - com Nav - não será afetada? Mesmo se eu fizesse sexo com Dhiraj?

Ele me olhou por um bom tempo.

— Se é o que você deseja.

Confusa, eu o encarei.

— Isso tudo é tão diferente de você. — Com amantes, eu o achava imprevisível estimulante. No entanto, Nav sempre fora tão previsível, confiável, e esse novo comportamento com o novo visual eram tão diferentes de Nav que me deixavam toda agitada, corpo, mente e alma.

Ele franziu ligeiramente o rosto, depois me observou intensamente.

— Você gostaria de estar no trem com seu velho amigo Nav?

— Sim! — Eu imaginei o antigo Nav à minha frente. Seus cabelos desalinhados, o rosto barbado, o sorriso amistoso. Bonitinho, até sensual, mas tão confortante. E resistível.

— Com ele, você teria uma aventura sexual?

Eu sacudi a cabeça vigorosamente.

— Essa é uma fronteira que eu não cruzaria.

Ele olhou para baixo, vendo a própria mão girando a xícara no pires, depois ergueu novamente os olhos.

— É uma longa viagem. Por que não ter uma aventura sexual com Dhiraj?

Eu pensei na nova personalidade que ele havia criado. Dhiraj me excitava e eu sabia que ele seria um amante arrebatador. Mas eu estava confusa. Cautelosa. Precisava de mais tempo para pensar sobre isso.

Embaixo da mesa, o pé dele novamente encontrou o meu e, dessa vez, não recuei.

— Eu não tenho certeza — eu disse, baixinho. — Afinal, eu mal conheci Dhiraj.

Ele assentiu rapidamente.

— Justo. Uma mulher aberta às possibilidades. O que mais posso querer?

Gostei que ele não tivesse tentado me pressionar, ou usar o fato de termos feito sexo na noite anterior. Claro que Dhiraj e eu não tínhamos. Aquele tinha sido Pritam.

Humm. Na noite anterior, eu tinha passado um tempo incrível com o cara de Bollywood, como Nav gostaria de chamá-lo. Agora, eu estava sentada de frente para o importador e talvez, se eu quisesse, acabaria na cama com ele. Sempre tive meu coração voltado ao casamento, então, raramente me deleitava com casinhos, mas não era como se eu fosse conhecer o amor da minha vida nessa viagem de trem. Seria tão ruim se soltar?

Certo, sim, eu estava aberta à possibilidade. Mas precisava tatear meu caminho lentamente, como havia feito com Pritam.

— Por que você não me conta mais sobre seu trabalho. — Que história ele arranjaria dessa vez?

— Sou vice-presidente de operações — disse ele. — É uma empresa de família, fundada pelo pai do meu pai. Meu pai é o presidente e seu irmão mais novo é o diretor financeiro.

Fiquei imaginando se ele estaria pegando os fatos emprestados do negócio em que o pai trabalhava. Se fosse, ele tinha dado ao pai uma bela promoção. Ao tio também. Ergui as sobrancelhas.

— E quanto à sua mãe e sua tia?

— Elas acreditam em papéis tradicionais. Minha mãe é uma daquelas mulheres que agem nos bastidores.

— Como se diz: "Por trás de todo grande homem, há uma grande mulher".

— Exatamente. Ela sempre recebeu muita gente, pelo negócio, garantindo que meu pai pertencesse aos clubes certos, tivesse o melhor alfaiate. Você sabe, esse tipo de coisa.

Ainda bem que eu sabia que Nav acreditava em direitos iguais para as mulheres, ou teria ficado preocupada. Não, espere, esse era Dhiraj.

— Com meus pais não é assim, ambos são profissionais. Minha mãe sempre quis ser advogada e nada a impediu, exceto um breve afastamento para ter filhos. Sua mãe não quis ter uma carreira?

— Eu... não tenho certeza.

— É mesmo? — Eu ergui minha cabeça. Ele aparentemente não tinha elaborado seu papel tão bem quanto o de Bollywood. — Ela cresceu na Índia ou na Inglaterra?

— Índia. Ela e meu pai se casaram lá.

— Um casamento arranjado?

— Certamente.

— Isso me parece arcaico. — Eu não podia acreditar que os pais de Nav quisessem que ele concordasse com isso.

Ele sacudiu os ombros.

— Para os meus pais, é incompreensível que as pessoas escolham seus pares pela afeição casual, sem garantir a compatibilidade e a combinação na *Janampatris* – os gráficos de astros de nascimento.

— Você quer dizer horóscopo?

— Mais ou menos, apesar de mais complexo. — Ele deu uma olhada em volta e percebi que os funcionários estavam limpando as mesas e nós éramos quase as últimas pessoas no restaurante.

— É melhor sairmos para deixar que façam o trabalho deles — eu disse.

— Sim. — Ele levantou, depois contornou a mesa e puxou minha cadeira, conforme me levantei. Então, pousou as mãos nos meus ombros e se inclinou abaixo, com a respiração passando acima da minha cabeça.

Meu corpo tremeu, lembrando todas as formas como ele havia me tocado na noite anterior. Sentindo seu calor, conhecendo a força de seu corpo por baixo daquelas roupas finamente elaboradas.

— Kat, tenho uma sugestão. Que tal se você e eu começássemos um jogo diferente?

Respirei, depois virei para ver seu rosto.

— Que jogo você sugere?

— Está em meu quarto. — Seus olhos escuros brilharam sedutores. — Venha dar uma olhada.

— Ah, *aquele* jogo. — Meu coração acelerou. Ele estava indo depressa demais. Apesar de suas roupas, da aparência bem-cuidada e do sotaque, eu ainda não tinha aceitado o papel de Dhiraj. Estreitei os olhos. — Você me acha fácil.

Ele sorriu.

— Você tem uma mente encantadoramente suja. Eu estava falando de um jogo de tabuleiro.

Perplexa, eu disse:

— Um jogo de tabuleiro?

Seus olhos brilharam.

— Confie em mim, você vai gostar.

***

Capítulo .11

Nav estudou o rosto de Kat atentamente. Será que ela concordaria? Ele tinha ficado decepcionado por ela ter fugido à noite, mas certamente persistiria. Por isso tinha escolhido o nome Dhiraj para o papel de hoje. Significava "paciência".

Quando ele viu aquele cara loiro com a mão no ombro dela, desejou ter escolhido um nome mais vigoroso. Teve vontade de acabar com o personagem e dizer que Kat era sua. O que ela não era. Ainda.

Agora, ele estava impaciente para ficar sozinho com ela, continuar seu flerte e fazê-la superar sua hesitação.

— Apenas venha dar uma olhada.

— Você topa uma partida de um jogo de tabuleiro, num desses compartimentos pequeninos? — Ela olhou-o, como se ele fosse doido.

Ela achou que ele tinha reservado uma cabine individual, um daqueles quartinhos minúsculos, pouco maior que um armário. Ele escondeu um sorriso.

— Prometo que, se você não quiser ficar, nós iremos para o vagão de recreação.

— Tudo bem, vamos ver esse jogo.

Ele caminhou atrás dela, guiando-a com uma mão delicada em suas costas. Através da blusa, ele sentia o calor de sua pele, o movimento dos músculos. Sensações sutis, no entanto, faziam lembrar a paixão voraz da noite anterior, e o corpo dele se enrijeceu.

Juntos, eles caminharam pelos corredores estreitos dos vagões de descanso. As portas de vários compartimentos estavam abertas, revelando gente sentada em cadeiras, olhando a vista, jogando cartas, bebericando drinques. O trem balançava suavemente, um movimento que fazia Nav pensar em fazer amor e se Kat imaginava a mesma coisa.

Ele abriu a porta de seu quarto e a conduziu para dentro.

— Minha nossa! Você alugou um quarto romance. — Ela virou pra ele, com uma expressão perplexa. — Como você...? Esses quartos custam uma fortuna. Quando...? O que o fez pensar...?

Os Quartos "Romance nos Trilhos" custavam, de fato, uma pequena fortuna. No entanto, quando fez a reserva, ele ficou sabendo que eram as únicas cabines de pernoite com algum espaço e ambiente relativamente atraente. Se isso fosse um quarto de hotel, não receberia nem quatro estrelas, mas era o mais luxuoso que o trem oferecia. E somente o melhor serviria se ele quisesse impressionar e ganhar Kat. Por sorte, houvera um cancelamento de última hora, por isso ele tinha conseguido reservar um desses ao ligar no sábado à noite.

Claro que Kat queria saber o que Nav pensava estar fazendo. Mas ele não estava sendo Nav. Então, respondeu com a voz de Dhiraj.

— Sempre existe a chance de encontrar companhia.

— Quando traz uma mulher a esse quarto, está bem claro o que você tem em mente — disse ela, secamente, do lado de dentro, perto da porta, de braços cruzados.

O quarto, que era menor que o de seu apartamento, era quase todo tomado pela cama de casal.

— Lá vem você de novo com essa mente suja — ele provocou. — Sente na cadeira se ficar mais confortável. — No começo, era preciso mais esforço para manter o sotaque elegante e as frases formais — com aquele jeito habitual de falar de muitos de seus colegas estudantes da Inglaterra, mas agora isso vinha naturalmente. — Gostaria de um vinho espumante ou de um chá-verde?

O espumante vinha com o pacote Romance nos Trilhos e ele havia pedido à atendente que também colocasse algumas bebidas no balde de gelo, incluindo o chá-verde favorito de Kat.

— Prefiro algo não alcoólico — disse ela. — Não conheço você bem o suficiente, *Dhiraj*, para beber em seu quarto.

Ela sentou na cadeira, prendendo a saia jeans curtinha embaixo das coxas e olhando em volta.

— Nunca estive num quarto desses. É muito mais agradável do que a cabine comum. Eles são até decorados. Adoro as flores.

A pintura era de uma paisagem inócua, mas agradável, e havia um vaso cheio de flores variadas em cima da penteadeira. Ele sabia que esses toques especiais agradariam Kat.

— Sim, não é mal. — Ele abriu um chá-verde e entregou a ela com um copo.

— Esses quartos são normalmente reservados por gente em lua de mel ou em viagens de aniversário de casamento — disse ela. — Não por homens solteiros.

— Quem quer ser *normal?*

— Ponto interessante. — Ela o observou e ele imaginou que ela estivesse matutando sobre todo esse negócio de Nav, Pritam e Dhiraj, tentando decidir como agir.

Ele se serviu de uma *root beer*, depois foi até o armário pegar o jogo. Tinha sido comprado um ano e meio antes, quando ele estava otimista quanto ao seu relacionamento com Kat. A caixa ainda estava embrulhada em celofane. Agora ele estava arrependido por não ter aberto para checar. Confiava no que havia escrito na tampa, torcendo para que o jogo provocasse um clima sensual e instigante.

Quando ele lhe entregou, ela leu o título

— "Travessuras e Diabruras"? — Ela ergueu uma sobrancelha. — Realmente, é um jogo de tabuleiro bem típico. Como funciona? Você já jogou?

— Não, vi numa loja e achei que seria divertido compartilhar com alguém especial.

Ele pegou o pacote de volta, arrancou o celofane e abriu a caixa. Ao fazê-lo, disse:

— No verso da caixa, diz que o prêmio é o que os jogadores combinarem previamente. Poderia ser... — ele parou, sugestivo — duas horas de sexo Kama Sutra ou...

— O quê? — ela deu um gritinho.

Ele ergueu as sobrancelhas.

— Não quer duas horas de Kama Sutra? Tudo bem, então pode ser quem compra o vinho do jantar.

— Vamos ficar com o vinho. — Ela olhou-o especulativa. — Você não sabe... é... realmente, como fazer o negócio do Kama Sutra, sabe?

Ah, sim, agora ele a pegara. Ele conteve um sorriso.

— Naturalmente. Os indianos possuem uma educação completa. — Ele de fato havia lido o Kama Sutra e experimentado a maioria das técnicas.

— Humm. Vou guardar isso para uma referência futura, caso se torne relevante.

Ele deu uma risadinha, mas pensou em sexo e no fato de estar com ela num quarto praticamente tomado por uma cama, e isso fez seu pau crescer dentro da cueca Armani.

Nesse momento, seu plano era a sedução lenta, então ele tentou ignorar sua excitação, abriu o tabuleiro do jogo ao pé da cama e sentou ao lado.

— Os quadrados formam um labirinto e o objetivo é alcançar a saída, entrando no coração. Quem chegar primeiro ganha o prêmio.

Ela se inclinou à frente e olhou o quadro. Depois pegou o único dado da caixa.

— Então, você joga isso para andar.

Ele olhou as instruções.

— Você joga e para numa casa. Cada uma tem um naipe do baralho. Você tira qualquer carta do naipe correspondente.

Havia quatro caixas pequenas, cada uma delas com um naipe em cima. Ela abriu a de copas e tirou um monte de cartas em miniatura, cada uma com um coração cor-de-rosa no verso.

— Não leia as cartas — disse ele. — A ideia é seguir as instruções da carta que você tirar.

— Ah, claro. Tipo “tirar minha roupa”? — disse ela, cética.

— Eu só posso torcer que sim. Claro que eu também posso pegar essa.

Ela ficou toda vermelha e ele sorriu. Voltando a atenção às instruções, ele disse:

— Você pode recusar, mas, se o fizer, tem que andar para trás o número de casas equivalentes ao dado. — Ele ergueu os olhos. — Vamos tentar?

Pela expressão, ela parecia intrigada.

— Contanto que eu não precise fazer nada que eu não queira.

— Eu prometo. Só vai ter Kama Sutra se você quiser. — Mas ela ia querer se as coisas saíssem como ele planejava.

— Quem vai primeiro?

Ele gesticulou na direção dela.

— Primeiro as damas.

Ela jogou o dado e tirou um dois, escolheu um pequeno cupido vermelho como sua miniestatueta e andou duas casas, parando num naipe de ouros.

Nav segurou o baralho de ouros na direção dela.

— Pegue qualquer carta.

— Lá vai. — Ela tirou uma carta do meio e leu — Descreva a refeição mais deliciosa e sensual que você pode imaginar, comendo com seu parceiro. Tudo bem, comida. Isso eu posso encarar.

Ela fechou os olhos e, instantes depois, abriu e sorriu.

— Ostras, pra começar. Pequenas *Kumamotos*, não as grandes e carnudas. Com limão espremido. Humm. Um leve cheiro de maresia, escorregando sedosa pela garganta, o gosto da espuma do mar.

Ah, sim, isso era sensual. Na verdade, o fez pensar em lambê-la inteira, até finalmente sentir o gosto de sua bocetinha. O delicado aroma e gosto salgado, a umidade cremosa em sua língua. Seu pau ficou ainda mais duro e não havia nada que ele pudesse fazer a respeito.

— Depois — disse ela —, um piquenique, pra comer com a mão, claro. Pão francês ou italiano, com um cheiro delicioso de pão fresquinho. Crocante por fora e macio por dentro. Queijo cremoso, algo do tipo gorgonzola ou brie. Azeitonas *Kalamata*, uvas vermelhas doces. Cada sabor único, se mesclando perfeitamente.

Ele imaginou os dois num cantinho do Parc Angrignon, ou no Mont-Royal Park, abrindo um cobertor, dando comida um para o outro, com as mãos. Cada mordidinha seria um tipo de preliminar. Ele limpou a garganta.

— E para sobremesa? — Conhecendo Kat, seria algo de chocolate.

— Musse de chocolate meio amargo com calda Grand Marnier. Derretendo na língua.

Do mesmo jeito que o corpo dela tinha derretido em sua língua.

— Parece fantástico — ele disse, com a voz rouca, mal se lembrando de manter o sotaque. — Principalmente se for dividido.

— Muitas coisas são melhores quando divididas — disse ela, baixinho, flertando ligeiramente. Então ela acenou a carta. — O que faço com isso?

— As instruções dizem para colocar de volta no baralho.

Isso significava ter que olhar abaixo e, quando ela olhou, seu olhar focou a ereção que a calça social dele não conseguia esconder. Ela ficou vermelha de novo.

— É sua vez de jogar o dado.

Ele tirou um quatro. Seu cupido preto caiu num quadrado com o naipe de espadas e ele tirou uma carta, que dizia: "Qual é a coisa que você mais quer no mundo?". Não é que ela estava sentada de frente para ele naquele exato momento? Mas claro que ele não podia dizer isso. Na verdade, ele tinha um desejo ainda mais profundo. Um desejo que a incluía, caso seu plano desse certo.

Ele daria esse mesmo desejo a Dhiraj, para que pudesse ser honesto com Kat.

— Família — disse ele. — Casamento e filhos. Um lar amoroso. — Um lar onde a individualidade e a expressão pessoal dos filhos fossem incentivadas, não frustradas, como tinha acontecido com ele.

— Ah, é mesmo? Eu pensava que você era do tipo playboy, Dhiraj.

— Por quê? — Como ela tivera essa ideia, depois de ele ter passado o almoço contente, ouvindo histórias de crianças?

— Tenho certeza de que você conhece, namora, muitas mulheres qualificadas, no entanto, ainda é solteiro. E você parece um bom partido.

Um bom partido. Embora tivesse criado Dhiraj para ser um, ele detestava esse conceito. Margaret tinha dito que ele era um bom partido — até que ele decidiu ser fotógrafo.

— Foi o que já me disseram — disse ele, impassível. — E, sim, eu conheci muitas mulheres elegíveis. Mas ser elegível não equivale a ser especial.

O olhar dela cruzou com o dele.

— Você está certo. — A voz dela estava séria e ele percebeu que fez ela se lembrar de seus relacionamentos fracassados.

Droga, que burrice. Ele queria criar um clima sexy e divertido.

— Sua vez de jogar.

Ela tirou um três, caiu num quadrado do naipe de paus e ela tirou uma carta.

— Quem é sua pessoa preferida do sexo oposto, e por quê?

— Humm. Eu preciso de duas.

Ele torceu para ser uma delas.

— Tudo bem.

— Tenho que dizer meu pai. Embora a gente discorde em vários aspectos, ele me criou e eu sei que me ama e faria qualquer coisa por mim. E eu também o amo, amo mesmo. — Ela sacudiu a cabeça, pensativa. — Essas perguntas fazem pensar.

— E a outra pessoa?

Um sorriso surgiu.

— Ah, essa é fácil. Meu amigo Nav.

Ele sentiu um alívio afetuoso. Como ela não continuou falando, ele provocou:

— A carta diz que você deve dizer o motivo.

Ela riu.

— Você não se importa em me ouvir elogiar outro homem, Dhiraj?

— Minha autoestima está ótima. Pode elogiar.

— Bem, ele me aceita e não quer nada de mim além de amizade.

Ela certamente não o conhecia muito bem.

— É fácil estar com ele. Por exemplo, no fim do dia, quando estou cansada e quero relaxar. Ele tem consideração, é generoso e meigo.

Meigo. Lá vinha essa palavra idiota de novo.

— Essas parecem boas qualidades em um amigo. — Ele parou, deu um gole na *root beer* e ficou imaginando se conseguiria sacudi-la. — Ou um cônjuge.

Ela franziu ligeiramente o rosto.

— Um cônjuge?

— Humm. Você quer se casar algum dia?

— Sim, muito.

— Tudo bem, eu vou dar pra você um bônus de três casas no tabuleiro se você me responder essa pergunta. O que está procurando num marido?

— Bem... — Ela respirou e andou mais três casas. — Tudo bem, lá vai. Não especificamente nessa ordem. Ele tem que ser inteligente, divertido, interessante, criativo. Com uma postura positiva. Atraente, sexy, alguém que me dê tesão. Amoroso, generoso. Bem-sucedido, motivado, vigoroso. Em boa forma.

Ela parou, depois prosseguiu.

— Alguém com quem eu possa relaxar quando quiser, mas também alguém que também seja espontâneo, impulsivo, imprevisível. Se você pensa em passar décadas com uma pessoa, não vai querer ficar entediado, não é?

Ele concordou.

— Certamente. — Droga, ele não era tedioso.

Ela estudou o rosto dele atentamente.

— Certo, Dhiraj, e você? Você disse que quer se casar. O que está procurando? Três espaços pela sua resposta.

— Sua lista me parece muito boa. — Ele andou três casas com seu cupido.

— Ah, não, senhor. Parece que você nem pensou direito.

— Ah, eu pensei. Acredite. — Ele olhou naqueles olhos castanhos e deixou que Nav falasse através de Dhiraj. — Uma mulher que seja minha equivalente de verdade. Independente, mas sem temer dividir seus problemas, que conte comigo quando precisar de apoio. Forte o suficiente para que às vezes eu possa me apoiar nela, sem que ela me subestime. Juntos, nós formamos uma equipe, uma parceria. Somos diferentes, mas nos complementamos. Não competimos. Somos os maiores fãs um do outro.

Os lábios dela se curvaram, num sorriso terno.

— Isso parece legal.

Ele concordou.

— Parece, mesmo. — Ele a olhou fixamente por um bom tempo. Será que ela era capaz de ser essa mulher? De formar essa parceria com ele? Ele acreditava, no fundo da alma, mas, será que ela perceberia isso?

Ela desviou o olhar, encontrou o copo e ergueu na direção dele.

— Um brinde para que nós dois encontremos alguém assim. Espero que eles realmente estejam por aí.

— Eu acredito que estão. — Apenas olhe à sua frente. Ele bateu o copo no dela e deu um longo gole.

— Sua vez. Jogue o dado.

Ele tirou um cinco, o que o deixou numa casa de ouros. Quando leu a carta, sorriu.

— Faça uma massagem nos pés de seu adversário.

— Aah, legal. Gostei dessa.

Ele sorriu.

— Dá pra aguentar essa. — Quantas vezes ele sentara ao seu lado, olhando seus pés — descalços no verão, de meias no inverno - encolhida ao seu lado, no cantinho do sofá, ou descansando com os pés ao lado dos seus, na mesinha de centro, e tinha vontade de fazer exatamente isso? Era algo que um amigo faria, no entanto, por ele se sentir muito além de seu amigo, isso seria tão instigante que sua excitação ficaria na cara.

Mas agora ele era Dhiraj, e Dhiraj tinha permissão para ficar instigado.

Ele levantou, desejando ter trazido óleo de massagem, e voltou com um frasquinho de loção corporal oferecida pelo trem. Afastou o tabuleiro para o lado e sentou na cama. Quando ela ergueu a perna, ele pegou seu pé descalço e pousou na coxa, apenas a centímetros da virilha. Ele despejou um pouquinho de loção numa das mãos, aqueceu nas palmas e passou na pele dela.

Segurou seu pé com as duas mãos, com os polegares em cima e os outros dedos na sola, massageando, apertando suavemente, depois com mais força, trabalhando os músculos. Seu pé era fino, bem menor que o dele. Quase delicado, mas forte o suficiente para carregá-la o dia todo, em cima daqueles saltos altos de que ela tanto gostava.

Ela fechou os olhos, suspirando de prazer.

— Que bom. — Seus dedos dos pés flexionaram, as pontas dobrando com as unhas sensuais, pintadas de vermelho. Quando ele esfregou a parte de cima do pé e o arco inferior, ela soltou um gemido que fez sua virilha se retrair e seu pau pulsar.

Massageando lentamente, ele afundava os polegares no calcanhar, depois subia pelos tornozelos.

Quando terminou aquele pé, ele pegou o outro e, depois de passar mais loção – com um cheiro suave e cítrico –, começou a massagear seus dedos.

— Você faz isso tão bem — disse ela, nas nuvens.

Enquanto ele massageava, ela abriu os olhos.

— Dhiraj, você disse que quer se casar. Você não está se referindo a um casamento arranjado, não é? Nav não tinha nenhuma intenção de concordar com isso, mas talvez Dhiraj precisasse ser diferente. — Eu prefiro uma união de amor. Mas, se isso não acontecer... — Ele sacudiu os ombros.

— Sério? — Ela arregalou os olhos. — Você realmente se casaria com uma estranha?

— Hoje em dia, o casal geralmente se conhece antes. Mesmo nas famílias mais tradicionais, há pelo menos uma inspeção da noiva e...

— Inspeção da noiva? O que é isso? Parece um mercado de carne, ou um leilão de ações. — Ela arregalou ainda mais os olhos.

Ele riu.

— Não, é mais tipo um chá elegante. O homem e sua família vão visitar a mulher e a família dela, na casa de seus pais. Os pais da noiva candidata saúdam os visitantes e ela vem e serve chá. Todos conversam educadamente e o casal tem a chance de se ver.

Depois de terminar o segundo pé, ele continuou subindo por sua perna, massageando os músculos fortes de sua panturrilha. Os movimentos repetidos dos dedos massageando, deslizantes por causa da loção, eram tão relaxantes quanto instigantes.

— E se o casal se detestar — disse ela —, o casamento é cancelado?

Surgiu um lampejo de tecido roxo, entre suas pernas, conforme ela mudou de posição, com a saia curta, o que foi muito provocante. Ela estaria de calcinha ou de tanga? Será que ele descobriria?

Ele tentou se concentrar na pergunta.

— Sim, atualmente, o homem e a mulher costumam ter participação. Mas se a combinação tiver sido feita direito, eles geralmente se dão bem.

Ele tinha chegado à região tonificada acima do joelho de Kat e estava quase na bainha daquela saia sedutora. Propositalmente, deixou os dedos subirem, num toque que foi mais uma carícia do que massagem.

Ela se remexeu e pareceu ofegante, quando perguntou:

— É isso? E em seguida eles estão trocando votos nupciais?

— Às vezes. — Por mais que ele quisesse investigar por baixo daquela saia, redescobrir aquela pele sensual que Pritam tinha desfrutado na noite anterior, ele agora era Dhiraj. Não ia apressá-la. Essa era a hora de construir confiança e lentamente despertar o desejo. De aguçar seu apetite até deixá-la tão faminta que nem se preocuparia com quem ele realmente era.

Ele passou para sua outra perna e começou novamente, no tornozelo.

— Em alguns casos, se eles e os pais são mais modernos, o casal pode passar algum tempo junto. Pode ter permissão para namorar com um acompanhante, ou sozinho.

— Ainda parece arcaico.

Não que ele acreditasse em casamento arranjado, porém, em sua opinião, nenhuma cultura tinha elaborado um bom sistema para construir casamentos estáveis e amorosos.

— Comparado à cultura ocidental, em que as pessoas escolhem os próprios pares?

— Sim.

— E onde juram, no casamento, que ficarão unidos até que a morte os separe, mas não têm mais de 50% de chance de honrar esses juramento? — Uma estatística que sua mãe sempre lhe dizia.

Kat mordeu o lábio.

Ele prosseguiu.

— Olhe o sucesso dos serviços de agenciamento de namoros, que supostamente ajudam as pessoas a encontrar pares compatíveis. Eles são o reconhecimento de que nós não somos muito bons em fazer isso por nossa conta. Eles não são apenas uma substituição da mesma função feita pela família, talvez com mais eficácia?

— Você está realmente defendendo o casamento arranjado?

— Estou dizendo que nenhum sistema é perfeito.

Ele apertou o joelho dela.

— Deite na cama e eu vou massagear seus braços e ombros.

— É mesmo? A carta dizia somente os pés, mas está tão bom que acho que estou sendo egoísta deixando você continuar.

— Kat, eu também estou gostando. — Era uma excitação deliciosa. Mais que isso, ele adorava tocá-la de maneiras que nunca pudera, e de lhe dar prazer.

— Honestamente? — Ela observou o rosto dele e levantou. — Nenhum homem nunca me fez isso.

— Nunca? — O que seus amantes pensavam, perdendo a oportunidade de pesquisar cada pedacinho de seu corpo maravilhoso e lhe dar prazer?

Ela deitou de bruços, com a cabeça virada de lado, no travesseiro. Seu corpo parecia retraído, como se ela tivesse certeza do que ele pretendia e se sentisse vulnerável.

— Bem — disse ela —, às vezes, uma rápida massagem no ombro, se eu estivesse dolorida, por passar tempo demais no computador.

— Massagem funcional. — Ele sentou ao lado dela, admirando a curva de sua bunda, embaixo da saia jeans, as costas esguias, por baixo da blusa leve, o perfil de sua cabeça meio virada. Ao pegar sua mão, ele passou loção e começou a massagear suavemente. — Se comparada à massagem de prazer mútuo.

— Fico muito contente que você goste disso, porque estou adorando. Minhas pernas nunca tiveram uma sensação tão boa.

Ele sorriu, torcendo para que, em breve, ela pudesse dizer o mesmo com relação ao corpo inteiro.

Depois de silenciosamente massagear sua mão, por alguns minutos, ele disse:

— Você não acredita em casamento arranjado. Como acha que os casamentos devem acontecer?

— Duas pessoas se conhecem e se apaixonam — ela prontamente respondeu.

— Quando as pessoas se conhecem e se sentem atraídas, eu chamo isso de desejo, não de amor. — Foi o que ele tinha sentido logo que conheceu Kat, mas, depois de passar semanas e meses ao seu lado, aquilo se transformou em amor.

— Desejo pode se transformar em amor.

Ele sorriu pela forma como ela tinha ecoado seu pensamento.

— Ao longo do tempo, certamente. Mas a compatibilidade também. Ter uma criação semelhante, quanto a valores, por exemplo. — Ele começou a massagear seu antebraço.

— E ter os astros alinhados? — Ela lançou um olhar cético.

— Faz mais sentido do que casar só por desejo. E não vire o pescoço. Fique com a cabeça no travesseiro.

— Sim, senhor. — Ela relaxou novamente, pousando a cabeça no travesseiro. — E, sim, deve haver compatibilidade mínima. Concordo com você quanto aos valores, mas não sobre a criação. Acho estimulante quando as pessoas têm formações diferentes.

— Pode ser. Contanto que haja respeito mútuo. — Ele massageou seu cotovelo, pressionando levemente. — Quanto tempo você acha que leva até saber se é realmente amor, não meramente atração, que irá se extinguir? E para ter certeza de que há compatibilidade nas coisas importantes para os dois?

Essa era uma pergunta que ele, como Nav, nunca tinha feito a Kat, nas raras discussões sobre a falta de sorte que ela tinha na vida amorosa. Agora, ao massagear os músculos da parte superior de seu braço, através da blusa, ele observava seu perfil enquanto ela pensava na resposta.

Em Montreal, se Nav começasse uma conversa como essa, Kat, que evitava a introspecção, teria ligado a TV, ou sugerido que eles fossem a uma boate. Agora, enquanto os dedos dele massageavam abaixo da superfície de sua pele, ela parecia disposta a deixar que seus pensamentos mergulhassem mais profundamente, compartilhando o que descobrisse.

Qualquer que fosse a razão, ele adorava a forma como, à medida que suas mãos ganhavam cada vez mais intimidade no corpo dela, a conversa ia passando a um nível mais profundo, e ela se abria mais pra ele.

— Acho que até que os dois tenham certeza — disse ela. Depois deu uma risada rápida. — Sabe, eu já ouvi essas palavras hoje. Eu estava conversando com uma mulher, durante o café, uma viúva que está namorando um viúvo à distância. Perguntei se eles iam se casar. Ela disse que não tinham pressa, que eles queriam ir com calma pra ter certeza.

— Parece um conselho prudente. Você concorda com ela? — Chegando ao ombro, ele passou ao outro lado e pegou sua mão.

— Eu... acho que talvez sim. — Ela virou a cabeça para olhar pra ele e um brilho acendeu em seus olhos. — Um amigo me disse, uma vez, que eu me deixo deslumbrar pelos homens, por isso não consigo enxergá-los de verdade.

Então, ela tinha prestado atenção.

— E esse amigo está certo?

— Tenho pensado nisso e talvez sim. A atração e o deslumbramento e pronto! — Ela estalou os dedos, com a mão livre. — Estou apaixonada.

— Só que você não está apaixonada — disse ele, baixinho. — Você está atraída e deslumbrada.

— Mas isso pode se transformar em amor, como nós dissemos. — Ela pareceu ligeiramente na defensiva.

Mas, muitas vezes, não. Ela sabia, então, ele não disse nada. Em vez disso, ele tentaria abrandar seu tom defensivo com os dedos. Ele pousou as mãos em ambos os lados do pescoço dela. Vamos colocar um travesseiro embaixo do seu peito para erguê-la um pouquinho mais, eu vou trabalhar em seu pescoço e suas costas.

Depois de ajudar a encaixar um travesseiro embaixo do corpo dela, ele foi entremeando os dedos em meio aos cabelos e massageando seu couro cabeludo.

Por alguns minutos, eles ficaram quietos, exceto pelos sons suaves de satisfação que ela emitia conforme ele pressionava suas têmporas, sua nuca, seu pescoço esguio. Ele torcia para que as pontas de seus dedos estivessem transmitindo a mensagem subliminar: *Se você estivesse comigo, poderia ter isso toda noite quando voltasse do trabalho*.

Quando passou aos ombros dela, ele disse:

— O amor pode chegar de todas as maneiras.

— Humm? Ah, tipo, você está dizendo que ele pode surgir a partir de um casamento arranjado?

— Pode. Meus pais são um exemplo. Ou pode... — Ele respirou fundo. Será que deveria dizer isso? — Ou pode acontecer quando uma pessoa olha pra alguém que conhece há muito tempo e percebe que seus sentimentos se transformaram em amor. — Sabendo de sua predileção por filmes antigos, ele acrescentou — Você assistiu *Harry & Sally: Feitos um para o outro?* — Claro que ela tinha assistido; eles assistiram juntos.

Ela assentiu e ele sentiu o movimento através dos dedos.

— Todos aqueles anos, eles estavam sempre se esbarrando — disse ela. — No começo, eles não gostavam muito um do outro; depois, eles se tornaram amigos e finalmente se apaixonaram. Acho que isso pode acontecer.

— Eu acredito que pode. — Ele certamente torcia para que pudesse.

Massageando suas costas, ele disse:

— Você teria uma sensação melhor se tirasse a blusa.

Ela ficou tensa e vários segundos passaram, enquanto ele podia jurar ouvir a própria respiração acelerada. Então, ela enfiou a mão embaixo do peito e abriu os botões. Com sua ajuda, ela puxou a blusa dos braços.

Ele jogou a blusa em cima da cama e ficou olhando para ela abaixo. Alças finas de um sutiã roxo cruzavam suas costas, tentadoras demais para resistir. Ele abriu o fecho traseiro e puxou as alças para os lados, sem tentar tirar o sutiã.

Na noite anterior, todas as vezes que eles fizeram amor, ele estava de frente para ela e não tinha visto suas costas nuas. Ele delicadamente deslizou as duas mãos, descendo por ombros, braços, cintura, acariciando seu tórax.

— Você é linda, Kat.

Até agora, ele estivera num estado moderado de excitação – uma energia agradável percorrendo o sangue, o estímulo prazeroso de seu pau inchado pressionando a calça.

Agora, vendo-a assim, sua ereção cresceu, e a pressão passou de agradável a um desejo doloroso. Deus, como ele a queria.

Na noite anterior, ele estava dentro dessa mulher, e ansiava por estar assim outra vez.

Tentando manter a tensão longe das pontas de seus dedos, ele prosseguiu, transformando a massagem sensual em erótica. Ele acrescentou carícias prolongadas, toques delicados elaborados para instigar e provocar. Alguns assim, outros mais profundos, massageando os músculos, relaxando-a novamente.

Mas, assim que a tensão abrandava no corpo dela, ele recomeçava as carícias provocantes.

Sob suas mãos, ela se remexia inquieta, seu corpo aquecia. Seu cheiro de jasmim e mulher, combinado ao cítrico da loção, emanava até ele. A respiração dela acelerou, e de vez em quando ela soltava um murmúrio de tesão.

Não, ele não recomeçaria a conversa. Queria toda a concentração dela nas sensações que ele estava evocando em seu corpo. As pontas de seus dedos percorriam sua saia, passando pelo côncavo macio e aquecido, ao pé de sua coluna.

Ela inspirou profundamente, trêmula.

Ele se curvou abaixo, dando beijinhos suaves, no pé de suas costas, depois deixou a mão deslizar mais fundo, por baixo da saia, sentindo a curva adorável de suas nádegas.

Ela soltou o ar e suspirou:

— Ah, sim, mais. — Então, ela se ergueu um pouquinho para abrir a saia.

Sua sedução lenta estava funcionando. Ela queria que sua massagem erótica ficasse ainda mais sensual.

Ele desceu a saia por suas pernas longilíneas e torneadas. E tirou.

Uma tanga. O lampejo roxo que ele vira antes era uma tanga de renda, realçando as nádegas arredondadas.

Tentando evitar que suas mãos tremessem, ele segurou os dois lados firmes e massageou. A tanga era tão provocante que ele teve de tocá-la.

Ela gemeu baixinho, remexendo o quadril, pressionando a pélvis na cama.

Ele massageou de um lado para o outro, com o filete de renda, depois desceu mais, até o meio de suas pernas, onde foi recebido por seu calor e sua umidade. E um *Oooh* rouco, de Kat.

O meio de sua tanga estava encharcado e, por baixo, ela estava inchada. Ele afagou o tecido, pressionando junto a ela, passando o dedo pelo meio e sentindo-a se abrir pra ele.

Então, ele puxou a tanga de lado e enfiou um dedo nela. Ela estava tão quente e deliciosa que ele não conteve um gemido.

— Oh, isso, continua — ela sussurrou.

Ele enfiou mais, delicadamente impulsionando pra dentro e pra fora, depois colocou mais um dedo. E mais um, e ela o recebeu, com uma contração apertada.

Seu quadril subia e descia convidativo, e ele empurrou o travesseiro mais para baixo, sob sua pélvis, erguendo-a por trás, para entrar melhor.

Ele tinha uma camisinha no bolso e seu pau doía de desejo de mergulhar dentro dela, mas ele se conteve. A forma como Kat se remexia em seus dedos, sua respiração ofegante, dizia que ela estava perto de gozar. Ele não queria atrasar seu prazer.

Afundando os dedos nela, ele encontrou seu ponto G e com o polegar delicadamente massageava seu clitóris inchado.

— Isso, assim! — ela gritou.

Ele adorava ouvi-la, mas teve que murmurar:

— Shii, as paredes da cabine são finas.

Ela deu um murmúrio contido, seu corpo se retorcia na mão dele.

— Não para. Ah, isso, assim mesmo.

Ele fez como ela pediu, lutando para manter o controle de seu corpo enquanto os movimentos dela foram ficando mais frenéticos, selvagens.

Então, ela gritou novamente, mergulhando o rosto no travesseiro para abafar o som, e seu corpo entrou em espasmos, pelo clímax.

Ele a segurou o tempo todo, até que sua coluna abrandou, seu quadril relaxou.

Alguns minutos depois, ela ergueu a cabeça.

— Agora, vamos fazer isso novamente. Mas, dessa vez, não são seus dedos que eu quero dentro de mim.

***

Capítulo .12

O peso masculino afundou a cama ao meu lado.

Mergulhei meu rosto vermelho no travesseiro. Eu tinha acabado de ter um orgasmo inacreditável, proporcionado por um homem que eu nem sequer tinha beijado.

Ou por uma versão de Pritam, falando inglês.

Ou por meu bom amigo Nav.

O que eu estava fazendo? Mesmo que meu cérebro quisesse funcionar, eu duvidava que conseguisse. Era mais fácil me concentrar na sensação. Fiquei de bruços, em vez de ter de encará-lo, mas saboreava o carinho de suas mãos em minhas costas.

Aquelas mãos quentes puxaram meu quadril, me fazendo ficar de joelhos.

Arrastei junto o travesseiro que estava embaixo. Ao arquear minhas costas, minha bunda, ainda com a tanga encharcada, ficou empinada na direção dele.

Mãos fortes me pegaram. A cabeça de seu pau deslizou pelo meio das minhas pernas, sem entrar em mim, só escorregando de um lado para o outro, roçando em meu sexo. Ficando ainda mais deslizante, com meu sumo, a fricção aumentando meu tesão.

Ao deslizar para dentro, ele soltou um gemido de alívio. Inclinou-se abaixo, curvando em minhas costas, beijando minha nuca.

— É tão gostoso aqui dentro, Kat. — O sotaque era de Dhiraj.

— Humm. — A massagem e o orgasmo tinham deixado meu corpo inteiro sensível, mesmo os beijinhos suaves que ele lentamente dava em meu pescoço me faziam estremecer de desejo.

Ele se ergueu novamente, ficando ajoelhado na cama e, segurando meu quadril para se equilibrar, começou a se movimentar em investidas lentas, entrando e saindo suavemente.

Ainda fraca pelo primeiro orgasmo, eu me apoiei de quatro, para deixar que ele desfrutasse da pressão de seu pau duro entrando em mim. Sentindo meu corpo reagindo a ele de leve. Em mudanças sutis de ângulo.

Cada investida aumentava a sensação, o tesão. Meu corpo foi se retraindo de desejo.

Passando um braço ao redor da minha cintura, ele me ergueu e nós dois ficamos com a parte de cima do corpo mais ou menos ereta, o peito dele colado em minhas costas. Ele me segurava firme pela cintura e sua outra mão foi até meu mamilo arrepiado.

— Ah — eu suspirei, conforme a sensação vinha em ondas. Arqueei o corpo, erguendo as mãos até meus cabelos, empinando os seios à frente, de encontro à mão dele, querendo mais.

Ele segurou meu mamilo entre os dedos e o polegar. E continuava a dar aquelas investidas lentas dentro de mim, como se fosse continuar pra sempre.

Meu corpo latejava, retorcia, puxava-o mais fundo, enquanto eu sentia a escalada rumo ao orgasmo, impaciente para chegar lá, mas querendo aproveitar o momento.

— Kat. Olhe.

— O quê? — Então, vi nosso reflexo no espelho da penteadeira.

Nossa imagem era um tesão. Eu tinha a pele clara, era curvilínea; ele era cor de canela, musculoso. Meu cabelo era um emaranhado de cachos ruivos; o dele, preto e brilhoso, preso num rabo de cavalo. Contrastes perfeitos, se complementando perfeitamente.

Era exatamente a sensação dele dentro de mim. Duro e forte e másculo, mergulhando em minha feminilidade macia e suculenta.

Os olhos dele estavam vidrados de paixão e cruzaram com os meus no espelho.

Novamente, eu me deparava com o enigma paradoxal Nav-mas--nem-tanto. O homem no espelho parecia um pouco com meu vizinho, mas era diferente, em maneiras essenciais. Não era apenas o rosto barbeado, o cabelo puxado pra trás; era a paixão voraz em seu rosto.

Era sexy de olhar, mas desconcertante demais. Fazia com que eu pensasse em coisas que não queria. E agora não era hora de pensar. O importante era sensação, prazer, enquanto ele mergulhava fundo dentro de mim.

Passei meu peso à frente, puxando-o abaixo comigo, até que fiquei novamente de quatro. Ele agarrou meu quadril, metendo com força, me fazendo resfolegar, chegando ao âmago do meu ser, cada investida era muito poderosa e carregada de erotismo.

Eu não conseguia ver seu rosto. Podia me permitir acreditar que era Dhiraj.

Apoiada em minhas mãos, eu não podia tocá-lo. Sexo anônimo. Só que não dava essa sensação. Parecia íntimo. Talvez pela forma tão carinhosa como ele havia me tocado antes.

Ele mergulhava em mim com força, cravando, até que fiquei sem ação, me restando apenas abafar meus gemidos de prazer no travesseiro.

— Nossa, Kat, você é muito gostosa — murmurou ele, com a respiração quente atrás do meu pescoço. — Você é tão sexy. — Ele me deu uma mordida com força suficiente para doer um pouquinho.

Aquela mordida só aumentou meu tesão, fazendo com que eu me

esfregasse nele com mais força, sentindo meu clímax chegando. Ergui a cabeça para dizer, ofegante:

— Goza comigo.

— Ah, eu vou gozar. — Ele meteu mais, com força, bem fundo. Depois esticou a mão para passar o dedo em meu clitóris.

Nós explodimos, com ele abafando o grito em meu ombro e eu gemendo no travesseiro, com um gozo extasiante.

Depois, nós lentamente desmoronamos na cama. Deitei de lado, com ele encaixado em minhas costas, ainda dentro de mim.

Alguns minutos depois, ele saiu e a cama mexeu quando ele levantou.

Tentando me ater à pretensão de anonimato, eu não virei para olhá-lo quando ele foi ao banheirinho.

Alguns minutos depois, ele se enroscou novamente em mim.

— Kat? Você está bem? — Seu braço enlaçou minha cintura, me abraçando suavemente.

— Eu... acho que sim.

— Não se preocupe tanto, só aproveite. — Ele falou com a voz de Dhiraj.

Conselho sábio. Será que eu poderia aceitar? Eu tinha que descobrir.

Rolei de barriga pra cima e olhei o belo semblante que estava se tornando quase tão familiar quanto o rosto barbado de Nav.

— Estamos de acordo com a mesma regra de ontem? Isso é como... uma fantasia? Não a vida real. Em Montreal, Kat e Nav ainda serão amigos.

Uma pausa.

— Se é isso que você quer.

Franzi as sobrancelhas. Como ele poderia achar o contrário?

— Claro que quero! Você sabe o quanto nossa amizade é importante pra mim.

Ele concordou, com os sérios olhos escuros.

— Melhores amigos. Você disse a Pritam que sou seu melhor amigo.

— É verdade. O melhor amigo que já tive.

— Você nunca tinha dito isso. — Percebi que ele estava falando com o sotaque de Nav.

— Acho que... — esfreguei meu rosto com a mão. — Eu não queria parecer tão patética.

— Patética? Ser minha amiga é ser *patética?* Ele sentou, socou dois travesseiros, para posicioná-los atrás de suas costas, parecendo magoado e indignado.

— Não, não — eu me apressei em dizer. — Ser sua amiga é maravilhoso. Eu só quis dizer que aqui estou eu, com trinta e um anos e nunca tive um amigo tão próximo quanto você. — Constrangida por estar nua com ele desde que ele havia parado de interpretar Dhiraj, peguei o lençol e me cobri.

— Sempre tive um monte de amigos — eu disse. — De ambos os sexos. Mas sempre para ir pra balada, cinema, teatro, fazer compras, jogar tênis no parque. Fazer uma porção de coisas, geralmente, em grupo. Não só nós dois, passando um tempo juntos. Ajudando um ao outro, da forma como você conserta as coisas pra mim, e compra *tourtière*, e eu faço lasanha pra você, prego seus botões.

— Nós nos complementamos — ele disse baixinho.

— Certo. — Por que essas palavras pareceram tão familiares? — E apoiamos um ao outro. Eu nunca tinha me dado conta de que ter um melhor amigo fosse tão legal. — Segurei o lençol mais apertado, junto ao peito. — Isso está me deixando maluca. Não consigo falar assim com Nav sem estar vestida.

Ele suspirou e disse, com a voz de Dhiraj:

— Isso deixa você mais à vontade?

Uma mudança na voz, só isso, mas era simbólico e eu me sentia mais tranquila. Que ridículo.

— Um pouquinho, sim. Se vamos fazer isso, você terá que ser Dhiraj. Ou Pritam. Ou outra pessoa. Eu sei que é artificial, mas preciso impor essa condição. Nav - minha amizade com Nav - é importante demais pra mim.

Com a voz de Dhiraj, ele disse:

— Você nunca ouviu falar de amizade colorida?

— Isso não faz o meu estilo. — Como eu havia dito a Nav, algumas vezes, quando ele tinha sugerido que nós namorássemos.

Ele ergueu uma sobrancelha.

— Ainda assim, nas últimas vinte e quatro horas, você esteve na cama com Pritam e Dhiraj.

Eu abanei a mão, descartando.

— Ora, vamos. Isso é um jogo. Casinhos no trem, tempo limitado. Com gente que nem existe. Nav existe e eu o quero como meu amigo. Por um bom tempo. Preciso poder contar com ele.

— E você acha que o sexo mudaria isso?

— Claro que mudaria. — Fora esse jogo no trem, sexo casual não era o que eu queria, e isso era a essência dos namoros dele. Se eu já sentia pontadas de ciúme quando meu amigo voltava para casa depois de transar, como me sentiria se ele também fosse meu amante?

Sacudi novamente a cabeça.

— Não. Entrei no jogo por causa das regras que estabelecemos no início. É a única forma que irá funcionar pra mim.

— Entendo. — Ele levantou da cama e caminhou alguns passos até o balde de gelo, dando uma visão clara de sua bunda perfeita. A bunda de Nav.

Ele ficou em pé por um bom tempo e eu fiquei imaginando no que estaria pensando. Sentindo-me um pouco fora de contexto, saí de debaixo do lençol e comecei a juntar minha roupa.

Sem se virar pra mim, ele disse, com a voz de Dhiraj:

— Você gostaria de outra bebida? Talvez um copo de vinho?

— Não, obrigada. Preciso fazer algumas coisas antes do jantar. — Como recuperar minha compostura.

Ele virou, com uma garrafa d'água na mão. O rosto barbeado, os cabelos negros puxados para trás eram puramente Dhiraj.

— Então, eu vejo você no jantar. — Foi uma afirmação, não uma pergunta.

Aliviada por ele ter mudado de assunto, eu disse:

— Sim, será bom. — No vagão-restaurante, com ele vestido de Dhiraj, eu poderia voltar à nossa brincadeira sensual. Quando contornei a cama, procurando minha roupa, chutei o tabuleiro do "Travessuras e Diabruras". Nosso sexo ardente tinha derrubado o jogo no chão. Eu peguei e coloquei sobre a cama.

— Essa noite, nós terminaremos o jogo — disse ele, com um tom de desafio na voz.

Nós tínhamos parado na massagem que tinha levado ao sexo. No que resultaria voltar ao dado e às cartas?

Era minha vez de jogar.

Abri a porta.

— Vejo você no jantar.

— Enquanto isso — disse ele, com um brilho malicioso no olhar —, a oferta ainda está de pé quanto a mudar de prêmio. Se você quiser duas horas de sexo Kama Sutra.

Fechei a porta e corri de volta ao meu quarto.

Duas horas de sexo Kama Sutra com um homem sexy como Dhiraj. A ideia atiçava minha mente, enquanto eu tentava cochilar e depois quando eu tomava um banho. Que mulher poderia resistir a essa oferta?

Então, eu não resistiria. E não haveria mais mudanças de papéis entre Nav e Dhiraj. Eu tinha deixado minhas condições claras e confiava que meu cara do trem permaneceria Dhiraj.

Agora, eu realmente precisava me concentrar em outras coisas. Haveria internet quando chegasse a Sudbury e eu queria ter mensagens prontas para enviar.

Digitei um rascunho para Merilee, anexando o convite virtual.

> Espero que você e M gostem disso, irmã. Se tiver os detalhes do local e horário, você mesma pode preencher, ou me fale e eu acrescento. Mas a comunicação no trem é bem incerta, portanto pode demorar um tempo e eu sei que você está com pressa.

Em seguida, escrevi para minha mãe. Ter visto Kristin e Sandra juntas no almoço me fez pensar nela, e percebi que nós não tínhamos falado sobre o casamento desde a ligação de Merilee com a família inteira.

> Oi, mãe. Só queria que você soubesse que estou no trem, torcendo para vê-la na sexta-feira. Espero que você esteja bem quanto a M&M anteciparem a data do casamento. Sei que eles são jovens, mas obviamente foram feitos um para o outro.

Matt era o único namorado que nossos pais já haviam aprovado, talvez por estar por perto há tanto tempo que já fazia parte da família.

> Tenho certeza de que você está enlouquecida preparando seu caso para a Suprema Corte, então não se preocupe com o ca-

samento. O nosso trio, com tantos talentos rsrs, vai conseguir. M&M merecem o melhor e eu vou garantir que eles tenham.

Minha mãe, superadvogada, estava preparando uma apelação para a Suprema Corte do Canadá. E isso era o máximo para um advogado canadense. Em circunstâncias normais, ela gostaria de organizar o casamento, mas não tinha tempo, por isso Theresa, Jenna e eu nos encarregamos de fazê-lo.

Quanto a Merilee, ela tinha passado por uma cirurgia de endometriose nessa primavera e estava se esforçando para recuperar o semestre na universidade, portanto também não tinha muito tempo livre.

Pobrezinha. A vida inteira ficou na expectativa do casamento, e agora o planejamento era uma correria tumultuada, e sua energia estava tão concentrada no trabalho acadêmico quanto na expectativa do grande dia.

Ah, sim, nós lhe daríamos um casamento fabuloso. O casamento de seus sonhos.

E eu engoliria a minha inveja e acreditaria – *saberia* – que um dia, eu também estaria entrando na igreja, na direção do homem dos meus sonhos.

Na verdade, agora que Nav – ou Dhiraj – tinha me ajudado a entender alguns erros que eu tinha cometido com relacionamentos, talvez eu tivesse uma chance melhor de encontrar esse cara.

O apito do trem soou e eu percebi que estávamos quase na estação. Rapidamente terminei o e-mail para minha mãe, depois comecei a caçar uma conexão de internet sem fio. Quando achei uma, minha caixa de entrada começou a encher.

Minha assistente no Le Cachet tinha escrito e parecia ter as coisas sob controle.

Havia um e-mail de Merilee para mim e Jenna, sem cópia para Theresa.

Jenna, você está por aí?

Comunique-se, garota, porque temos GRANDES NOVIDADES. Nossa Theresa voltou pra casa com um HOMEM!!! E, meu Deus, que homem! Damien Black, um autor de suspenses australiano, superconhecido, sem mencionar que está na lista dos dez solteiros mais gostosos da Oz, e sem contar que os tabloides australianos publicaram os dois na capa, como NOIVOS!! O que não são. Mesmo assim, dá pra acreditar que Theresa está saindo com um homem desses??? Sério, ele é incrivelmente GATO. Se eu não fosse totalmente apaixonada por Matt, até eu olharia melhor. Eu o conheci rapidamente, ontem no aeroporto, e ele vem jantar essa noite. Aposto que ele vai ficar no quarto de Theresa rsrs. Você não gostaria de estar aqui?? Rsrs.

Mas, olha, é meio irritante. Tipo, eu que estou me CASANDO não deveria ser o centro das atenções uma vez na vida???

Falando nisso, Kat, por favor, não se esqueça do convite virtual, ok? Estou numa grande expectativa de vê-lo. Sem mencionar esse tal de Nav que você está trazendo aqui pra casa. Ele também parece legal.

Ah, que ótimo. Eu estava com o cara "legal" e Theresa tinha o "incrivelmente GATO".

Parei para refletir. Será que eu ainda poderia levar Nav ao casamento como meu acompanhante?

Droga, eu nem podia imaginar. Como poderia encará-lo na frente da minha família, depois dos nossos joguinhos no trem? Além disso, para minha paz de espírito, eu precisaria de um pouco de tempo e distância antes de voltar a Montreal e ver meu amigo Nav. Parecia que o sexo no trem tinha me custado um acompanhante ao casamento.

Bem, tinha sido um excelente sexo no trem. E havia mais a esperar.

Mas, se você o escolheu, Kat, tem de haver uma falha fatal.

Certo???

Como se ele tivesse múltiplas personalidades e eu tivesse transado com todas? Afundei o rosto nas mãos e tive que rir. Pois essa era uma nova falha, uma falha original e muito, muito sexy.

Não seria prudente compartilhar isso com minha família. Independentemente do quanto fosse divertido contar alguns detalhes do sexo incrível que eu estava tendo e assistir a minhas irmãs ficando verdes de inveja.

Merilee prosseguiu:

> E então, Jenna, o que está rolando? Você estará aqui para o meu casamento, certo??? O que seria do meu grande dia sem você para me dizer que o casamento é... como é mesmo? Uma instituição anacrônica e patriarcal? Eu sei que deixei de fora alguns adjetivos e tenho certeza de que você vai me lembrar. Rsrs.
>
> Abraços às minhas irmãs mais velhas. Logo nos veremos.

Então, surpresa, havia um e-mail de Jenna.

Ela o endereçava a todas as irmãs e o título era:

> Pelo amor de Deus!!!
>
> Estou aqui, estou aqui, pelo amor de Deus, garotas, vocês são as maiores resmungonas do mundo! Só porque Deus inventou o e-mail e os telefones celulares não quer dizer que uma pessoa tenha que ficar grudada neles vinte e quatro horas por dia. Vocês todas precisam arranjar uma vida!
>
> Sim, é claro que vou a Vancouver. M, não há absolutamente nada no mundo que me faça perder seu casamento. ("Um anacronismo patriarcal e inflexível que subjuga as mulheres e discrimina os homossexuais". Já que você perguntou rsrs. Mas eu vou calar a boca e só vou dizer que espero que você e Matt sejam muito felizes. Rsrsrs).

> Bom, eu vendi minha prancha de surfe (buá) e arranjei uns belos bicos de garçonete, em que as gorjetas são fabulosas. Terei o dinheiro da gasolina em um ou dois dias e sigo pra casa. (Vou pela via costeira, por isso vou demorar mais um pouquinho, mas o B não está exatamente apto a pegar a Interestadual 5.)

Jenna tinha um MGB conversível lindinho, mas antiquíssimo e bem desgastado. Amarelo, como seus cabelos. Ainda bem que ela tinha o bom-senso de não colocá-lo na rodovia. E que bom que ela tinha arrumado suas finanças. Theresa e meus pais tinham se oferecido para pagar seu voo, mas ela recusara. Jenna podia ser dispersa e antimaterialista – como Nav –, mas, assim como ele, tinha seu orgulho.

Se ela saísse em dois dias, na quinta-feira, deveria estar em casa até o fim de semana.

Nossa, todas as irmãs na mesma casa. Isso não acontecia desde o Natal retrasado. Arrancaríamos os cabelos umas das outras ou beberíamos demais e acabaríamos pintando as unhas dos pés umas das outras. Provavelmente, ambos.

Continuei lendo.

> Theresa Fallon, que história é essa que ouvi falar sobre o escritor sexy? (É, M entregou o ouro, rsrs). Estou, tipo, vivendo num universo paralelo? Não faz somente alguns dias que eu estava dizendo pra você voltar pro jogo, senão sua periquita ia murchar e morrer? E, enquanto isso, a sua periquita tem se divertido horrores com um garanhão australiano rsrs.
>
> E você, hein, Kat-gatinha? Imagino que esteja se divertindo com seu cara novo. Mas duas semanas é um tempo *beeem* comprido. Aposto que vai encontrar uma falha fatal ou conseguir colocar seu pé frio em ação antes do casamento de M rsrs. Sério, espero que dessa vez dê certo. Um dia, a sua sorte tem que mudar.

Irc. Fiz uma cara feia pra tela. Se eu dissesse a elas que Nav não ia,

Jenna diria "Eu te disse". Mais uma vez, eu seria motivo de gozação. De pena. Não, eu não suportaria isso, além de ver minhas irmãs românticas com seus caras, e eu desejando ter o mesmo.

Então, eu não diria que eu e Nav havíamos terminado. Depois que chegasse a Vancouver, eu fingiria ter recebido uma ligação dele, falando de sua exposição e dizendo que precisava ficar em Montreal para se preparar.

Uma vida de mentira certamente podia ser complicada.

> Quanto a mim, estou começando a jornada de carro, sozinha, mas nunca se sabe quem eu posso conhecer no caminho. Você me conhece, eu vivo pra chocar. Rsrs.

E matar nossos pais de preocupação. Será que ela não percebia que seu comportamento afetava outras pessoas?

Que legal que você conseguiu VanDusen para o casamento. Que ideia brilhante que ALGUÉM teve, hein? Ainda bem que a mamãe nos ajudou.

Sim, VanDusen Gardens, sugestão de Jenna, era o lugar perfeito. Quando éramos pequenas, toda tarde de domingo a vovó costumava nos levar para aventuras pela cidade inteira, desde o Mundo da Ciência até o cinema e a praia. O passeio predileto de Merilee sempre foi o VanDusen Gardens, um parque maravilhoso, com paisagem natural e uma imensa variedade de árvores e flores. Claro que o local estava reservado para um sábado de junho, mas nossa mãe bem relacionada tinha feito alguns contatos e encontrou um cantinho panorâmico que podíamos usar.

Espero que a vovó consiga chegar. Ora, garotas, nós faremos com que ela chegue. Só seria legal se ela soubesse o que está acontecendo... Ei, quando eu ficar velha, não me deixem perder o juízo, está bem? (É, já sei, já sei, como se eu já não tivesse perdido, não é?)

Pobrezinha da vovó, ela estava com Doença de Alzheimer e vivia numa casa de repouso. Às vezes ela reconhecia a família, às vezes não.

— Biscoitos açucarados — eu murmurei. A vovó e sua casa cheiravam a açúcar. Ela fazia todo tipo de doce, mas seus biscoitinhos simples e açucarados sempre foram meus prediletos. — Tadinha da vovó.

O trem deu um leve solavanco e olhei pela janela. Estávamos deixando a estação e eu logo perderia o sinal de internet. Rapidamente abri o convite virtual e acrescentei a informação de VanDusen. Então, comecei um e-mail para todas as minhas irmãs.

> Acabei de olhar as mensagens. Que ótimo saber que você organizou as coisas, Jenna. Dirija com cuidado e fique alerta com os *caroneiros*. Rsrs.
>
> M, mandei o convite virtual, mas revisei, acrescentando o local. Está anexado. Espero que você goste.
>
> Que notícia excelente sobre o VanDusen. Talvez a vovó se lembre de que costumávamos ir lá. Espero que sim. M, seria tão legal se ela estivesse lúcida pra ver seu casamento com Matt.
>
> Theresa, como vão os preparativos do casamento? Ou o gostosão do Damien te distraiu? Rs. Me diz se houver algo que eu possa fazer. (Quanto ao casamento, não quanto ao Damien, rs.) Pode me incluir nas funções assim que eu chegar aí, na sexta-feira. Contribuo com o que você precisar de mim.

Eu ficava meio aborrecida de cair na mesma situação, deixando que Theresa fizesse tudo. Tenho que admitir que eu era meio irresponsável quando jovem, mas agora eu podia ser tão organizada e eficiente quanto minha irmã mais velha, quando me dedicava a isso.

Mas, na realidade, a única forma de se dar bem com Theresa era lhe dando o controle e, de qualquer maneira, eu não podia fazer muita coisa do trem. A principal característica do mundo especial dos trens era que você ficava meio isolada do mundo normal.

Outra era poder entrar em joguinhos de fantasia, como ficar com um homem a quem julgava um tabu. Contanto que ele fingisse ser outra pessoa.

Ah, merda, eu podia perder a internet a qualquer momento.

Espero ver todas vocês em breve. Abraços, Kat.

Apertei ENVIAR.

Meu verdadeiro sentimento era ambíguo. Eu as amava, sim, e quando nós conseguíamos relaxar e parar de provocar umas às outras realmente nos divertíamos. Mas a tendência era haver muitas provocações.

Fechei meu computador e recostei, observando a paisagem rústica canadense passando. Os cenários rochosos e inúmeros lagos deviam ter sido um grande desafio para as pessoas que tinham construído a ferrovia, mas agora a rota oferecia lindas vistas.

O primeiro grupo de pessoas estaria jantando agora. Era hora de me arrumar para o jantar.

Agora que Nav e eu tínhamos deixado as regras absolutamente claras, a ideia de ver o sexy Dhiraj – e a expectativa do sexo Kama Sutra – tinham deixado meus nervos aflorados de excitação.

Abri minha mala de mão. As cabines de solteiro eram muito pequeninas para guardar a bagagem, então eu tinha despachado a mala grande até Vancouver.

Meu corpo inteiro tinha uma sensação ótima depois do sexo maravilhoso: tonificado, em forma, sexy, quase formigando de alerta e expectativa. Eu tinha colocado na mala uma peça de roupa que combinava perfeitamente com meu astral: um lindo vestido Simon Chang que eu havia comprado num brechó chique na semana anterior. Era de chiffon florido com uma saia solta e decote profundo.

Vesti por cima da lingerie cor de pêssego e tentei ver meu reflexo no espelho da penteadeira.

Respeitável, mas a forma como o vestido colava e fluía era sensual e divertida. Acrescentei brincos de pingente, do tipo que eu nunca usava no trabalho, depois passei maquiagem para realçar olhos, maçãs do rosto e lábios. Para trabalhar, eu geralmente domava meus cachos, mas essa noite passei gel e deixei meio despenteado e casual.

Eu estava calçando sandálias de salto alto, é claro. Que mostravam minhas unhas pintadas. De salto e saia curta, eu sabia que minhas pernas ficariam provocantes. Elas fariam Dhiraj se lembrar da massagem. Do restante do meu corpo nu.

Da forma como ele havia me tocado.

Seus dedos ficariam coçando com a necessidade de me tocar novamente, e o jantar inteiro seria um tipo de preliminar. Era muito divertido se arrumar com um determinado homem em mente.

E a expectativa de estar nua com ele, experimentando posições sexuais exóticas.

Peguei um casaquinho leve na bolsa de mão, dobrei no braço e estava pronta para ir.

Conforme segui meu caminho, passando pelos vagões de cabines de descanso, até o restaurante, fiquei imaginando se ele já estaria lá. Será que ele teria pedido uma mesa só para nós dois?

No vagão-restaurante, dei meu nome ao mâitre e disse que ia me encontrar com alguém.

— Ah, sim, Srta. Fallon. — Ele parou em minha frente, bloqueando minha visão das mesas. — Talvez haja é... um ligeiro mal-entendido.

— Mal-entendido?

Os lábios dele se curvaram.

— Dois cavalheiros solicitaram a sua companhia.

— Dois?

— Um de cabelos claros e um moreno. O homem claro pediu uma mesa para dois. A senhorita verá que ele está sentado algumas mesas adiante, do lado direito.

Estiquei a cabeça para olhar além dele e vi Sam Wilbanks conversando com o garçom.

— Oh, minha nossa. Nós não tínhamos combinado de jantar juntos.

— Ele me pediu para convidá-la a acompanhá-lo. Quanto ao outro cavalheiro, ele parece... é... mais confiante de que vocês jantarão juntos. Está sentado no fundo, à esquerda. Não tenho certeza se conseguirá vê-lo, mas...

— Tudo bem. Eu sei quem ele é.

— Devo dizer ao mais claro...?

— Tudo bem, eu vou falar com ele.

Passei por ele e caminhei até Sam, que levantou para me receber com um sorriso deslumbrante. O homem era realmente sensual. Em outras circunstâncias, eu teria me divertido em jantar com ele.

— Obrigada pelo convite, mas é que já tenho planos para o jantar.

Ele deu um sorriso triste.

— Ah, bem, não se pode condenar um cara por tentar.

— Estou lisonjeada.

— Você está maravilhosa. E essa é a verdade, não é lisonja. — A admiração nos olhos dele parecia verdadeira e, vindo de um homem que era entrosado com astros de cinema, significava muito pra mim.

— Obrigada. — Quando passei por ele, vi o rosto arrebatador e moreno, agora familiar, com uma expressão sombria que abrandou quando eu me afastei de Sam.

Fiquei surpresa ao ver que ele não tinha escolhido uma mesa para dois, mas estava sentado de frente para um casal aparentando cinquenta e tantos anos.

Conforme eu me aproximei, ele levantou com um sorriso satisfeito.

— Ah, aí está você, Kat. — Era o sotaque de Dhiraj, assim como sua aparência. Essa noite, ele estava com um terno mais estiloso. Sem gravata; camisa aberta no pescoço, revelando um lampejo de sua pele morena e sensual. Ele era sexy demais.

Quando segurou minha cadeira, seus dedos passaram em minha nuca, numa carícia secreta e íntima que me fez querer grudar nele e pedir mais. Lembrando a mim mesma de vê-lo como Dhiraj, fiquei imaginando em quanto tempo poderíamos começar aquelas lições de Kama Sutra.

Ao outro casal, ele disse:

— Essa é Kat Fallon, a mulher que mencionei a vocês. Kat, esses são Maggie e Tim Farraday. Eles estão fazendo uma viagem de aniversário de casamento.

— Que adorável. — Sorri pra eles. Ela tinha os olhos claros e cabelos castanhos-claros, ele tinha um rosto agradável e receptivo, cabelos grisalhos.

— Nós começamos nossa lua de mel neste trem — Maggie disse, sorrindo. — Então, essa foi nossa ideia romântica para comemorarmos nosso aniversário de quarenta anos de casamento.

— Quarenta? Nossa. Vocês não aparentam ter idade pra isso.

— Obrigada. — A mulher sorriu e pareceu ainda mais jovem. — Éramos crianças quando nos casamos. Foi no verão, após a formatura do ensino médio.

— Que maravilha quando o primeiro amor prova ser verdadeiro — eu disse.

Um garçom parou ao lado da nossa mesa.

— Vejo que agora estão todos aqui. Posso anotar os pedidos das bebidas?

Tim falou primeiro.

— Dhiraj, você tinha sugerido o *pinot noir* de Ontário?

Dhiraj tocou meu braço.

— Nós decidimos dividir uma garrafa. Gostaria de nos acompanhar?

Concordei e ele fez o pedido. Então, olhamos nossos cardápios.

— Minha nossa — eu disse. — Uma pessoa pode realmente ganhar peso viajando de trem.

Dhiraj me deu uma olhada.

— É preciso procurar oportunidades de se exercitar sempre que elas aparecerem. — O tom dele era neutro, mas a centelha em seus olhos dizia que ele estava pensando em sexo.

Senti um pulsar entre as pernas, lembrando-me da sensação de tê-lo dentro de mim, na expectativa de algumas posições exóticas do Kama Sutra.

— Tal como — ele continuou, virando para os Farraday — descer nas estações e dar uma caminhada.

— É uma pena que eles não tenham uma academia no trem — disse Maggie. — Era de se pensar que nos dias de hoje já teriam.

— Os trens são de uma época diferente, meu amor — disse Tim. — Uma época em que as pessoas desfrutavam do luxo sem culpa.

— Luxo sem culpa — ela repetiu. — Mas que conceito adorável. Pena que não se pode ter luxo sem pressão alta, endurecimento das artérias, todas essas coisas temerosas.

— É uma viagem de três dias — ele disse. — E nosso aniversário de casamento. Vamos nos dar permissão para sermos... extravagantes.

Ela deu uma risada assustada e suas bochechas ficaram coradas.

— Extravagantes? — Aquele sorrisinho dela brilhava. — Bem, se você não pode ser extravagante numa viagem de aniversário de casamento, então há algo errado com o mundo. — Ela pegou a mão do marido e apertou.

Dhiraj me tocou novamente, dessa vez pousando a mão levemente nas costas da minha.

— Nós não temos a desculpa de um aniversário de casamento, Kat. Mas, me parece que, se eles vão ser extravagantes, nós também temos que ser.

— Humm. — Com algum esforço, resisti à tentação de virar a mão ao contrário e enlaçar meus dedos aos dele. — Não devemos ser estraga-prazeres.

Ele riu e soltou a minha mão.

— Bom. Agora, o que lhe apetece?

Você. Mas me concentrei no cardápio.

— Tudo bem, nada de salada essa noite. — Vou com a sopa de frutos do mar. E depois, hummm... frango com molho de sálvia porcini.

Maggie escolheu as mesmas coisas que eu; Tim e Dhiraj - que claramente não era vegetariano - foram na costelinha de porco; e Dhiraj escolheu a sopa de cogumelos em vez da entrada de frutos do mar.

Alguns minutos depois, estávamos sentados contentes com os pedidos feitos e as taças cheias de vinho. Dhiraj tirou seu blazer e vi que ele estava usando abotoaduras com a camisa social. Abotoaduras pesadas de ouro, com um desenho asiático. O visual de comerciante internacional combinava com ele.

Desviei o olhar dele e ergui meu copo para os Farraday.

— A Maggie e Tim, e muitos anos gloriosos por vir. — Todos nós tilintamos nossos copos e bebemos.

Tim pegou a mão da esposa.

— Houve dias em que achei que não chegaríamos aqui.

Ela riu.

— Como os dois meses quando corri pra casa da mamãe, jurando nunca mais falar com você. Ou daquela vez que você fez a viagem de pescaria e não voltou pra casa.

— Parece difícil — disse Dhiraj. Embaixo da mesa, seu pé se aproximou e encostou ao meu.

— Nenhum relacionamento é perfeito — respondeu Maggie. — Pensem nos desafios das profissões, de ter filhos, dos pais idosos, sem mencionar passar por todas as fases de sua vida, de um jovem adulto para... — ela olhou o marido com um brilho nos olhos — um adulto de meia-idade. Há tantas coisas com que se preocupar, sobre as quais discordar.

— Mas eu detestaria passar por isso sozinho — disse Tim.

Ela concordou.

— Nós somos uma equipe, apoiamos um ao outro. E mesmo quando discutimos, as soluções que arranjamos, juntos, são melhores do que se cada um arranjasse a sua.

— Só que — ele provocou — eu ainda acho que nós deveríamos ter ido àquela viagem de pescaria no ano em que você insistiu para irmos ao Havaí.

Ela revirou os olhos.

— Qual é o segredo de vocês? — perguntou Dhiraj. — Como passaram pelos momentos difíceis?

— Amor, é claro — disse ela, prontamente. — Mesmo quando eu poderia ter matado Tim, eu o amava e sabia que minha vida seria horrível sem ele.

Eu também tinha amado alguns homens, mas meus relacionamentos sempre afundaram.

— Eu também — disse Tim. — Mas acho que tem mais coisa.

É... ah, droga, não sou muito bom em expressar esse tipo de coisa em palavras.

— É sim, meu bem. — A esposa afagou sua mão. — Vá em frente.

— O amor é ótimo, mas você tem que... é... se manter ali, firme, e resolver as coisas, mesmo quando está zangado. Vocês precisam ser bons amigos, não somente amantes.

Humm. Quando me apaixonava pelos homens, eu os via como potenciais amantes, pares, mas nunca éramos realmente amigos. Eu também tinha amigos homens, mas nunca tivera relacionamento sexual com nenhum deles. E eu não ia contar Dhiraj, porque ele não existia de verdade. Ou pelo menos não existiria depois dessa viagem de trem.

Maggie estava assentindo, concordando com o marido.

— Às vezes, você precisa de um sexo ótimo para passar a raiva e, às vezes, você precisa de uma conversa racional e respeitosa. A vida é cheia de momentos difíceis e é preciso amor e amizade para vencê-los juntos.

Ela olhou para o marido com tanto amor nos olhos, um amor que o rosto dele refletia, e isso fez meus olhos lacrimejar. E desejei desesperadamente encontrar o que aquele casal tinha.

Depois de um longo momento, Dhiraj limpou a garganta.

Dei uma olhada para ele e vi uma expressão afetuosa, quase melancólica, quando ele disse:

— Não é de admirar que vocês tenham chegado aos quarenta anos de convivência. Vocês dois realmente merecem a felicidade.

***

Capítulo .13

Nav viu a expressão sonhadora nos olhos de Kat e notou que ela, assim como ele, desejava o que o outro casal tinha. A diferença era que Nav sabia que queria esse futuro com Kat.

O laço entre eles estava ficando mais forte. Certamente, se ele persistisse, ela acabaria percebendo e deixaria que Dhiraj, Pritam e Nav se fundissem num só homem que fosse seu melhor amigo, seu amante sensual e seu amor para a vida toda.

Quatro tigelas de sopa chegaram e, por alguns minutos, todos conversaram sobre a comida e como era divertido jantar ao lado de uma janela panorâmica com cenário em constante mutação. Nav percebeu como ele viajara pouco desde que se mudada para o Canadá e ficou grato por essa oportunidade de ver mais do país.

Claro que o cenário dentro do trem era ainda mais espetacular do que as rochas, as árvores e os lagos do lado de fora da janela.

Ele ofereceu a Kat uma prova de sua sopa de cogumelos. Adoraria lhe dar uma colherada, mas não quis ofender os Farraday, portanto educadamente passou a tigela. Fez questão de que seus dedos se tocassem e a expressão nos olhos dela dizia que ela se lembrava da forma íntima como ela e Pritam haviam se alimentado na noite anterior.

Maggie Farraday deve ter notado o intercâmbio secreto entre os dois, pois disse animadamente:

— E vocês dois? Solteiros? Casados?

— Solteira e esperançosa — disse Kat.

— Assim como eu — disse ele.

— Ora, mas isso não vem a calhar? — disse a outra mulher, com seu sorriso contagiante. — Vocês acabaram de se conhecer, ambos são solteiros e querem se casar. E os trens são românticos, não é, Tim?

— É o que dizem — disse ele, sorrindo também.

— Bem, Kat — disse Nav, tocando o braço dela. — Parece que estamos sentados com dois cupidos. O que acha disso?

— Eu não acho que você seja o tipo de homem que precisa de ajuda para encontrar mulheres — ela provocou.

— Ah, mas eu não estou à procura de *mulheres*. É de uma mulher. A mulher certa. — Ele ergueu seu copo de vinho, num brinde silencioso. Ela estava tão sexy com esse vestido colante, os cabelos em desalinho, como se tivesse acabado de sair da cama. Toda vez que ele a olhava, se lembrava de quando tinha feito amor com ela, e queria fazer novamente. Na verdade, ele tinha o cenário planejado quando eles voltassem ao seu quarto.

Maggie desviou o olhar de um para o outro.

— E filhos? Vocês querem ter?

— Sim. — Eles disseram juntos.

O rosto de Kat ficou vermelho e ela pareceu ligeiramente constrangida. Pessoalmente, ele achava divertido o empenho casamenteiro da mulher. Quando ele conheceu os Farraday, no vagão de recreação, e eles o convidaram para acompanhá-los no jantar, ele tinha imaginado que Kat iria gostar deles – e que talvez o brilho do "felizes para sempre" pudesse passar para eles.

Maggie riu.

— Perfeito. Agora, e que tal...

— Meu bem — disse o marido —, os dois podem seguir a partir daqui se quiserem.

Ela fez uma cara engraçada.

— Ah, está bem.

Nav reabasteceu o copo de vinho de Kat e disse aos Farraday:

— Minha vez de fazer as perguntas. Vocês têm filhos?

— Três — disse Maggie. — John, nosso mais velho, está no Zimbábue, com os Médicos Sem Fronteiras. Nós nos orgulhamos muito, mas nos preocupamos todos os dias.

— Os filhos não vêm ao mundo para dar tranquilidade aos pais, isso é certo — disse Tim. — Embora nossa segunda filha, Bronwyn, nos dê muita paz.

— Ela e o marido possuem uma padaria — disse Maggie. — Não é o negócio mais lucrativo, mas eles até que vão bem. E eles têm uma menininha adorável. A Bronwyn é mais ou menos da sua idade, Kat.

— Estou com inveja — disse Kat.

Nav sabia que era verdade. Ele estendeu a mão para endireitar a vela, uma mera desculpa para esbarrar na mão dela.

Ela deu uma olhada surpresa, depois sorriu.

— E tem o Adam — Maggie prosseguiu. — Ela trocou olhares com o marido e eles sacudiram a cabeça.

— Ele é jovem, vai se aquietar. — Mas Tim não parecia tão convencido.

— Ele é criativo, inteligente, generoso — disse Maggie. — Se ao menos aplicasse todos esses talentos.

— Parece minha irmã Jenna — disse Kat.

— Ela também é a caçula? — perguntou Maggie. — Sempre me preocupa que tenhamos relaxado com o Adam. Talvez seja nossa culpa por ele ser tão sem foco.

— Sem foco? — Kat deu um sorriso torto. — Isso que meus pais diziam de mim, e eles certamente não relaxaram comigo. Se é que serve de consolo, eu me aquietei e encontrei uma profissão que adoro.

— Isso já tranquiliza — disse Tim.

— Para responder sua pergunta — disse Kat, recostando para que o garçom pudesse tirar seu prato de sopa vazio. — Nós éramos três, nascemos em seguida, com um ano de diferença entre cada uma. Jenna foi a mais nova durante oito anos até que para surpresa dos meus pais, veio Merilee. Acho que eles deram uma aliviada com Jenna. Às vezes, ela exagera para chamar atenção, às vezes faz as coisas de seu jeito.

Enquanto ela estava falando, Nav gesticulou para que o garçom trouxesse outra garrafa de vinho.

— Ainda bem que ela e Adam não se conhecem — disse Maggie. — Detesto pensar na confusão que os dois arranjariam.

— Ela é o espírito aventureiro da família, com certeza — disse Kat.

— Sua família também faz isso? — Maggie se inclinou à frente, com os cotovelos na mesa. — Vocês se dão apelidos?

— Claro. Theresa é a mente brilhante. Eu sou a Miss Social.

— E sua irmã caçula?

— Merilee era a bebê até que conheceu um garoto meigo, o Matt, no segundo ano do Ensino Fundamental. Eles se tornaram M&M. E os seus filhos?

— Quais são os apelidos?

— John é o salvador do mundo — disse Tim, enquanto o garçom servia o jantar e enchia os copos com uma nova garrafa de vinho. —

Bronwyn é a caseira. Adam é nosso cigano. Atualmente está no Vietnã. Ou, talvez, na Tailândia. Como mochileiro. — Ele e Maggie trocaram um olhar.

A mulher estremeceu.

— A gente se preocupa, mas o que se pode fazer? Até parece que eles ouvem o que os pais dizem.

Cortando sua costelinha suculenta - e feliz por não ter feito Dhiraj vegetariano -, Nav ouviu a preocupação na voz dela. Ele pensou em como sempre bateu cabeça com os pais.

— Acho que há uma tensão inevitável entre as gerações — disse ele, lentamente.

Maggie assentiu.

— Quando são pequenos, os filhos dependem de nós inteiramente e os protegemos. Conforme ficam mais velhos, eles querem ser independentes e ainda queremos protegê-los, mesmo sabendo que eles precisam se separar de nós.

— É duro quando essa separação significa rejeitar tudo que os pais acreditam — disse Tim, tristonho.

— O que os pais acreditam pode não ser certo pra eles — disse Nav.

Maggie ergueu os olhos pra ele, fixamente.

— Parece uma observação pessoal, Dhiraj.

— Você não disse que trabalhava na empresa da família? — perguntou Kat, com um brilho provocante no olhar. — Imagino que é isso que seus pais quisessem de você, não?

Droga, ela o flagrara. Ele estava agindo como Nav, não como Dhiraj. Ele mastigou lentamente uma garfada de carne suculenta, com sabor de alecrim, demorando enquanto pensava no que dizer. Essa conversa o interessava, então ele resolveu dar a Dhiraj um irmão como Nav.

— Sou o mais velho e, sim, em termos de apelido, sou o bom filho. — Como, na verdade, Nav tinha sido até rejeitar os planos dos pais. — Meu irmão é a ovelha negra.

Ele nunca tinha contado muita coisa sobre sua criação à Kat. Se ela soubesse que ele tinha deixado a fortuna e o privilégio para ser, essencialmente, um artista pobretão talvez o achasse maluco. Ou sentisse pena dele. Mas, agora, como Dhiraj, ele podia contar a história de fora, através de um irmão inventado.

— Ele não concorda com o que seus pais querem? — perguntou Maggie.

— Por um tempo, ele concordou. É difícil não concordar, pela forma como fomos criados. O respeito pelos pais é uma tradição forte. Mas as coisas em que nossos pais acreditam não são aquilo com que ele se identifica. Comércio, riqueza, poder, status.

Não se admira que Nav antes pensasse ter sido adotado; ele era tão diferente dos pais.

Kat assentiu, com uma expressão pensativa.

— É difícil quando eles querem que você siga o caminho deles se você não se identifica.

Ele tocou o braço dela.

— Você disse que sua irmã mais velha era a mente brilhante. Isso causou mais ou menos pressão em você?

— É... — Ela pousou o garfo e tomou um gole de vinho.

Ela sempre evitava esse tipo de conversa, mas agora parecia pensar seriamente na pergunta. Ele adorava ver essa sua nova maneira mais aberta.

— Pressão diferente — disse ela, devagar. — Theresa consumia muito da atenção de nossos pais. Ela se deu muito bem na escola, era uma aluna brilhante e é isso que nossos pais queriam.

— Ela escolheu a mesma carreira de seus pais? — perguntou Maggie.

— Não, mas eles ficaram muito orgulhosos dela. Ela é uma socióloga de renome internacional.

— Ela é feliz? — perguntou Nav. Que legal seguir a carreira que você quer e ter a bênção de seus pais.

— Muito. — Houve uma pausa. — Ela vive na Austrália. Eu fico em Montreal. — Para os Farraday, ela disse: — Eu sou gerente de relações públicas num hotel. Jenna também não mora em Vancouver.

— Seus pais devem sentir muita falta de vocês — disse Maggie.

— Eu... é... acho que sim. Mas ambos são muito ocupados. Meu pai está tentando encontrar a cura para o câncer e minha mãe é advogada, defende causas de acidentes pessoais por parte do autor da queixa. — Um sorriso orgulhoso iluminou seu rosto. — Ela vai defender um caso na Suprema Corte do Canadá na semana que vem. Que é a semana anterior ao casamento de Merilee.

— Sua irmã está se casando? — perguntou Maggie. — Por isso que você está indo para Vancouver?

Kat assentiu.

— A família inteira vai se reunir, depois de um ano e meio.

— Aposto que vocês estão muito felizes com isso — disse Tim.

Nav estivera comendo silenciosamente sua excelente costelinha, ouvindo a conversa e observando as expressões do rosto de Kat. Amor e orgulho, misturados com incerteza.

Foi essa última expressão que ele viu quando ela murmurou:

— Felizes. Sim, acho que... todos nós estamos.

Essa noite ela mostrava uma vulnerabilidade que ele raramente via. Habitualmente, se estivesse aborrecida com alguma coisa, ela extravasava e seguia em frente. Esse clima de reflexão silenciosa, essa disposição de falar de seus problemas, em vez de evitá-los, era algo novo.

Por baixo da toalha da mesa, ele pousou a mão sobre sua coxa, por cima do tecido fino de seu vestido. Torceu para que ela soubesse que ele estava oferecendo apoio, não dando em cima.

— Você acha? — Maggie perguntou delicadamente.

Kat deu uma risada rápida.

— Desculpe. Claro que estamos felizes. Só que não temos muito em comum e é mais fácil nos entrosar quando estamos distantes.

— Dá pra ver isso quando os filhos são jovens, tentando encontrar seus nichos na vida — disse Tom, baixinho. — Talvez agora, que vocês todas já encontraram, possam se dar melhor, não?

Era um bom argumento.

— Contanto que todos respeitem o espaço uns dos outros — disse Nav, comendo o último pedaço de carne. — Não há muita possibilidade de que meus pais algum dia respeitem m... — Droga, ele quase disse "meu". — O ponto de vista de meu irmão.

— O que ele faz? — perguntou Tim.

Ops. Ele não tinha pensado com tanta antecedência. Enquanto mastigava devagar, pegou inspiração nos pratos vazios.

— Ele é chef.

— É uma ótima carreira — disse Maggie.

— Diga isso aos nossos pais.

— Eles provavelmente receiam que possa ser um jeito difícil de ganhar a vida.

— Talvez. Acho que é mais por eles terem valores indianos bem tradicionais. Os pais sabem mais. Os filhos têm que se calar e obedecer.

— Isso não funciona muito bem no Canadá — Tom disse, lastimoso, então todos riram.

O garçom veio retirar os pratos de jantar. Ele serviu o restante do vinho nos copos e perguntou:

— Outra garrafa?

— Café, pra mim — disse Maggie e todos concordaram.

Eles discutiram a respeito da sobremesa, decidindo entre alguns doces e um prato de queijos e frutas que todos compartilharam.

Quando o garçom saiu, Nav pousou a mão rapidamente sobre a mão de Kat.

— Eu lhe fiz uma pergunta e acabou passando. Como foi pra você ser a segunda filha?

— Oh, Deus. — Ela abanou a mão, descartando. — Como acabamos falando nisso? Ninguém quer saber das histórias da minha família.

Droga, ela tinha voltado a se esquivar.

Antes que ele pudesse incitá-la, Maggie falou.

— É claro que queremos. O assunto da conversa dessa noite é pais e filhos. Pode contar sua parte.

— Eu realmente não sou tão interessante.

A forma como ela falou fez Nav se lembrar de como, no sábado anterior, ela tinha subestimado sua aparência, dizendo que não era bonita, mas aproveitava o que tinha.

Ele quis passar o braço ao redor de seus ombros, mas, em vez disso, pousou novamente a mão em sua coxa.

— Ora, vamos, Kat.

— Bem, se vocês têm certeza. — Ela terminou seu vinho e pousou o copo. — Acompanhar Theresa era difícil. Eu até que fui bem no colégio, mas jamais poderia me comparar.

Kat era brilhante. Numa família normal, ela talvez fosse a mais inteligente.

— É injusto ser comparada a um gênio — disse ele.

A mão dela casualmente desceu até o colo, onde ele a pegou e enlaçou seus dedos.

— Se você tem uma irmã mais velha, é sempre comparada a ela — respondeu Kat.

— Verdade — disse Maggie. — Mas a mais velha pode levar o fardo de maior expectativa.

Experimentem ser o filho único, pensou Nav.

— Nossos filhos encontraram seus caminhos bem cedo — disse Tim.

— Nós também — disse Kat. — Theresa era um gênio acadêmico, mas não tinha muitas habilidades sociais.

— Então, você se tornou a Miss Social? — Nav se lembrou do apelido que ela usara antes.

— É. Eu me dava bem com todos. As crianças, os professores, os pais dos amigos. Essa era a minha área.

Ele vira a mesma coisa em Montreal. Só que nenhuma de suas amizades era profunda. Nem mesmo com ele. De certa maneira, ele tinha descoberto mais de Kat nos últimos dois dias do que nos dois últimos anos. Era ele quem estava interpretando um papel, mas Kat também era uma pessoa diferente. Ainda terna, amistosa e generosa, porém mais introspectiva e disposta a se abrir.

Essa era a mulher que ele sempre acreditou estar por baixo de sua fachada inteligente e ocupada. A cada verdade ou reflexão que ela compartilhava, ele se sentia mais próximo dela. E a amava ainda mais.

— Eu estava sempre fora, fazendo alguma coisa com os amigos —

disse Kat. Sua mão soltou a dele para poder cortar uma fatia de queijo Camembert, que ela comeu com uma uva.

Maggie falava pensativa.

— Você obtinha seu respaldo, seu senso de valor, por ter muitos amigos.

Nav parou, enquanto fatiava queijo para si mesmo, e viu os olhos de Kat se arregalar.

— Nunca pensei nisso dessa forma. — Ela deu uma risadinha nervosa. — Talvez você esteja certa. Por acaso, é psicóloga?

A outra mulher riu.

— Não, só uma mãe que ganhou alguma experiência ao longo do tempo.

— Os pais dela que deveriam ter lhe dado apoio — disse Nav, firmemente.

Kat lançou um olhar assustado, depois ameaçou um sorriso.

— Imagino que eles tenham aprovado a sociabilidade de Kat — disse Tim, baixinho.

— O que quer dizer? — perguntou Kat.

— Eles se sentiam orgulhosos por você ser tão conhecida? — perguntou ele.

— Você está certo. Minha mãe dizia que eu era uma pessoa para lidar com gente, como ela, e meu pai sempre admirou essa qualidade nela. Sim, eles ficavam felizes por eu ter muitos amigos e ser tão ativa, ingressando em associações escolares, participando do quadro estudantil.

— Deixe-me adivinhar — disse Maggie. — Foi oradora do ensino médio?

Kat corou.

— E rainha da formatura.

Nav ficou imaginando que garoto sortudo teria sido seu rei.

— Tenho certeza de que você foi uma rainha adorável.

— Obrigada. — A mão dela soltou a xícara de café e desceu ao colo.

Ele segurou.

— Claro que foi — disse Maggie. — Ela é uma garota linda. — Ela lançou um olhar expressivo pra ele.

— Eu notei. — Mesmo com o outro casal do outro lado da mesa, era impossível não ficar excitado ao tocar Kat. Imaginando eles dois sozinhos, no quarto dele, experimentando as posições do Kama Sutra. Ele afagava com o polegar, fazendo carinho na mão dela.

— O que combinamos quanto ao papel de cupido? — Tim provocou a esposa.

— E, falando nisso — disse ela, levantando —, acho melhor irmos andando.

Tim piscou para eles e levantou também.

— Temos um encontro romântico no vagão de recreação para tomar um Grand Manier, vendo a lua e as estrelas.

— É romântico — disse Maggie. — Vocês deveriam experimentar.

O marido dela pegou sua mão e levou-a em direção à saída.

— Meu bem, acho que esses dois não precisam de sua ajuda.

Depois que eles saíram, Nav apertou a mão de Kat.

— Eles são legais, mas é bom ficarmos sozinhos.

Ela também apertou a mão dele.

— Fiquei surpresa que você tivesse escolhido sentar com outras pessoas.

— Você disse que conhecer pessoas faz parte da diversão das viagens de trem, então achei que fosse gostar.

— Eu gostei. Foi uma conversa interessante, me fez pensar. — Ela esfregou a mão livre na sobrancelha, depois sorriu com os olhos brilhando. — É algo que não estou acostumada a fazer.

Ele sorriu de volta.

— Então, relaxe e apenas sinta. Por exemplo... — Ele soltou a mão dela e ergueu um pouquinho a bainha do vestido para afagar a pele nua do lado interno da coxa, fazendo-a lembrar as intimidades que eles compartilharam. — É gostoso?

Ela engoliu.

— Você sabe que é.

Pra ele também era muito bom. Tão bom que seu pau estava endurecendo pelo desejo que ele sentia, desde que a vira naquela noite. Não, antes. Desde que planejou a noite, imaginando outra sedução lenta até ensiná-la o Kama Sutra.

— Sua pele parece leite morno — disse ele. — Eu quero lambê-la bem aqui. — Ele passou o polegar em círculos suaves, depois subiu. — E aqui. — O corpo dela estremeceu sob seu toque. — A menos que você prefira ir ao vagão de recreação olhar a lua.

Ela fechou as coxas, prendendo a mão dele no meio, ainda a alguns centímetros de seu objetivo.

— Tem gente demais lá — sussurrou ela, com os olhos inebriados de desejo.

Graças a Deus. Ele mal podia esperar para ficar sozinho com ela.

— Então, vamos para a minha cabine.

— Sim, por favor. — Ela soltou a mão dele e começou a levantar.

Ele saltou de pé, pegando o blazer do encosto da cadeira e segurando à sua frente para esconder a ereção que aumentava.

Ela pendurou o casaco no braço e seguiu caminhando à frente dele, rumo à saída. Ele notou que o loiro – seu adversário – tinha partido. O roteirista era bem o tipo de cara que Kat buscava, portanto ele ficou aliviado por ela ter escolhido Dhiraj.

Agora, se ele ao menos conseguisse fazê-la escolher Nav.

Dessa vez, enquanto eles caminhavam pelos vagões de descanso, em direção ao seu quarto, ele passou o braço em volta dos ombros dela. Embora não houvesse muita gente ao redor, ainda era uma afirmação pública de que eles eram um casal. Será que ela aceitaria?

Sim. Ela até inclinou a cabeça ao ombro dele. Senti-la, perceber seu aroma, o fato de que ele – ou, pelo menos Dhiraj – tinha publicamente declarado Kat Fallon como sua mulher era muito inebriante.

E tão instigante que até chegar à sua cabine Romance nos Trilhos, seu corpo inteiro doía de desejo.

Ele mal tinha fechado a porta quando a puxou nos braços, grudando-a nele. Enfiando as duas mãos em seus cabelos, ele segurou sua cabeça firmemente, inclinada acima à dele.

Então, ele a beijou. Os lábios dele calcaram os dela e sua língua mergulhou no meio dos lábios dela, se apossando, enquanto os braços enlaçavam-na, como se ele jamais fosse soltá-la.

Ela retribuía o beijo na mesma intensidade, dava pequenos gemidos e seu corpo se contorcia inquieto. Suas mãos seguravam a bunda dele com tanta força que as unhas cravaram no tecido da calça e da cueca.

Ainda beijando, ele caminhou com ela alguns passos para trás até a cama, depois os dois caíram no colchão. Uma batida disse que o tabuleiro, que ele deixara em cima da cama, tinha ido para o chão.

Ao sair para o jantar, ele tinha planejado o que eles fariam quando voltassem a esse quarto. Um copo de espumante, velas de sândalo, como as que ela acendia em seu apartamento, alguns arremessos do dado, que poderia levar a perguntas provocantes e respostas sensuais, uma sedução que resultaria no sexo bem lento e instigante do Kama Sutra.

Foda-se isso tudo. Fariam isso depois.

Agora, ele só queria entrar nela. Segurando os dois lados de sua cabeça, ele olhava seu rosto, pouco visível sob a luz fraca que entrava pela janela.

— Kat, eu estou com tanto tesão em você que não consigo esperar. Fiquei sentado ao seu lado no jantar, querendo tocá-la...

Ouvindo-a se abrir e se revelar, implicitamente confiando que ele entenderia. Sim, ela estava falando com Dhiraj, mas ele apostava que estava confiando em Nav.

— Eu também. — As mãos dela desceram no meio dos dois, abrindo o zíper dele.

Ela soltou seu pau dolorido e o segurou no êxtase de suas mãos mornas, e ele gemeu de alívio e prazer, depois remexeu embaixo do travesseiro, onde havia deixado as camisinhas.

Seus corpos só se separaram por alguns instantes, para que ele pusesse o preservativo e ela arrancasse a calcinha – droga, ele nem tinha visto que calcinha ela estava usando essa noite –, então ela se deitou, com o vestido erguido.

Sem fôlego de tanto desejo, ele ajoelhou entre suas pernas, puxando a calça e a cueca, quadril abaixo. Com uma das mãos, ele ergueu a saia e acariciou-a e, sem conseguir mais se conter, mergulhou dentro dela, com um gemido de alívio.

Enquanto ele metia com força, ela levantou o quadril para encontrá-lo.

Eles fizeram amor num mundo de sombras, a única luz vinha do céu enluarado, do lado de fora. Ele mal conseguia enxergar as feições dela. No entanto, esse sexo era tudo, menos anônimo.

Seu cheiro de jasmim e mulher excitada era ímpar. Seus pequenos ofegos e gemidos, a maciez de suas coxas, a força de suas mãos apertando-lhe as nádegas, tudo isso era Kat. Somente Kat.

Tudo que ele sempre quis.

— Kat — sussurrou ele.

— Ah, isso, que gostoso.

Nessa viagem, ela não estava abrindo somente seu corpo para ele aos pouquinhos, mas também vinha compartilhando seus pensamentos, suas preocupações, abrindo sua alma. E ele sabia que era para ele, Nav.

Eles pertenciam um ao outro e ela logo perceberia isso também.

Ele se mexia mais depressa, e ela o incitava com os sons e as mãos, indo cada vez mais fundo, a cada investida.

Sexo. Com força, sexo cheio de desejo.

Ainda assim, com o absoluto conhecimento de que essa era a mulher que ele amava. E a esperança de que, mesmo que ela ainda não estivesse pronta para admitir, estava começando a amá-lo.

Ele abaixou a cabeça, beijando os gemidos de paixão que saíam dos lábios dela, absorvendo o grito que ela deu quando gozou.

Então, ele deixou que o próprio orgasmo irrompesse dentro dele.

Depois, ele desmoronou em cima dela por um momento, rolando os dois em seguida para que ficassem deitados de lado, ainda unidos. Ele a beijava suavemente, tentando recuperar o fôlego. Quando conseguiu falar, ele disse:

— Isso foi incrível. Embora não exatamente o que eu tinha planejado.

— Eu certamente não estou reclamando. — Uma pausa. — O que você tinha planejado?

— Vinho e velas, alguns arremessos do dado e perguntas provocantes para responder. Acho que me lembro de que discutimos um prêmio de sexo Kama Sutra.

— E eu aqui achando que você tinha se esquecido — ela provocou.

— Acredite, eu nunca me esqueceria disso. Vou buscar as velas.

Ele levantou, tirou a camisinha, fechou a calça. Depois acendeu algumas velas.

— Humm, sândalo — disse ela. — Ela ainda estava deitada na cama, mas tinha arrumado a roupa. — Adoro esse cheiro.

— É? E agora, que tal um pouco de espumante? Nós dissemos que seríamos extravagantes essa noite. Falando nisso... — Ele entregou a caixa de chocolates Godiva que tinha comprado. — Eu sei que os comissários colocam chocolates no travesseiro, mas esses são melhores.

— Ooh, meus prediletos! Então, seu sorriso encantado se transformou no rosto franzido. Talvez, a combinação de velas de sândalo e chocolates Godiva fosse um lembrete forte demais de que ele era realmente Nav, que conhecia seu gosto.

Ele sacudiu os ombros, casualmente.

— Achei que um cara não tinha como errar com chocolates.

— É verdade, Dhiraj. — Pareceu que ela disse o nome de propósito. — E um homem também não tem como errar com espumante. Combina perfeitamente com chocolate. — Ela abriu a caixa e estudou o conteúdo.

Ele tirou a rolha, serviu dois copos e entregou um a ela. Depois ergueu o seu.

— Aos estranhos no trem, passando a se conhecer.

— Saúde.

O vinho espumante não estava à altura dos champanhes que eles vinham tomando ultimamente, mas poucos estavam. Seu sabor era agradável e reluzia em dourado borbulhante sob a luz de vela.

Ela escolheu um chocolate e ofereceu a caixa a ele.

— Não, obrigado. — Observar a expressão dela enquanto saboreava já era prazer suficiente.

Ele colocou o tabuleiro no meio da cama, depois se esparramou de frente para ela, apoiando-se num dos braços.

— Acho que é a sua vez.

Ela jogou o dado, andou três casas, parou num naipe de copa e tirou uma carta.

— Qual é o presente mais romântico que um amante pode lhe dar?

Ela fechou os olhos e ele imaginou que ela estivesse se lembrando de presentes elegantes de outros homens. No entanto, quando abriu os olhos e olhou para ele, sua expressão era melancólica e quase constrangida.

— A verdade? Um pedido de casamento. Dizer que me ama, de corpo e alma, e quer passar o resto da vida comigo.

Nav lhe daria isso, nesse exato instante, se ela estivesse pronta.

— Sim — ela disse baixinho. — Não dá pra ser mais romântico que isso.

Ele jogou o dado e tirou uma carta.

— Qual é o lugar mais sexy onde você já fez amor? Humm...

— Tantos lugares assim pra escolher? — Ela ergueu o copo e o observou por cima da borda.

Será que ele estava percebendo uma pontinha de ciúme, ou seria apenas um desejo?

— Camas são ótimas, mas tem muita coisa pra variar.

Ele escolheu uma lembrança que funcionaria para sua personalidade de Dhiraj.

— Quando eu tinha dezessete ou dezoito anos, fiz sexo numa noite de verão, sob as estrelas, numa passarela.

— Numa o quê?

— É uma passagem, no alto do muro de um castelo. Em um verão, um amigo da escola convidou alguns de nós para a casa de campo de sua família para passar o fim de semana. Ficava perto das ruínas de um pequeno castelo e alguns de nós fizemos um passeio com guia. Eu namorava uma garota chamada Anna, que estava sempre lendo romances históricos. Ela adorava castelos e... bem, nós saímos escondidos à noite com um cobertor e fizemos amor ali.

— Muito romântico — disse ela, aprovando. — Ela foi sua primeira amante?

— Não. A primeira foi Francesca, uma das irmãs mais velhas do meu amigo.

— Quantos anos você tinha?

— Digamos que eu era alguns anos mais novo que Francesca. Ela parecia muito sofisticada. Só Deus sabe o que ela viu em mim, mas eu certamente fiquei muito contente. Durante os dois meses que durou. E você? Quem foi seu primeiro?

— O rei da formatura do ensino médio, na noite do baile. — Ela pegou outro chocolate. — Dá pra ser mais clichê? Eu me sentia como a última virgem da escola, mas estava esperando alguém especial.

— O rei da formatura era bom o suficiente para sua família?

Ela torceu a boca e ele sabia que não era pelo gosto do doce.

— Não, e eles estavam certos. Ele não era especial. Era a magia da noite — nós estávamos de coroas, e eu achei que fosse especial. Um mês depois, ele me dispensou por alguém que conheceu em seu emprego temporário.

— Lamento.

— A história da minha vida. — Ela jogou o dado vigorosamente e ele ergueu a mão para evitar que ele caísse do tabuleiro.

— Kat, eles são uns idiotas. — Ele esticou o braço para afagar o rosto dela, prender um cacho atrás da orelha. — Os homens que não apreciam você.

— Isso é gentil de dizer. — Uma centelha surgiu nos olhos dela. — E você está muito certo. — Ela olhou abaixo. — O que saiu no dado? Um. O que me coloca no naipe de ouros. — Ela tirou uma carta e leu. — O que você prefere dividir com seu amante? Um banho de chuveiro ou de banheira?

As imagens surgiram na mente dele, atiçando novamente o desejo.

— Pra mim, ambos parecem bons.

— Pra mim, também. É difícil escolher. Depende do dia e do meu astral. Banheiras são mais românticas. Você pode brincar, provocar, demorar. Os chuveiros são imediatos. Sexy, com toda aquela água escorrendo.

Pele lisa, mãos ensaboadas, seios corados. O quarto dele tinha um banheirinho com pia e vaso. O chuveiro ficava num cômodo separado, do outro lado do corredor.

Não seria tão confortável como sua cama, mas ele queria dar algo especial a Kat. Droga, ele era um amante divertido, espontâneo e inventivo, não um homem que a deixaria entediada. Ela precisava perceber isso. Se tivesse uma passarela de castelo por perto, ele a levaria e faria amor com ela sob o céu estrelado.

— O chuveiro do outro lado do corredor tem espaço pra dois — disse ele. — Contanto que os dois sejam bem entrosados.

Os olhos dela brilharam de interesse, sob a luz de vela.

— Você quer tomar banho junto?

Capítulo .14

Um banho com... Dhiraj. A ideia era deliciosamente tentadora, mas...

— As pessoas estão começando a ir dormir — eu disse. — Algumas vão tomar banho antes de deitar. — Seria constrangedor se alguém nos visse entrando, ou saindo, juntos.

— Nós jogamos o dado por mais um tempo, depois tomaremos nosso banho antes de ir pra cama.

Ele combinou as palavras com ação, pousando no naipe de espadas, e leu a carta que tirou.

— Qual é seu maior temor nesse momento? Jesus, algumas dessas são difíceis.

Enquanto ele refletia, pensei em como responderia a essa pergunta. Cheguei à conclusão que a resposta era "não ser amada". Amada incondicionalmente, por um homem especial. A ideia de que isso nunca acontecesse era... aterrorizante. Impensável. Dei uma golada no vinho.

Dhiraj olhava a carta, mas seu olhar estava desfocado. Será que essa seria uma pergunta tão difícil pra ele?

— Você não precisa responder — eu o lembrei. — Mas terá que andar pra trás.

Ele lentamente ergueu os olhos e focalizou meu rosto.

— Tenho medo de não conseguir o que mais quero.

— Ah, não, essa resposta não vale. Você tem que dizer o que mais quer.

Ele sacudiu a cabeça e andou com o cupido preto pra trás.

— Covarde. Ora, vamos, Dhiraj, o que você mais quer?

Pegando seu copo de vinho, ele me deu um sorriso paquerador.

— Levá-la para o chuveiro.

— Ah, não. Eles estão perguntando algo mais significativo.

— Por isso que andei pra trás. — Ele tomou o restante do copo e levantou para buscar a garrafa.

Se sua intenção era aguçar minha curiosidade, ele tinha escolhido o método certo. Ele era Dhiraj. Podia inventar um negócio de exportação, um irmão, o que quisesse. Por que não inventou uma resposta para essa pergunta?

Ele pegou meu copo e reabasteceu.

— Sua vez, Kat.

— Certo, tudo bem — resmunguei. Joguei o dado, andei as casas e peguei uma carta de ouros. — Paladar e olfato são os sentidos que as pessoas mais negligenciam. Descreva o gosto e o cheiro de seu amante - e sinta-se à vontade para experimentá-lo, para refrescar a memória.

A carta me fez sorrir.

— O cheiro é sândalo. O gosto... hummm. Acho que preciso refrescar a memória.

— Fique à vontade.

Eu me inclinei por cima do tabuleiro, na direção dele, que me encontrou no meio. Imaginando que ele esperasse um beijo, lambi seu rosto, provocando uma risada. Depois peguei sua cabeça com as duas mãos, segurei firme, pousei os lábios nos dele e comecei a pesquisar sua boca, com a língua. A cada lambida, meu tesão aumentava e seu suspiro trêmulo me dizia que ele se sentia da mesma forma.

Dei um murmúrio de prazer, depois recuei.

— Vinho, com toques de alecrim e café. Saboroso.

— Você está dizendo que meu sabor é o que acabei de comer e beber? Essa não é uma resposta muito boa.

— Talvez você esteja certa. — O que significava que eu tinha que experimentar mais que apenas sua boca. Não era exatamente um sofrimento. Sugestiva, passei a língua delicadamente em volta dos meus lábios.

— Jesus, Kat.

Aproximei-me e lambi seu pescoço, fui descendo, dando lambidas suaves. Os primeiros botões de sua camisa estavam abertos e minha língua desceu pela pele morena entre eles. Abri o botão seguinte, depois o outro, lambendo abaixo, até o meio de seu corpo.

Que pele maravilhosa, com o toque dos pelos negros.

Quando a camisa estava aberta até a metade, afastei para as laterais, lambi seu mamilo, até arrepiar, depois chupei.

Ele deu um gemido baixinho.

— Tenho gosto de quê?

Eu o soltei e sentei de volta no meu lado da cama.

— Um pouquinho salgado, um pouquinho de almíscar de macho, e essa é a melhor descrição que consigo dar.

— Quer experimentar outros lugares? — Sua voz estava embargada de tesão.

— Vou guardar para o chuveiro. — Tentei parecer provocante, mas o rubor no meu rosto e a pulsação disparada em meu pescoço diziam-lhe que eu também estava excitada. — A menos que você tenha mudado de ideia.

— Sem chance. E eu acho que agora está na hora de tomarmos esse banho. Você precisa de alguma coisa? Pra você dá para usar os produtos de perfumaria do trem?

— Para essa noite, está bom.

Ele levantou da cama e rapidamente juntou toalhas e os itens de banho.

— Venha.

Verificamos que o corredor estreito estava vazio, depois atravessamos e encontramos a porta do chuveiro destrancada. O compartimento era dividido em duas seções, com uma pequena área para troca de roupa, e um cubículo com chuveiro.

Depois que ele trancou a porta, tirei meu vestido fininho pela cabeça e joguei no banco, e fiquei ali, de calcinha e sutiã pêssego.

— Uau. — Ele deu um assovio.

Dei uma piscada atrevida.

Sua camisa ainda estava aberta na frente e agora ele estava tirando as abotoaduras e enfiando no bolso da calça. Tirou a camisa e pendurou num gancho. Ele tinha o abdome mais incrível do mundo, todo musculoso, definido e rijo, sob a pele cor de canela.

Impaciente para ver mais, estiquei o braço até o botão da cintura da calça, abri o zíper e puxei abaixo, revelando a ereção que apontava na cueca preta sedosa.

Ele tirou a calça e pendurou num gancho. Depois me puxou para seus braços. Nossas bocas se uniram num beijo suave, lento, com sabor do chocolate que eu tinha comido. Continuei beijando até que nossos corpos se encaixaram um ao outro, encostando nos melhores lugares.

Suas mãos seguravam as minhas nádegas, nuas pela exposição

da tanga, e eu embrenhei minhas mãos em seus cabelos, soltando-os do elástico que os prendia.

O tesão foi invadindo meu corpo, até preencher completamente, com uma chama ardente que me fez resfolegar em sua boca.

Ele interrompeu o beijo, se afastou e sua voz estava rouca, quando ele disse:

— Se vamos entrar no chuveiro, é melhor fazermos isso agora. — Com uma das mãos, ele arrancou a cueca, e com a outra, esticou o braço, passou pela cortina do chuveiro e abriu a torneira.

Tirei meu sutiã e minha tanga e joguei ambos no banco, enquanto ele entrava, passando pela cortina. Ele esticou a mão pra fora e eu peguei.

Ele me puxou pra dentro de um mundo de água morna, em cascata, sob a luz fraca, e seu corpo rijo e quente.

Depois de um rápido abraço, ele colocou as mãos no meu quadril e nos virou, de modo que seu corpo me protegia do jato. Inclinou a cabeça pra trás, sob a corrente de água, depois novamente à frente, com um sorriso exultante, mostrando os dentes brancos contrastando com a pele morena, com a água escorrendo por seu rosto.

Então, ele sacudiu a cabeça, respingando água pra todo lado. Os cachos encharcados de cabelos negros se rebelaram em volta de seu rosto.

Cachos como os de Nav.

Não, eu precisava pensar nele como Dhiraj.

— Dhiraj, onde está o sabonete? Quero lavar você.

Ele esticou o braço pra fora, onde tinha deixado os itens de toalete, em cima do banco. Mas, em vez de me dar o sabonete, ele ficou segurando.

— Primeiro eu.

— Foi ideia minha.

— O sabonete é meu. — Ele deu um beijo molhado em meu nariz. — E eu tenho menos autocontrole do que você. — Ele estava com um olhar malicioso por trás dos cílios negros grossos pontilhados de gotas.

— Arrá! Admitiu uma fraqueza.

— Vire-se.

Obedeci, fechei meus olhos e suspirei de prazer, conforme suas mãos ensaboadas me acariciavam, lisas e mornas. O cheiro do sabonete de baunilha emanava pelo ar. Ele massageou suavemente os músculos dos meus ombros, desceu a mão por minhas costas. Parou na minha bunda, provocando entre as nádegas. Deslizou por entre minhas pernas, concentrando-se em meu tesão, me fazendo resfolegar e me esfregar em sua mão.

Continuou descendo por minhas pernas, ajoelhando no chão do chuveiro, para ensaboar meus pés. Depois ficou de pé e me inclinou delicadamente sob o jato dc água, deixando que enxaguasse meu corpo e encharcasse meu cabelo.

— Xampu? — ele perguntou.

— Eu posso...

— Deixe que eu faço. — Ele destampou o frasquinho e eu fechei os olhos. Então, ele pôs os dedos em meus cabelos, passando xampu e massageando o couro cabeludo, esfregando com movimentos firmes e deliciosos.

Ele enxaguou o xampu, tomando cuidado para não escorrer em meus olhos.

— Condicionador? — murmurou ele.

Novamente me rendendo aos mimos desse homem, eu disse:

— Sim, por favor.

Abri meus olhos, vi a intensidade do olhar cor de chocolate descendo pelo meu corpo e notei a potência de sua ereção. Meus mamilos se arrepiaram e eu o peguei com as duas mãos.

Ele pegou as minhas mãos com apenas uma das suas.

— Ainda não, Kat. Deixe-me lavá-la na frente.

Baixei as mãos, esperando impaciente, enquanto ele esfregava o sabonete nas duas mãos. Ele o soltou e tocou meus ombros, foi descendo e espalhando a espuma. Cuidadosamente ensaboou meus braços, axilas, depois meus seios.

Eu olhava, hipnotizada. Meus seios estavam corados e cheios, sob a camada de espuma e os dedos dele passavam num movimento deslizante sensual e espumante, de pele com pele.

Eu gemi, esfregando os seios em suas mãos, e ele apertou os mamilos arrepiados. Depois ele soltou e pegou o sabonete, novamente esfregando na mão, pra fazer espuma. Escorregou as mãos pela minha barriga, até o emaranhado de pelos ruivos.

Minha respiração falhou, de tanta expectativa, e meus olhos se apertaram, enquanto eu me concentrava nas sensações que ele estava causando, no espiral de tesão que revolvia dentro de mim.

Ele deslizou as mãos para o meio das minhas pernas e eu dei um gemido ansioso, quando seus dedos ensaboados me acariciavam, pra frente e pra trás, nas carícias leves, depois mais firmes, que me faziam me esfregar nele, numa exigência silenciosa.

Minhas pernas tremiam, enquanto meu tesão aumentava, no desespero para me soltar.

Ele passava aqueles dedos sedutores no meu clitóris, esfregando, massageando suavemente. Por dentro, eu sentia aquela aproximação, estava bem perto.

Então, ele apertou e eu me desmanchei.

O clímax foi tão intenso que gritei, torcendo para que a água do chuveiro abafasse o som e não desse pra ouvir além das paredes da cabine ao lado.

Ele me segurou de pé, enquanto meu corpo sacudia de prazer e minhas pernas se transformavam em geleia.

Aos poucos, eu me recuperei o suficiente para abrir os olhos, encontrar meu equilíbrio. O bastante para admirar a forma como a água escorria por seu peito musculoso e notei que sua ereção estava mais forte do que nunca.

— Agora é minha vez. — Estendi a mão para pegar o sabonete, depois o virei, para que ele ficasse de costas pra mim.

Eu não tinha a sua paciência. Por mais que adorasse tocar seu corpo, eu estava com pressa para chegar à melhor parte, então só dei uma lavada rápida em suas costas, mas levei um tempinho admirando sua bundinha dura. Depois eu o virei novamente de frente, esfreguei as mãos ensaboadas em seu peito e fui descendo até meu objetivo.

Segurei seu pau com uma das mãos, esfregando pra cima e pra baixo, passando espuma.

Ele estava com as mãos nos meus ombros, segurando com força. Agora, pensei eu, era mais para se equilibrar do que para me manter equilibrada.

— Você fica linda molhada — disse ele.

— Você também. — Ele estava de costas para o chuveiro. Seus cabelos molhados estavam colados na cabeça e filetes de água escorriam por sua pele morena. — Como um deus das águas.

Eu quis deslocá-lo, para que minhas costas ficassem na água, então, guiei seus ombros. Conforme mudamos de posição, ele perdeu o equilíbrio e estendeu a mão, e...

— Ah, merda, eu puxei o alarme — disse ele.

Os chuveiros tinham puxadores vermelhos que você podia acionar pra chamar os funcionários em caso de emergência. Ele rapidamente empurrou de volta e nós ficamos abraçados, morrendo de rir. Esperando. Ele estava com o pau duro pressionado em minha barriga.

Em alguns minutos, nós ouvimos uma voz masculina chamar:

— Está tudo bem aí dentro?

— Sim, puxei sem querer — disse meu companheiro, com aquele sotaque britânico elegante. — Desculpe incomodá-lo.

— Sem problemas. Sempre acontece — foi a resposta breve.

— Agora — eu sussurrei —, onde estávamos? — Nós tínhamos mudado de posição, então eu estava embaixo do chuveiro, com as costas sob a água, e ele estava de frente pra mim.

— Vamos começar aqui. — Ele ergueu meu rosto e deu um beijo demorado, tão fumegante quanto o ar à nossa volta.

Nós nos afastamos, eu ajoelhei, deslizando as mãos pelas laterais de seu corpo, depois o tomei em minha boca. Ele tinha gosto de água, cheirava a sabonete de baunilha.

Ele gemeu. Segurou meus cabelos com os punhos fechados. E começou a se mover devagarzinho, enquanto meus lábios o recebiam e eu o engolia, até onde ele cabia.

Eu estava embaixo da água que caía em minha cabeça, meus ombros, escorrendo por minhas costas, meu rosto, ao meu redor. Seu pau estava em brasa, duro como aço em minha boca. Eu chupava, lambia a cabeça, e lentamente fui sentindo o sabor de macho excitado substituindo o gosto brando da água.

— Que gostoso, Kat, gostoso demais. — Seu quadril inclinou e ele pegou meu cabelo. — Agora pare, eu vou gozar.

Sem soltá-lo, sacudi a cabeça.

O som que ele fez foi como um rugido. Como um leopardo pronto para atacar. Primitivo, quase selvagem.

Eu sentia o orgasmo se formando em seu corpo, ganhando força, depois jorrando. Ele deu um impulso à frente, com o gozo agridoce explodindo em minha boca.

Eu engoli, absorvendo sua essência e ele deu outro impulso, quase com a mesma força. Mais uma vez, engoli, depois lentamente passei a língua em volta da cabeça de seu pau. Fiz com que ele desse mais alguns espasmos, lentamente diminuindo de potência.

Finalmente o soltei e, sem fôlego, pousei a testa em sua coxa.

Suas mãos acariciaram meus ombros.

— Vem cá. Dá um beijo.

Deixei que ele me erguesse, me colocando de pé, notando, mas não ligando para o dolorido dos meus joelhos, por causa do piso do chuveiro.

Sua expressão era terna, afetuosa. Ele afastou o cabelo molhado do meu rosto e beijou minha testa, depois meu nariz e finalmente os meus lábios. Foi beijando devagar, mas intensamente, num beijo que não era tanto de paixão, mas de...

Eu não sabia descrever. Não me lembrava de ter sido beijada daquele jeito.

Ele me fez sentir terna, quase amada.

Confusa, ergui a mão até seu peito e recuei. Deus, como ele era rijo.

— Estamos gastando água demais.

Ele estendeu o braço além de mim e fechou a torneira, subitamente tudo ficou em silêncio. Ficamos ali, pingando, olhando um para o outro. Então, eu virei, puxei a cortina do chuveiro e estiquei o braço para pegar as toalhas.

— Vamos nos secar.

Ele recuou, deixando que eu me secasse primeiro. Então, saí do chuveiro e me troquei enquanto ele se secava.

Não tínhamos trazido pente, então tudo que pude fazer foi passar os dedos no cabelo molhado, deixando encaracolar. Minha maquiagem provavelmente havia sido lavada, ou pelo menos eu esperava que não tivesse deixado rímel escorrido embaixo dos meus olhos.

Meu amante saiu do box. Ele tinha uma cabeleira negra cacheada, como a de Nav.

Ai, droga. Dhiraj, Nav. Novamente os limites estavam se fundindo. E eu não podia permitir.

Ele jogou sua toalha.

— Kat, fique comigo esta noite.

Quase perdi o ar. Eu só passava a noite com um homem quando acreditava que o relacionamento era sério. Esse não podia ser. Não com Dhiraj, pois ele não existia. E decididamente não como amante de Nav. Nós havíamos prometido um ao outro que os jogos do trem não atrapalhariam nossa amizade.

Eu não devia me sentir tão tentada. E me forcei a dizer:

— Acho que isso não é uma boa ideia.

Seria uma sombra de mágoa em seus olhos? Era difícil dizer, porque ele abaixou para vestir a cueca, depois vestiu a calça. De cabeça baixa, tom neutro, ele disse:

— Nós poderíamos jogar o Kama Sutra.

Senti um arrepio de cobiça, mas, mesmo assim, eu falei:

— Esta noite, não.

Ele vestiu a camisa.

— Meu quarto é bem mais confortável.

— Eu sei, mas... eu não fico confortável.

Ele deu um suspiro enquanto abotoava a camisa.

— Eu troco de quarto com você. Pode ficar com o grande.

Eu sacudi a cabeça.

— É gentil de sua parte oferecer, mas, não, obrigada. — Sem ele lá, o quarto pareceria vazio demais. Solitário demais.

— Como quiser. — Sua voz estava nivelada. Será que ele tinha ficado irritado comigo?

Desejei que ele tivesse prendido o cabelo para que sua aparência combinasse com o sotaque de Dhiraj. O jogo do estranho era divertido, mas eu precisava que ele mantivesse o papel.

Atravessamos o corredor até seu quarto, onde peguei minha bolsa e meu casaco.

— Foi... uma noite incrível. — Olhei para seu rosto forte e lindo, imaginando como seria passar a noite em seus braços.

Não, eu não podia correr esse risco. Se o fizesse, talvez acabasse me apaixonando por ele. Isso seria um erro muito grave. Era melhor manter a diversão e os jogos. Limpei a garganta.

— Eu vejo você amanhã?

Os músculos flexionaram em seu maxilar.

— Imagino que sim. Quanto a esta noite... — ele gesticulou na direção da janela — você fica deitada em sua cama de solteiro, olhando pela janela. Eu estarei deitado na minha cama grande, fazendo o mesmo.

Seu tom era desafiador, insinuando as palavras não ditas *E duvido que você não pense em mim*.

Ele segurou a porta aberta da cabine.

— Parece mais divertido fazer isso junto. Mas é você que sabe, Kat.

Ele deu um beijo rápido em minha cabeça e me pôs para fora da porta antes que eu pudesse responder.

***

Capítulo .15

Nav passou a noite frustrado porque Kat não estava lá para compartilhar a cama de casal com ele. Por que ela estava sendo tão resistente?

Ou seu plano teria falhado? No começo, ele tinha se deixado levar pela empolgação e esperança e não percebeu que seu esquema tinha uma contradição inerente. Ao querer arrebatar Kat e fazer com que ela o enxergasse de outra forma, ele tinha criado Pritam, depois Dhiraj, tipos de homens por quem ela se apaixonaria. Tinha dado certo, até onde ela havia deixado que eles a seduzissem. Mas sempre que ela se via pensando nele como Nav, ela criava uma barreira.

Mesmo assim, quando ele estava interpretando Pritam e Dhiraj, ele lhe dizia coisas que nunca tinha lhe contado. Será que ela não via que a honestidade e a intimidade estavam surgindo entre ela e *Nav?* Apesar da encenação do estranho no trem, era dele que ela estava se aproximando, cada vez mais. Com quem ela estava fazendo amor.

Suspirando, ele imaginou que precisava dar a ela um pouco de espaço. Talvez ela o procurasse. Se não, ele a buscaria mais uma vez. Lembraria o prêmio Kama Sutra, sabia que isso iria provocá-la.

Do lado de fora da janela, o dia começava a amanhecer e o impressionante cenário canadense surgia do crepúsculo. Seu olho fotográfico aguçou.

Ele havia trazido sua câmera e as lentes na viagem, sabendo que precisava de mais imagens para sua exposição "Perspectivas da Perspectiva", porém, até agora, ele estivera concentrado em Kat.

Rapidamente vestiu um jeans e uma camiseta, pegou o equipamento fotográfico e seguiu ao vagão de observação, que tinha uma cúpula de 360º.

Estava vazio, exceto por uma senhora idosa, de roupa de corrida verde, com um livrinho de palavras cruzadas no colo. Ele a cumprimentou.

— Outra madrugadora.

Ela sorriu.

— Sempre fui. Tenho o hábito de sair da cama pelo menos duas horas antes de George, meu marido. — Ela gesticulou para sua Nikon. — Essa câmera parece bacana.

Prestes a dizer que era fotógrafo profissional, ele percebeu que tinha que ser Dhiraj. Um trem era uma comunidade fechada demais para múltiplas identidades. Ele acentuou mais o sotaque inglês e disse:

— É minha grande paixão, há muito tempo.

Seus olhos verdes brilharam.

— Eu sei tudo sobre homens com esse tipo de paixão. Com o George, é o golfe.

O trem passou por uma curva e um tom rosado refletiu em seu rosto. Ela virou para olhar pela janela.

— O amanhecer. É meu horário preferido do dia.

Vendo a luz em suas bochechas, tão suave quanto um lenço de papel, o belíssimo cenário atrás dela, o livro de palavras cruzadas fechado em seu colo, Nav ergueu a câmera. Era uma luz difícil de captar, mas valia a tentativa.

Ele bateu algumas fotos enquanto ela admirava a vista, aparentemente sem notar que ele a estava fotografando.

— Cenário impressionante, não é? — perguntou ela.

— É, sim. — A luz mudara e a oportunidade da foto tinha passado. Ele deu uma olhada nas fotos que tinha tirado e escolheu a melhor. — Dê uma olhada.

Ela olhou a câmera e sua mão voou ao pescoço.

— Oh, minha nossa! Achei que você estivesse fotografando o cenário.

— Eu estava e a vista era linda.

— Lisonjeiro. — Ela sorriu, depois observou a foto mais atentamente. — Você tem talento, meu jovem.

— Tive uma bela imagem. Se me der seu nome, endereço ou e-mail, eu mando uma cópia pra você e seu marido. — Ele também ia mandar um formulário pedindo permissão para usar a fotografia comercialmente.

— Que adorável.

Nav pegou o caderno em que registrava as informações fotográficas e escreveu o nome e e-mail dela, e fez algumas anotações sobre as fotos.

Ele e a mulher - Elizabeth - conversaram por meia hora ou mais. Quando o trem se aproximou da estação, ele levantou.

— Vou descer para tirar algumas fotos.

— Divirta-se.

Alguns minutos depois, ele estava no solo, tirando fotos do trem VIA Rail, de vários ângulos, aproveitando a luz do começo da manhã. Era um desafio encontrar um jeito original de fotografar um trem, no entanto ele sabia que as fotos de trens eram populares. Para inúmeras pessoas, os trens simbolizavam uma forma romântica e nostálgica de viajar, e agora Nav estava começando a entender o motivo.

Essa parada era uma nas quais havia troca de tripulação, então as pessoas estavam circulando. Tendo o trem com pano de fundo, ele tirou fotos de um homem mais velho rindo com uma garota de braços tatuados. O velho e o novo das ferrovias.

E quando falou com o homem, atendente do vagão de descanso, ele contou que trabalhou a vida toda nos trens e não queria se aposentar nunca. A garota, membro da equipe da cozinha, havia trancado a faculdade por um ano para viajar e ganhar algum dinheiro.

— Estou sempre dizendo que ela vai ficar viciada — disse o homem. — Os trens entram em seu sangue.

Antes que ela pudesse responder, o trem soou um apito de alerta. Enquanto os funcionários embarcavam, Nav ficou e tirou mais algumas fotos. Um rosto o encarava de uma janela e ele percebeu que era Kat. Ao embarcar, ele ficou pensando se deveria ir até ela.

Não, ele esperaria pra ver se ela viria encontrá-lo.

Ele ainda estava com a camiseta e o jeans que vestiu ao levantar, os cabelos soltos e despenteados, então foi até sua cabine se arrumar antes do café da manhã.

Quando entrou no vagão-restaurante, ele era Dhiraj, com os cabelos presos para trás e uma camisa cara. Kat não estava lá. Ele sentou numa mesa com Elizabeth, a senhora, e seu marido. Embora ele tivesse guardado um lugar, Kat não apareceu.

Ela devia ter decidido beliscar alguma coisa em vez de pedir a refeição. Será que ele tinha forçado a barra ao pedir que ela ficasse com ele na noite anterior? Ou a visão dele, como Nav, na estação, a teria afugentado?

Depois do café, ele perambulou com sua câmera. Quando chegou ao vagão de recreação, ele percebeu que ali era uma fonte excelente para ótimas fotos, com pessoas conversando, jogando cartas, ou jogos de computadores.

A monitora das atividades – uma loira de rabo de cavalo, alguns anos mais nova que ele - estava desenhando com um grupo de meia dúzia de crianças que tinham entre seis e dez anos, aproximadamente. Nav tirou algumas fotos das crianças, com seus lápis de cera coloridos.

A monitora lançou um olhar de paquera.

— Ei, há uma regra de participação. Se quiser ficar conosco, precisa desenhar, mesmo que não você não seja muito bom nisso.

Um garotinho chinês, provavelmente o menor do grupo, deu um sorriso tímido.

— Você pode usar meus lápis de cera. — Aquele sorriso fisgou o coração de Nav.

— Isso é muito gentil de sua parte. — Nav pendurou a câmera no pescoço e sentou ao lado dele. — Tem certeza de que não se importa com um garoto grande no grupo? — ele perguntou à jovem.

— É bom ter companhia. — Ela lhe deu uma folha de papel. — Eu sou Emily.

— Dhiraj. — ele deu uma olhada para o menino ao seu lado. — E você, quem é?

— Kevin.

Eles passaram pela roda inteira e as crianças foram dizendo seus nomes. Então, Nav aceitou a oferta de Kevin, pelos lápis de cera, Emily deu mais alguns lápis de cor e ele começou a desenhar. Nav era um artista decente; ele escolheu desenhar o trem da forma como vira na estação algumas horas antes. Usou um estilo ligeiramente parecido com uma ilustração de livro infantil. As crianças falavam disso e daquilo enquanto trabalhavam, ele participava e de vez em quando erguia a câmera para tirar algumas fotos.

Como filho único, ele sempre invejou crianças que tinham irmãos e gostava da companhia de crianças. Às vezes, ele sentia ter mais em comum com elas - com sua curiosidade e espontaneidade - do que com os adultos.

Ele tinha vontade de ser pai. Seus filhos teriam incentivo e apoio. Ele daria uma orientação bondosa, em vez de tentar mandar em suas vidas.

Emily disse:

— Está quase na hora do almoço. Vocês têm cinco minutos para terminar; depois veremos o que todos fizeram.

Nav tinha desenhado rostos olhando pelas janelas do trem, fazendo de cada um deles uma graciosa caricatura das crianças. Agora ele estava acrescentando Emily, com seu rabo de cavalo, no lugar do maquinista.

Quando todos mostraram seus desenhos, ele, assim como Emily, encontrou elogios entusiasmados para cada um. Quando chegou sua vez, todos fizeram ooohs e aaaaahs e riram dos detalhes engraçados que ele tinha acrescentado. Ele deu o desenho ao pequeno Kevin, que lhe emprestara os lápis de cera.

— Você é artista? — perguntou Emily.

— Não, sou... — Ele se deteve, quando ia dizer fotógrafo. — Sou empresário.

— Aposto que você tem sucesso em tudo que faz. — Seu olhar de admiração mostrava algo mais que flerte.

Sem querer incentivar seu interesse, ele disse casualmente:

— Você perderia essa aposta.

Enquanto ela ajudava as crianças a juntar o material de arte, ele deu uma olhada ao redor do vagão de recreação e ficou surpreso ao ver Kat, do outro lado da sala, com um homem mais velho, e um jogo de caça-palavras diante deles. Há quanto tempo ela estaria ali, sentada atrás dele, observando-o desenhar com as crianças?

Ele foi rapidamente até ela. Ela estava ótima, com seu jeans coladinho e uma blusa florida bem feminina, de mangas curtas, mas ele prestou mais atenção à sua expressão, que estava cautelosa.

— Kat, oi, eu senti sua falta no café da manhã.

Ele sorriu para o homem mais velho e estendeu a mão.

— Olá, eu sou Dhiraj.

— Prazer. Terry. — O homem deu um aperto de mão firme e cordial.

— Dhiraj — disse Kat. — E qual é a história com essa câmera? — Ela estava franzindo ligeiramente o rosto, claramente desconcertada pela lembrança de Nav.

— Todo empresário precisa de um hobby — disse ele, com um leve tom de malícia. — Me tira do tédio.

Como Nav já esperava, os lábios dela se curvaram.

— É, imagino como isso deve ser um problema.

Terry riu.

Nav falou com ambos.

— Preciso resolver um assunto agora, mas vocês gostariam de me encontrar para o almoço?

— Parece ótimo — Terry disse, prontamente.

— Eu já tinha combinado de almoçar com uma moça chamada Lynn — disse Kat.

— Será que Lynn se importaria com a companhia de dois cavalheiros? — perguntou Terry.

Kat deu uma olhada para Nav, como se tentasse decidir.

— Imagino que não.

— Ótimo — disse Nav. — Quem chegar primeiro pega a mesa. Eu os verei mais tarde. — Ele saiu apressado para falar com os pais das crianças, que chegavam para buscá-las para o almoço. Queria pegar as informações para enviar os releases se as fotos ficassem boas.

No almoço, Kat fez as apresentações, depois, a outra mulher, Lynn, disse:

— Ora, não é divertido? Quatro pessoas que acabaram de se conhecer, na expectativa de um almoço agradável, todas juntas.

— Trens são bons pra isso — disse Terry.

— Essa é minha primeira vez — disse Nav. — É fascinante. E conhecer as pessoas é a melhor parte. — Ele sorriu pra Lynn, depois para Terry, que sentou ao seu lado. Então, fixou os olhos em Kat, do outro lado da mesa.

A julgar por seu sorriso, qualquer dúvida que a preocupasse antes já tinha sumido.

— Falando nisso, Dhiraj, você é um homem de talentos ocultos. Não somente toca um negócio de importação e exportação, mas também é fotógrafo amador e artista. — Os olhos dela brilharam. — Tem mais algum talento que esteja escondendo?

— Talvez um ou dois. Mas sou um homem humilde. Não gosto de falar de mim. Você terá que descobrir. — Ele torceu para que o sexo Kama Sutra tivesse passado pela cabeça dela.

Pelo rubor de seu rosto, ele tinha acertado o palpite.

Terry escondeu uma risada na beira do copo d'água e Lynn sorriu para Nav.

Os quatro tiveram um almoço agradável, com uma conversa tranquila. Nav tinha trazido sua câmera e pedido permissão para tirar fotos, torcendo para que isso não atrapalhasse o humor descontraído de Kat. Ele geralmente deixava a câmera em casa, quando estava entre amigos, pois descobrira, a duras penas, que alguns deles se ofendiam se ele parecesse mais interessado em fotografar do que curtir a companhia deles.

Agora ele tirava algumas fotos de Kat, captando sua imagem animada, quando fazia perguntas e atenta, ao ouvir. Fotografou Lynn, com o rosto radiante, ao contar sobre seu romance à distância. E registrou

Terry, ao falar, resignado, da esposa que tinha Doença de Alzheimer e estava numa casa de repouso, em Toronto.

— Detesto ter de deixá-la — disse o homem —, mas a triste verdade é que ela mal me reconhece. Os netos, em Victoria, estão ficando mais velhos e eu quero participar da vida deles, então, de vez em quando, pego o trem e faço uma visita rápida.

— Minha avó tem Doença de Alzheimer — disse Kat. — É muito triste o que a doença faz com as pessoas.

Lynn pousou a mão no braço de Terry.

— Você faz o melhor que pode. Isso é tudo que qualquer um pode fazer. Meu marido morreu de câncer no pulmão e foi um período longo e doloroso. — Ela lhe de uns tapinhas no braço e disse — Conta pra gente dos tempos mais felizes. Como foi que você e sua esposa se conheceram?

O rosto de Terry se alegrou e novamente Nav ergueu a câmera, imaginando vários retratos do homem, todos juntos. Reflexões de um casamento: o começo otimista, o fim leal, a alegria saudosa das lembranças.

Isso o fez pensar nele e Kat. Ele torcia para que nada ruim lhe acontecesse, mas a queria pelo resto da vida - independentemente do que a vida lhes trouxesse. Se algum dia ele trocasse juras matrimoniais, seria de todo coração.

Ele percebeu que a encarava, provavelmente com cara de bobo, porque ela ergueu as sobrancelhas e gesticulou com a boca, sem dizer as palavras “O que foi?”.

Ele rapidamente sacudiu a cabeça, virou de volta para a história de Terry e ergueu a câmera outra vez.

Eles tinham terminado a sobremesa e estavam tomando chá e café quando o sistema de som anunciou a próxima estação, onde os passageiros podiam descer do trem para fazer compras.

Lynn disse:

— Tem uma linda loja de presentes da First Nations nesta estação.

— Sim — disse Kat. — É ótima. Dhiraj, talvez você queira tirar umas fotos.

Os quatro se juntaram aos outros passageiros que seguiam em direção à saída. Depois que entraram na loja, cada um seguiu para um lado.

Nav tentou tirar algumas fotos das peças de arte, com os reflexos das pessoas nas vitrines. Enquanto ele trabalhava, olhava os produtos à venda, procurando um presente para Kat. Um anel seria meio forçado, mas ele sabia que ela gostava de usar brincos quando saía. Lindos brincos de beija-flor, em ouro e prata, pareciam ideais para ela.

Depois de colocar o pacotinho no bolso, ele foi lá para fora, tirar algumas fotos do trem e da estação, e em seguida encontrou Kat, quando ela saía da loja, carregando uma sacola.

— O que você comprou?

— Uma camiseta. — Ela remexia na alça da câmera dele, enquanto eles seguiam de volta ao trem. — Tirou todas as fotos que você queria?

— Na loja, sim. Mas tenho outra ideia. — Ele se aproximou, e os braços dos dois encostaram, mas ela não se afastou.

— Ah, é?

— Você.

Ela ergueu a cabeça para ele.

— Eu? Você quer me fotografar?

De vez em quando, ele tirava algumas fotos dela, em Montreal, mas, dessa vez ele tinha algo bem diferente em mente.

— Você é fotogênica.

Ela enrugou o nariz.

— Não exatamente.

— Confie em mim. — Ele tocou suas costas, virando-a na direção do vagão das cabines de descanso. — Deixa eu mostrar pra você.

Seu "humm" pareceu curioso e ela foi sem reclamar.

Ele abriu a porta e acompanhou-a ao lado de dentro.

— Vamos começar um jogo.

— O jogo do tabuleiro? — O canto de sua boca se curvou, talvez pensando naquele prêmio Kama Sutra que eles ainda tinham que alcançar.

A ideia era tentadora, mas o que ele tinha em mente também era.

— Vamos fingir que estamos jogando uma partida do tabuleiro e um de nós tirou uma carta que diz "Representem uma cena em que um de vocês é um fotógrafo e o outro é modelo".

Ela deu uma risada rápida.

— Certo, que tal se eu for a fotógrafa?

Ele entregou a câmera.

— Por mim, tudo bem.

Depois de examiná-la um instante, ela disse:

— Até parece que eu tenho alguma ideia de como usar isso. Só sei apontar e bater a foto.

Ele pegou a máquina de volta.

— Então, acho que vou interpretar o fotógrafo.

— Um papel que combina muito com você, Dhiraj — ela provocou. Ela deu uma olhada ao redor do quarto. — Certo, onde você quer que eu fique? Deixe-me adivinhar, na cama?

— Não. Em pé. Agora você é uma modelo e nós vamos fotografar uma página dupla para uma revista. É uma câmera digital, então eu posso tirar quantas fotos quiser e nós vamos deletar as que não estiverem boas. Não fique constrangida, apenas se solte e ande por aí.

Uma risadinha nervosa.

— Não tem muito espaço para andar.

— Mude de posição, vire, jogue os cabelos, flerte com a câmera, faça caretas. Divirta-se. — Ele começou a clicar.

Ela fez uma cara feia. Pôs a língua pra fora. Depois riu. Ela lentamente andou pra lá e pra cá, primeiro meio rija, depois começou a relaxar.

Ele começou a provocá-la, como fazia quando tirava fotos espontâneas, ou de moda.

— Ponha as mãos nos cabelos, jogue a cabeça pra trás. Estique o pescoço. Brinque com os cabelos. Isso é muito, muito bonito. Muito sexy. Agora, sorria pra mim. Molhe seus lábios. Ah, que sensual.

Enquanto falava, ele abaixou no chão, clicando pra cima, depois esparramado na cama, fotografando-a de frente, e então subiu na cadeira e clicou para baixo.

Ela seguia suas instruções, parecendo se entregar ao jogo, se divertindo com a interpretação do papel. Que mulher não gostaria de ser o foco de uma sessão fotográfica para uma revista, com um fotógrafo elogiando sua beleza?

E ela era.

— Abra alguns botões, Kat — disse ele. — Agora, mostre um pouquinho do ombro, me provoque. Isso; está ótimo. — Ele viu um lampejo da alça azul do sutiã. — Mais botões, mais pele de fora, vamos ver a curva dos seus seios. Ah, sim, sua pele fica tão linda em contraste com a renda do seu sutiã.

Ele já tinha feito muitas fotos de nus, ainda assim, a visão de Kat remexendo os cabelos e abrindo e fechando a blusa era mais sexy do que qualquer coisa que ela já tinha fotografado. Porque era ela. Era pessoal.

O tesão pulsou em sua virilha e ele tentou ignorar, se concentrar, pra tirar fotos que lhe fizessem jus.

Ela deslizou a blusa abaixo, até metade dos dois braços, e puxou de um lado para outro, no mesmo movimento que se faz com uma toalha ao se enxugar as costas. Embora ela não tivesse dito uma palavra, o rubor em seu rosto e peito, a forma provocante como ela se movia, diziam que ela também estava entrando no clima.

Que era excitante para ela ser venerada por ele e sua câmera.

— Tira, Kat — ele murmurou. — Vamos ver você só de sutiã e jeans. É isso. Linda, simplesmente linda. Mãos no quadril, incline pra trás, jogue os cabelos e sorria pra mim. Certo, agora fique reta outra vez, vire de costas pra mim e lance aquele olhar sedutor por cima do ombro.

Ela obedeceu, molhando os lábios fartos, sem que lhe fosse pedido.

— Agora, abra o sutiã e pegue seus seios com as duas mãos. Certo, agora pode soltar. Segure com as duas mãos; ofereça-os pra mim.

Os mamilos estavam rosados e arrepiados.

Rijos como seu pau.

— Brinque com seus seios; toque-os da forma como você gosta de ser tocada. Deus, que lindo.

Ele próprio queria tocá-la, mas estava realmente gostando de fotografá-la. Gostando porque ela estava deixando, por ela estar flertando com a câmera e com ele. Porque esse seu jogo obviamente a excitava.

E com certeza o excitava também. Preliminares, sem se tocarem.

— Agora o jeans, Kat. Abra o zíper e deslize a calça, abaixando alguns centímetros. Ótimo. Certo, coloque as mãos nos cabelos e se estique.

Ela obedeceu, remexendo-se inquieta, esticando o pescoço, fechando os olhos, embaralhando os cabelos, para lá e para cá. Fazendo barulhinhos sensuais, como fazia quando transava com ele.

— Agora mexe um pouco seu quadril. Ah, sim, isso mesmo. Certo, hora de se livrar do jeans. Deslize-o lentamente. Bem devagar. Solte e dê um passo ao lado.

Ela ficou ali, só com a calcinha azul de renda.

Ele observou o quadro como um todo. Os cabelos despenteados, o brilho em seus olhos, o rosto radiante. A extensão elegante de seu pescoço, seus seios macios, fartos, a cintura fina, o quadril arredondado. O pedacinho de pano, as longas pernas torneadas. Será que havia um quadro mais lindo no mundo?

Sem que ele incitasse, ela mudou de posição, girou o quadril, esticou o pescoço, jogou os cabelos, fez todas as coisas que ele tinha lhe pedido antes, com movimentos ainda mais eróticos, porque agora estava quase nua.

— Você é a coisa mais sexy que eu já vi — murmurou ele, mantendo o tom de voz baixo e hipnótico, mais para incitá-la do que distraí-la.

Ela fechou os olhos, levando os dedos aos mamilos.

A respiração dele falhou e ele teve que lutar para conter um gemido. Será que ela tinha alguma idcia do quanto o estava torturando? Incapaz de continuar resistindo, ele pousou a câmera em cima da penteadeira e arrancou a roupa. Colocou a camisinha e a puxou bruscamente em seus braços.

— Droga, Kat, eu preciso de você. Agora.

Segurando-a pela cintura, com um dos braços, ele levou a outra mão aos cachos rebeldes. Depois segurou firme, inclinando a cabeça abaixo, para beijá-la.

— Ah, sim — ela suspirou, abrindo os lábios pra ele.

Ele deixou que ela sentisse sua paixão, transmitindo-a em seu beijo, e ela retribuiu. Depois ele se afastou, mas só para tirar-lhe a calcinha. Voltando aos braços dele, ela ergueu uma das pernas para enlaçá-lo, colando nele, erguendo o corpo acima, como se quisesse subir em cima dele.

Desesperado para trazê-la pra perto, entrar nela, ele a pegou por baixo das coxas, pela bunda e ergueu-a.

Ela passou as pernas e os braços à sua volta, prendendo com força, ele recuou com ela, e encostou-a na porta, para ter mais firmeza segurando seu peso.

De alguma forma, ela conseguiu estender a mão abaixo e guiá-lo em meio às suas dobras escorregadias e quentes.

Ele mergulhou dentro dela com um gemido de satisfação. Sentiu que ela o prendia com seus músculos internos. Com a respiração doce e ofegante junto ao ouvido, disse:

— Me come. Agora.

Ele estava com tanto tesão que só conseguia cravar dentro dela, o mais rápido e fundo que conseguia.

Agarrando-se a ele, ela só podia seguir o impulso. Felizmente, seus gemidos de prazer diziam que ela estava gostando.

Ela inclinou a cabeça abaixo, junto à dele. Ele fechou os lábios no lóbulo de sua orelha e mordeu.

Ela deu um gritinho, depois disse "Aaah" e gozou com um som trêmulo: "Ooooh, oooh, ooh".

Os espasmos internos acabaram com ele, que também sentia seu próprio orgasmo irromper pelo corpo inteiro.

***

Capítulo .16

Despenquei na cadeira da minha cabine minúscula, olhando pela janela, mas quase sem notar o cenário da floresta.

Ainda não conseguia acreditar no que eu tinha feito. No que ele havia me persuadido a fazer. Sua voz me hipnotizou. Para ser honesta, a ideia de ser fotografada enquanto eu me despia tinha sido excitante.

O homem era maluco.

Excitante. Eu nunca tinha tido um amante tão excitante assim.

Confiei nele quando ele disse que apagaria todas as fotos se eu pedisse. Mas primeiro eu queria dar uma olhada nelas.

Não havia tido coragem em seu quarto. Na verdade, saí correndo depois que fizemos sexo.

Ele e seus jogos tinham esse efeito em mim. Depois, eu precisava de um pouco de distância. Racionalização era o que estava havendo entre nós. Entre mim e Dhiraj.

Entre mim e Nav.

Como poderíamos voltar a ser o que éramos depois do que tínhamos feito hoje? Será que eu de fato queria isso?

Esse homem, que tinha uma aparência fabulosa, era tão divertido, uma companhia tão estimulante e um excelente amante, era especial. Não era Nav, mas era.

Se Nav era essa pessoa, então ele era um homem de quem eu realmente podia gostar. Muito mais que só como amigo.

Mas pensar assim seria estupidez. Eu queria casamento e ele nunca tinha demonstrado a menor inclinação para levar algo a sério, com nenhuma das duas ou três dúzias de mulheres que havia namorado desde que eu o conhecera. Eu não deveria me iludir quanto a ser "a mulher perfeita" que mudaria seu modo de pensar.

Afinal, era só olhar a minha longa lista de relacionamentos fracassados.

Quando estivéssemos de volta a Montreal, ele talvez nem mencionasse os nossos joguinhos do trem. Já estaria com a mulher seguinte, no próximo jogo. E eu... me esforçaria para vê-lo como Nav, colocando nossa amizade de volta nos trilhos.

— Cuidado com o que você deseja — murmurei. Eu estava sempre reclamando, pedindo que ele desse uma geral na aparência. Agora, ele não apenas tinha feito isso, mas me mostrara que podia ser mais atencioso e excitante do que qualquer homem que eu já tinha namorado.

Droga, eu o queria de volta, do jeito que era antes.

Logo seria a hora de jantar. Será que eu teria coragem de encará-lo? Eu tinha feito coisas bem malucas, quando amantes me pediram, mas nada tão absurdo como um striptease, remexendo meus seios, diante de uma câmera.

Meu celular tocou e me deu um susto. Eu o tirei da bolsa. Era o número dos meus pais.

Corando, eu atendi.

Theresa disse:

— Ei, conseguimos te achar — e Merilee entrou na linha. — Oi, irmã. — Deu pra notar que elas estavam no viva voz, no telefone da cozinha.

— Oi pra vocês. Os velhos estão por aí? — Como eu poderia falar com meus pais, com aquela sessão erótica de fotos ainda tão fresca em minha mente?

— Não, só nós.

Dei um suspiro de alívio.

— Vocês podem falar mais alto? O sinal do celular não é muito bom no trem. Então, como vão as coisas com a contagem regressiva para o casamento?

— Matt foi incumbido de enviar os convites virtuais — disse Merilee — e nós já estamos recebendo as confirmações. As pessoas estão adorando os convites M&M, Kat.

— Resolvemos fazer a recepção aqui em casa — disse Theresa — e eu estou preparando uma lista de bufês, músicos e fotógrafos, pra checar.

— Ótimo. Você está sendo muito eficiente.

— Bem, é claro. — Ela pareceu surpresa.

Eu cerrei os dentes. Inútil fazer elogios a Theresa.

— E o que mais?

— A irmã de Matt sugeriu um florista, com quem vou falar amanhã — disse Theresa.

— E o vestido de noiva? — perguntei.

— É difícil encontrá-los prontos — disse Theresa —, mas...

— Tem um lugar chamado Sandra Sung, em Yaletown — disse Merilee, entusiasmada. — A irmã mais velha de uma amiga comprou o vestido dela lá. Dei uma olhada nos modelos do site e vi alguns ótimos, e eles têm em estoque. Tenho certeza de que vou encontrar um vestido fabuloso, e o tamanho 42 me serve perfeitamente, então nem deve precisar de ajustes. Nós temos um horário marcado esta tarde. Mal posso esperar!

— Eu gostaria de estar aí. — Seria divertido ver minha irmã caçula experimentando vestidos. Mas meio agridoce olhar as araras, imaginando se - não, *quando*, droga! - chegaria a minha hora.

— Os vestidos das madrinhas é que vão ser mais difíceis — disse Merilee —, principalmente já que a Jenna só vai chegar em casa Deus sabe quando.

— Jenna é madrinha?

— A Kat ainda não sabe — disse Theresa, secamente. — Vai ser o trio de madrinhas.

— O quê? Todas nós?

— É claro — disse Merilee. — E minhas amigas Candace e Jennifer também. A irmãzinha do Matt vai levar as flores.

— Nossa, mas é bastante gente na hora de entrar na igreja — eu disse.

— E nem estamos contando com a mamãe e o papai — disse Merilee. — Os dois terão que me entregar. Com o papai é fácil; nós colocamos uma flor na lapela de seu smoking, mas eu quero que a mamãe vá de vestido novo, pra nós todas combinarmos. Cheguei a dizer? Que as cores serão marfim e rosa? De qualquer forma, tentar tirar a mamãe do escritório e levar para a loja do vestido será bem difícil.

— Mas ela *está* preparando uma apelação para a Suprema Corte — eu lembrei. — E a audiência será semana que vem. — Nós crescemos sabendo a importância do trabalho dos nossos pais.

— E essa é uma ação conjunta, de uma classe trabalhista — disse Theresa. — E há mais de cem querelantes contando com ela.

— Bem, e quanto a mim? — reclamou Merilee. — Será que eu nunca conto?

— É apenas uma hora ruim — eu disse. — Você sabe que ela adoraria ajudá-la se pudesse.

— Não, eu não sei disso — disse Merilee, parecendo aborrecida. — Como poderia saber? Todos estão sempre ocupados demais com suas merdas pra ligar para o que eu preciso.

— É... — esse rompante me deixou perplexa. Geralmente, ela tinha um temperamento meigo. E quase nunca dizia palavrão. — Você está tendo crise nervosa pré-nupcial?

— Não, não estou tendo essa porra! — Ela falou tão alto que mesmo com a ligação ruim do celular, eu tive que afastar o aparelho do ouvido.

— Ei, não fique zangada comigo. Eu não fiz nada. — Eu levantei, desejando que houvesse mais espaço naquela cabine minúscula para que eu pudesse andar de um lado para o outro. Por que será que conversar com a minha família frequentemente me dava dor de cabeça?

— Não, você nunca faz, não é? — ela disse, estrilando.

— O que há com você? — Eu tentei lembrar a mim mesma que ela tinha ficado doente, estava estressada por ter que recapitular o trabalho na faculdade e nervosa por estar prestes a se casar. Mas eu ainda me sentia magoada.

— Talvez ela tenha razão — disse Theresa, naquela voz calma e ligeiramente superior, que sempre me dava arrepios.

— Do que vocês estão falando? — Eu fui até a penteadeira e abri minha nécessaire, à procura de uma aspirina.

— Pense bem, Kat. Quando estávamos crescendo, quem era presente para Merilee?

— Presente pra ela? Todas nós.

— Às vezes — Merilee disse baixinho, parecendo racional outra vez. E triste. — Mas, às vezes, ninguém. Exceto o Matt. — Ela parou, depois disse — Theresa, eu não posso acreditar que você realmente *perceba* isso.

Do que elas duas estavam falando?

— Nós só pensávamos em nós mesmas — disse Theresa. — Eu, pela pressão de nossos pais, para ser excelente na escola.

— Mas você adorava todo aquele troço acadêmico — disse Merilee.

— Verdade — disse ela. — E vou confessar, eu adorava ser a melhor em alguma coisa.

— Não brinca — murmurei, prendendo o telefone entre o ouvido e o ombro, para poder destampar uma garrafa de água e servir um copo.

Theresa ignorou meu comentário.

— E você, Kat, sempre tão ocupada com sua vida social. Tantos amigos, tantas atividades, que mal tinha tempo para sua família.

— Isso porque todos estavam totalmente concentrados em você — comentei, tentando não subir o tom de voz. — Eu só recebia alguma atenção quando era comparada a você. Na maioria das vezes, de forma desfavorável. — Eu girei e abri a tampa do frasco e sacudi, deixando cair duas cápsulas.

— Eu... é mesmo? — disse Theresa. — É assim que você pensa? Mas você era a garotinha da mamãe, certo? Sempre dissemos que eu era a garotinha do papai. A acadêmica. E você era da mamãe, com um tipo de inteligência... é... mais prática, sempre extrovertida e sociável, interessada nas pessoas.

— E eu não era a queridinha de ninguém — disse Merilee, baixinho. — Até que conheci o Matt e tive alguém que realmente se importasse comigo.

Nossa. Eu nunca tinha pensado em nossa família dessa forma.

E me ocorreu que nenhuma de nós tinha mencionado Jenna. Será que ela sentia o mesmo que Merilee? Será que seu comportamento, sempre passando de um homem para outro, seria, na verdade, apenas uma tentativa de encontrar alguém que realmente a enxergasse e ligasse pra ela?

— Todas nós nos preocupávamos com você, Merilee — disse Theresa. — Honestamente, é verdade. Mas estávamos envolvidas demais em nossas próprias vidas. Você era muito mais nova. E você tinha o Matt. Você estava sempre com Matt. Era como se nem precisasse de nós.

— Por que precisar daquilo que não se pode ter? — Seria apenas a ligação ruim, ou a voz da minha irmã caçula estava trêmula?

Ora, mas que droga. Será que eu tinha andado tão ocupada, sendo a Miss Social, que havia negligenciado minha própria irmã?

— Merilee? — eu disse, me sentindo uma merda. — Se foi isso que pareceu, me desculpe. Lamento mesmo. Eu só achava que fôssemos todas muito independentes, e acho que... — Eu me lembrei do que Maggie tinha dito no jantar. — Acho que você e eu descobrimos que, se quiséssemos nos sentir bem consigo mesmo, tínhamos que procurar isso fora da família. Eu fiz isso tendo muitos amigos. Você fez ao encontrar o Matt.

Eu engoli e disse, baixinho.

— E você teve mais sorte, porque eu ainda estou procurando esse homem especial. — Então, fiquei na expectativa, torcendo para que, pelo menos uma vez na vida, minhas irmãs desistissem das piadas sobre meu pé frio em relacionamentos.

Depois de um instante, Theresa disse:

— Não querendo bancar a coitadinha, mas, mesmo tendo respaldo dos nossos pais, isso significava muita pressão. Por isso que fui embora de casa tão cedo, assim que terminei o ensino médio. Sim, eu queria prosperar, mas sem eles no meu pé, pressionando.

Outra revelação.

— Eu nunca achei que fosse estressante pra você — confessei. — Eu só achava que você era perfeita. — Afundei na cadeira, e a dor de cabeça foi passando.

Ela riu.

— Até parece.

— Eu sabia que a mamãe e o papai queriam que eu me espelhasse em você — eu disse —, mas eu jamais poderia. Pelo menos, não em questão de inteligência e decisões profissionais. Eles queriam tanta coisa pra mim e eu não fui capaz de ser essa pessoa.

— Ora, que tal essa — disse Merilee, admirada. — Vocês duas são tão malucas quanto eu.

Nós compartilhamos uma risada, meio abaladas. De alguma forma, eu nunca tinha me sentido tão próxima das minhas irmãs.

— Por que nunca falamos disso? — perguntou Merilee.

— Não sei — eu disse —, mas gostaria que Jenna tivesse participado. Ela sempre foi tão, vocês sabem, tão *expansiva*. Fico pensando se essa foi a sua forma de compensar por não ter tido o que precisava em casa, será?

— Acho que você está certa, Kat — disse Theresa. — Boa percepção a sua.

Minha nossa. Essa noite deve ter sido a primeira vez que eu tinha ouvido palavras como essas dela.

— Sabe o que é realmente estranho nisso? — ela continuou. — Nossos pais são gente boa. Eles nos amam. Todas nós sabemos disso. Então, como foi que tudo ficou tão... torto?

Pensei no que Maggie e Tim haviam dito.

— Os pais querem proteger os filhos e dar o melhor pra eles. Acho que o papai e a mamãe tentaram, mas... bem, essa é uma ideia radical. Talvez, nossos pais brilhantes não sejam tão hábeis como pais.

— Isso... é meio triste — disse Merilee. — Pra todos nós. Pra eles também.

— Mas faz sentido. É uma explicação lógica — disse Theresa.

— Obrigada, madame professora — provoquei, mas, pela primeira vez, de modo afetuoso, não pra cutucar.

Merilee riu, parecendo mais com seu jeito alegre habitual.

— Ei, sabe da maior, Kat? A professora não é tão molenga no fim das contas. Sabe o que ela me disse?

— O quê?

— Ela e seu novo gostosão, o Damien, fizeram sexo na praia de Waikiki!

— Merilee! — Theresa reclamou, mas só um pouco.

— Você fez o quê? — perguntei. Não, essa imagem não batia. Eu só podia ter ouvido errado, por causa da péssima conexão do celular. — A M acabou de dizer que você fez sexo na praia de Waikiki? Tipo, na praia, mesmo?

— Isso mesmo. — Theresa soou presunçosa. — Aposto que isso sacode a imagem que você tem de mim.

— Você sabe que sim. — Meu lado competitivo tomou um impulso, e eu desejei poder contar um pouco sobre as minhas aventuras com... Nav? Pritam? Dhiraj?

Voltei a me concentrar no que minhas irmãs tinham dito. Sexo numa praia pública? Theresa?

— Bem... nossa, Theresa. Eu me sinto como se não a conhecesse. — Mas ela era muito mais interessante do que eu podia imaginar. A cada momento que passava, ir pra casa parecia mais atraente.

As caixas de som anunciaram o segundo serviço de jantar.

— Ei, eu preciso ir comer. Tem alguma coisa que eu possa fazer pelo casamento antes de chegar a Vancouver?

— Apenas mantenha a tarde de sexta-feira livre — disse Theresa. — Com exceção de Jenna, todas as madrinhas irão comprar os vestidos.

Vamos comprar um pra ela também, e torcer pra caber. Depois, nós três vamos ver se encontramos um para a mamãe.

— Tudo bem, fechado.

Desliguei, me sentindo bem melhor quanto à minha família e à visita que se aproximava.

Agora, o que eu faria a respeito do jantar? Eu queria ir jogar com Dhiraj, ou seria hora de começar a me distanciar?

Antes da ligação, talvez eu tivesse escolhido a distância. Mas que se dane; se minha irmã tediosa podia fazer sexo na praia de Waikiki com uma celebridade, o mínimo que eu podia fazer era explorar mais o meu lado sexy. Nós ainda não tínhamos experimentado aquelas posições Kama Sutra. Quando estivéssemos de volta a Montreal, eu só teria meu amigo Nav, então eu devia aproveitar Dhiraj enquanto tinha.

Escolhi um conjunto de sutiã e tanga de renda preta e vesti minha minissaia jeans e uma blusa preta, estilo corpete. Eu estava pegando a jaqueta quando surgiu uma batida em minha porta.

— Posso pedir o prazer de sua companhia para o jantar? — O sotaque era de Dhiraj e o visual também. Quando recostou no portal, com um traje elegante, de calça preta e suéter preto fino, com decote V, ele parecia sexy e perigoso, como uma pantera.

Eu queria ser ousada e sensual, não constrangida pela nossa sessão de fotos, então ergui a cabeça e disse, sorrindo:

— Será um prazer, Dhiraj.

Ele abaixou e beijou meus lábios com tanta habilidade e potência que me deixou quase sem ar.

— Achei que essa noite comeríamos sozinhos — ele disse, confiante.

Não foi uma pergunta, mas, mesmo assim, quando recuperei o fôlego, eu disse:

— Tudo bem.

Eu estava acostumada a deixar que os homens com quem eu namorava tomassem as decisões, portanto foi natural agir assim com Dhiraj. Era outra diferença que ele tinha de Nav. Nav sempre me deixou assumir o papel de organizadora social que eu tinha com meus amigos. Dhiraj, por outro lado, era um homem que assumia o controle com sua própria programação.

Não que eu estivesse me opondo. Até agora, as atividades que ele tinha sugerido haviam sido ótimas, desde o jantar com Maggie e Tim até o jogo de tabuleiro provocante e a sessão de fotos eróticas.

Ele enfiou a mão no bolso e tirou um saquinho.

— Um souvenir.

Eu adorava presentes. Percebendo na sacolinha a marca da loja de presentes desta tarde, eu disse:

— Você me comprou algo! — Dentro havia uma caixinha, que abri. — Oh, meu Deus. — Ele tinha escolhido brincos pingentes de prata e ouro. — Beija-flores. São maravilhosos.

Joguei meus braços ao redor dele.

— Muito obrigada. — Depois recuei. — Vou colocá-los.

— Você não precisa usá-los esta noite.

— Eu quero. — Corri até a penteadeira, tirei meus brincos de miçangas vermelhas e coloquei os de beija-flor. Quando virei a cabeça, eles balançaram ao redor do meu pescoço, como se estivessem voando, me fazendo rir de encanto.

Então, fiquei séria. Ao longo dos anos, eu tinha ganhado muitos presentes de homens, incluindo Nav. Mas esse era de Dhiraj. Os brincos seriam um lembrete dessa viagem e das coisas que eu tinha compartilhado com o homem que era – mas não era – Nav.

Que ridículo. Sacudi a cabeça firmemente. Até parece que eu poderia esquecer alguma coisa que tinha acontecido nessa viagem. Eu apenas me lembraria disso como uma época divertida, com um homem chamado Dhiraj, que havia seguido seu caminho, depois do término de nossa jornada. Como era a intenção de ambos, no início.

Porém, nesse momento, ele ainda estava ali, com aquele jeito tão sexy.

Eu o abracei novamente, depois fiquei na ponta dos pés e dei um beijo demorado, que fez meu corpo inteiro tremular de alerta e desejo. Eu senti que ele enrijecia junto à minha barriga, e estava bem atenta que tudo que eu tinha por baixo da saia era uma tanga.

Ele recuou.

— Se nós vamos comer, é melhor irmos agora. — Ele ofereceu o braço.

Fiquei na dúvida por um momento. E se nós experimentássemos uma ou duas posições do Kama Sutra? Aquela ereção foi terrivelmente instigante.

Mas, nesse caso, perderíamos o jantar. Além disso, a expectativa era uma bela forma de preliminar. Então, eu lhe dei o braço.

— Pode me levar.

Enquanto seguíamos pelo corredor, eu disse:

— Nada de câmera esta noite?

— Quero me concentrar em você.

Eu tinha certeza de que ele tinha baixado as fotos desta tarde em seu computador e fiquei imaginando como tinham saído. Teriam ficado sexy ou eu estava parecendo uma tola? Eu não conseguia perguntar.

Atravessamos os vagões de descanso, até o vagão-restaurante, onde ele disse ao mâitre:

— Esta noite, nós vamos jantar sozinhos.

— Muito bem, senhor. Madame. Aproveitem o jantar.

Quando estávamos sentados, um de frente para o outro, ao lado de uma janela, Dhiraj me lançou um olhar malicioso.

— Oh, eu pretendo aproveitar inteiramente. Tenho a mulher mais bonita e mais interessante do trem como companhia. — Ele deu uma olhada além de mim, em direção à entrada do vagão-restaurante. — Quer dizer, depois de Elizabeth.

— Elizabeth? — senti uma chama de ciúme. Será que ele já estava procurando a minha substituta?

— Infelizmente, ela já é comprometida. — Ele levantou com um sorriso deslumbrante e seguiu na direção do corredor.

Eu me virei com o rosto franzido que se transformou em sorriso, quando vi que ele estava beijando uma senhorinha de cabelos brancos. Ele me apresentou à mulher e seu marido, depois disse:

— Nós lhes convidaríamos para nos acompanhar, mas estou com o coração programado para uma noite romântica.

O cavalheiro idoso piscou.

— Você não é o único, meu jovem. — Com a mão delicadamente pousada no quadril da esposa, ele a levou pelo corredor.

— Que casal amável — sussurrei.

— Pena que você não veio tomar café esta manhã. Nós guardamos o seu lugar. — Os olhos dele brilharam. — Elizabeth também é minha modelo.

— O quê? — ergui as sobrancelhas.

— Estávamos sozinhos no vagão panorâmico quando amanheceu hoje. Tirei belas fotos dela com o sol nascendo.

— Para a... — prestes a dizer "exposição", eu me detive. Esse era Dhiraj, o fotógrafo amador.

— Humm?

— Nada. Vamos ver o cardápio.

Nós dois escolhemos salada, seguida por frango com molho tailandês de curry vermelho, depois ele me perguntou que vinho eu gostaria. Escolhi um *gewürztraminer* de British Columbia.

Alguns minutos depois, estávamos erguendo nossos copos em brinde.

— Ao nosso primeiro jantar a sós — disse ele.

Ao tocar meu copo no dele, percebi, meio surpresa, que Nav e eu nunca tínhamos feito isso. Saído para um jantar tranquilo, num restaurante agradável, só nós dois. Frequentemente comíamos *tourtière*, pizza ou lasanha, no meu sofá, assistindo a um filme, ou íamos a um bar, com um grupo de amigos.

Subitamente, eu me sentia nervosa. Era como um primeiro programa romântico com um estranho. Um estranho abastado, bonito e empolgante. Como eu poderia impressioná-lo?

Fiz o que eu sempre fazia, me concentrei nele.

— Então, você viveu em Londres e em Nova Délhi, Dhiraj?

Ele assentiu.

— São cidades muito diferentes. Ambas são antigas, mas com muitas personalidades distintas. Londres é mais nobre, mais limpa. E muito, muito mais cara. E menos vibrante.

— É mesmo? Me conta mais. — Apoiei os cotovelos na mesa, enlacei as mãos e pousei o queixo sobre elas.

Ele ficou me observando, depois estendeu a mão e delicadamente separou minhas mãos, pegando a minha esquerda.

— Prefiro falar de você. Me fala o que fez esta tarde, depois que vi você.

Sacudi os ombros.

— Recebi uma ligação telefônica das minhas irmãs.

— Como vão indo os preparativos para o casamento?

— Você quer falar sobre coisas de casamento, sério?

— Claro.

Comecei hesitante, mas com o incentivo dele eu me vi relatando boa parte da conversa, assim como os insights que Theresa, Merilee e eu tivéramos sobre nossa família.

Para mim, foi uma experiência incomum e agradável falar tão abertamente sobre mim sem temer parecer tediosa.

As mensagens que eu vinha descobrindo, desde que iniciara essa viagem, estavam sendo assimiladas. Quando criança e adolescente, eu tinha criado um padrão de comportamento, buscando respaldo fora da família, e fizera isso ao ser a agitadora social ou a garota que tentava ter a atenção de um namorado maravilhoso. E não me abria, não compartilhava nada de mim. Se meus pais não achassem que eu era comparável a Theresa, eu temia que ninguém fosse gostar de mim, caso me mostrasse como eu realmente era.

Eu mesma evitava ver a verdade.

Enquanto eu conversava com o homem atencioso à minha frente, me sentia como se estivesse apenas começando a me conhecer.

Comemos nossas saladas enquanto eu falava e o garçom recolheu os pratos vazios e serviu o curry, que estava com um cheiro maravilhoso.

Depois de darmos algumas garfadas, Dhiraj disse:

— Interessante isso que você disse sobre seus pais. Imagino que seja verdade que eles sejam brilhantes, bem educados, amorosos e, ainda assim, não tenham habilidades para seus papéis. — Ele brincou com seu garfo. — Você acha que cada filho tem a própria ideia do que é ser um bom pai?

Eu refleti, saboreando o curry.

— Theresa queria menos pressão. Merilee queria atenção e apoio. Eu queria aceitação. E você?

— Eu queria pais que me aceitassem - me apoiassem - pelo que eu era, não pelo que queriam que eu fosse.

Eu assenti.

— Concordo.

O canto de sua boca se curvou.

— Nós, obviamente, seremos ótimos pais.

— Tenho certeza de que é mais fácil dizer do que fazer. — Eu inclinei minha cabeça. — Você se entrosou bem com as crianças esta manhã.

— Gosto de crianças. Elas são fáceis de se relacionar.

— Você quer ter filhos?

— É claro. — Ele disse de um jeito tão natural que pareceu sincero, como se fosse uma resposta de Nav, não de Dhiraj.

Por um instante, tive uma visão de Nav com duas lindas criancinhas de pele cor de canela, cabelos negros encaracolados, de cabeças unidas, enquanto desenhavam. A imagem me deu uma sensação suave e derretida, como um filme Hallmark.

Mas, espere, Nav era o cara das inúmeras namoradas. Às vezes, era bem difícil lembrar que grande parte do que ele dizia vinha de seu personagem Dhiraj.

Eu estava compartilhando minha intimidade e ele estava interpretando o papel de Dhiraj.

Uma ideia me ocorreu. O que aconteceria se eu lhe pedisse para ser Nav? Se eu dissesse que queria jantar com Nav em vez de Dhiraj? De ter essa conversa profunda com Nav?

E, talvez, depois, o sexo Kama Sutra...

Não! Isso era loucura. Nós precisávamos nos ater a Dhiraj, manter os limites, ou jamais conseguiríamos voltar a ser amigos.

Nav talvez ficasse bem feliz em ser amigo um tanto colorido, enquanto continuasse a sair com inúmeras de suas mulheres, mas isso decididamente não funcionaria para mim. Se eu estava tendo dificuldade em manter um casinho informal com Dhiraj, de forma alguma saberia lidar com um caso com Nav.

Dei uma olhada pra ele e percebi que ele tinha feito uma pergunta que eu não havia notado.

— Perdão, o que disse?

— Só perguntei se você gostaria de ter filhos.

— Sim, certamente. — Eu sempre quis ter filhos e, nos últimos anos, meu relógio biológico passou a emitir alertas. — Se bem que, no ritmo que estou indo, serei tia antes de ser mãe.

— Acha que sua irmã caçula e o marido terão filhos logo?

— Se fizerem como desejam. Querem começar agora.

Ele riu.

— Parece que você será tia em um ano.

Eu nunca tinha mencionado os problemas de Marilee para Nav, em parte porque nós raramente falávamos sobre nossas famílias. E, em parte, porque pensar neles me fazia sentir culpada. Agora, eu me via dizendo:

— Espero que sim. Merilee foi diagnosticada com endometriose nessa primavera. Isso afeta a fertilidade. Isso é parte do motivo para que eles decidissem se casar agora.

Ele assoviou baixinho.

— Parece difícil.

— É, sim. — Mordi meu lábio. Se eu lhe contasse a verdade, será que ele me acharia egocêntrica e horrível?

Havia algo em seus olhos castanhos bondosos que me fazia querer confessar.

— Deveria ter sido diagnosticado antes. Nós deveríamos ter percebido. Ela sempre tinha menstruações irregulares, mas minha mãe, Theresa, Jenna e eu dizíamos que mulheres passavam mesmo por isso. — Graças a Deus que há o Matt. — Foi seu noivo quem finalmente fez com que ela dissesse ao médico e fizesse os exames.

— Não seja tão dura consigo mesma. — Ele me olhou fixamente, do outro lado da mesa. — As pessoas podem negligenciar coisas que estão bem à sua frente, dia após dia.

— Eu certamente fiz isso.

— Então, daqui pra frente, tente manter os olhos mais abertos. — Havia uma centelha de algo nos olhos dele - desafio?

— Farei isso. — A conversa que eu tivera esta tarde com minhas irmãs já apontara essa direção. — De qualquer forma, Merilee passou por uma cirurgia na primavera e está se sentindo melhor. Ela está meio esgotada e tentando recuperar uma porção de trabalhos e provas da faculdade, pois não quer ficar um semestre atrás de Matt.

— E eles estão se casando em uma semana e meia? Momento movimentado pra ela. E pra todas vocês.

— É um momento louco para o casamento, mas Matt conseguiu uma compra de última hora para um cruzeiro mexicano, e eles querem ir como viagem de lua de mel.

— Um cruzeiro. — Ele piscou. — Será que é tão sexy quanto um trem?

Eu sorri para ele.

— Espero que sim, pelo bem deles.

Terminamos nosso jantar e ele perguntou:

— Sobremesa?

— Comi demais.

— Por que não tomamos café e licor no salão?

Concordei. Conforme levantei, pensei no quanto esse jantar acabou sendo tão diferente do que eu havia imaginado. Quando ele tinha dito que queria um jantar romântico a dois, eu esperava paquera. Em vez disso, eu tinha praticamente falado só de mim, e ele ouvira atentamente.

De certa forma, isso também foi bem romântico.

Mas agora, conforme ele chegava por trás de mim, sua mão deslizava pelas minhas costas, abrigada entre nossos corpos, acariciando levemente as minhas nádegas. O brim deslizava em minha pele.

— Quer queimar algumas calorias? — ele murmurou, inclinando-se abaixo, de modo que sua respiração passava em minha orelha.

Meu corpo aqueceu.

— E deixamos o salão? — Eu não ia reclamar se voltássemos ao quarto dele para jogar Kama Sutra.

— Você me interpreta mal. Eu quis dizer dançar no salão.

— Dançar? — Ora, essa era uma ideia atraente. — Sim, vamos fazer isso. — Seria uma boa preliminar ao sexo.

Enquanto caminhávamos em direção à saída, vi Sam Wilbanks, o roteirista, numa conversa animada com três outras pessoas. Ele ergueu a mão e deu um sorriso antes de desviar o olhar ao meu acompanhante.

Eu retribuí o sorriso.

— Ele está com inveja de mim — Dhiraj murmurou em meu ouvido —, e tem mais é que estar. Fico contente que você tenha me conhecido primeiro.

— Eu também. — O outro homem era o tipo que eu buscava –

bem-sucedido e atraente – e parecia legal. No entanto, eu duvidava que nós acabaríamos disparando o alarme do chuveiro, ou falando das minhas irmãs. Duvidava que eu pudesse ter a mesma mistura de conforto e empolgação com ele.

O salão estava movimentado quando chegamos lá. Tocava uma música antiga de discoteca, e um grupo de australianos aparentando vinte e tantos anos ocupava a pequena pista de dança.

— Discoteca? — Dhiraj ergueu uma sobrancelha. — Não era o que eu esperava.

— Eles programam a música conforme o público. — E essa noite os australianos estão claramente imperando.

Pegamos uma mesinha e pedimos café, além de um Grand Marnier pra mim e um conhaque pra ele.

Ele pegou minha mão e segurou delicadamente, como se pertencesse à sua.

— Kat, você me perguntou se eu já me apaixonei. E você?

Eu tinha perguntado a Dhiraj ou Pritam? Não conseguia me lembrar.

— Mais vezes do que consigo contar — eu disse, casualmente. — Venha, vamos dançar. — Falar da minha vida amorosa era baixo astral.

— Ei, espere um minuto. Eu respondi quando você perguntou. Quantas vezes você realmente se apaixonou?

Dei um suspiro. Geralmente, havia um ou dois homens em cada ano, durante mais de uma década.

— Honestamente, tento não contar.

A mesa era pequena e os olhos escuros que me olhavam de frente mostravam uma expressão séria. — Se foram tantos assim, meu palpite é que você não estava apaixonada.

— Talvez nem sempre — admiti. — Mas inúmeras vezes, pareceu

amor. Como se o homem fosse aquele alguém especial. — Quando eu disse essas palavras, olhando nos olhos dele, meu coração deu um aperto. Se Dhiraj realmente existisse, eu poderia muito bem ter me sentido assim por ele, e estaria lutando para manter minha regra de um mês para não ficar perdidamente apaixonada.

Ele brincava com meus dedos.

— Parece mais que você sentia cobiça por eles. Sexualmente, talvez até de outras maneiras também.

— Que outras maneiras?

— Tipo, se eles fossem celebridades, ou algo assim, e você quisesse fazer parte disso.

— Fazer parte do glamour. — Pensei rapidamente em Theresa e seu namorado. Sim, era empolgante estar com um homem assim. — Admito que isso é atraente. Mas faz parte do pacote, não é? Você se apaixona pelo pacote completo. Aparência, profissão, personalidade.

— Sim, mas só uma vez você sabe o que contém. Ou se apaixona pelo embrulho elegante?

Ele estava dizendo as mesmas coisas que Nav dissera sábado à noite. Eu me remexia inquieta. Nós não tínhamos ido ali pra dançar?

— Talvez, e por isso tenho uma nova regra. Não vou me deixar apaixonar até que conheça o cara por um mês.

— Um mês inteiro?

— Você está debochando de mim.

Os olhos dele enrugaram.

— Vamos dançar — eu disse, novamente, levantando.

Ele continuou sentado.

— Espere aí. Isso me traz de volta à minha pergunta original. Você já esteve realmente apaixonada?

Humm. Valia a pena olhar meus relacionamentos sob uma nova ótica, porque isso poderia me ajudar a descobrir onde eu estava agindo errado. Lentamente sentei em minha cadeira.

— Não sei — eu disse, baixinho.

— Como você definiria amor?

Se não fosse aquela alegria da paixão, então o que era? Será que eu tinha passado a vida toda procurando algo que nem sabia definir? Se isso fosse verdade, como eu saberia quando encontrasse?

— Como você definiria?

O rosto dele abrandou, seus olhos brilharam.

— É quando você vê a pessoa inteira, suas forças e fragilidades, e ama tudo. É alguém em quem você pode confiar, mas que é sempre capaz de surpreendê-lo.

Assenti lentamente, enquanto ele prosseguia.

— É quando você olha para um rosto e sabe que é aquela pessoa que você quer ver toda noite, e toda manhã, pelo resto da sua vida. Com quem você quer ter filhos, passar pela experiência de criá-los, passar por tudo que a vida joga em sua direção, com as lágrimas e o riso e, acima de tudo, o amor.

As palavras dele trouxeram lágrimas aos meus olhos.

— Kat?

— Sim. — Funguei. — É isso, sim.

Ele parecia falar com tanta sinceridade, no entanto as palavras só podiam fazer parte de seu papel como Dhiraj. Afinal, Nav era o namorador. Ou talvez ele se sentisse assim com relação à Margareth e outras mulheres que tinha amado e o fato de ter se decepcionado no amor o fizera jurar não mais tê-lo?

— Sentiu-se assim com algum homem em sua vida? — perguntou ele.

Voltando a se concentrar na minha própria vida, refleti. Então, sacudi a cabeça.

— Acho que não. Parece tão... grande. Talvez todos os meus relacionamentos tenham sido pequenos. — Sim, pequenos, apesar de terem saído na *People, Enterntainement Weekly,* ou na *National Enquirer*. Glamourosos, mas superficiais.

Dei um gole no Grand Marnier, tentando não me sentir deprimida.

— Os relacionamentos começavam ótimos, mas depois ou eu descobria algo que não gostava no cara, ou ele ficava entediado de mim e seguia em frente.

Ele apertou minha mão.

— Qualquer um que ficar entediado com você é maluco.

— Ora, vamos. Não sou nada de especial.

— Mas que droga, claro que é. Por que você vê não isso? — Ele ficou me olhando por um bom tempo. — Você real e honestamente, se acha desinteressante, não é? Por isso, quando fala de si, prefere as coisas mais leves e divertidas em vez daquelas mais profundas e pessoais.

As palavras dele se equiparavam ao que eu estava pensando durante o jantar. Devagarzinho, cautelosamente, eu disse:

— As pessoas gostam de conversar com alguém divertido, não com gente egocêntrica e angustiada, não é?

— Depende das pessoas. Eu gostei das conversas que tivemos. Falamos sobre pais e filhos, suas irmãs, casamentos arranjados, amor. Não são assuntos exatamente superficiais.

— Não. Mas... acho que quando falo sobre algumas dessas coisas, fico com receio de parecer uma idiota. Como se eu devesse ter percebido as coisas antes, ter conduzido melhor a minha vida.

Ele deu uma risadinha leve.

— É, nós todos deveríamos, não? Bem-vinda ao mundo dos humanos, Kat Fallon.

— Não tenho certeza do que você está dizendo.

— Que detesto a forma como você se diminui.

— Eu não faço isso!

— Você diz que não é realmente bonita, que só aproveita o que tem de melhor.

Espere um minuto. Isso era algo que eu tinha dito ao Nav. Agora ele estava decididamente atravessando um limite e eu estava prestes a avisá-lo sobre isso, mas ele prosseguiu.

— Você não é tão inteligente quanto sua irmã Theresa, seu emprego não é tão importante quanto o dela, ou o de seus pais. Você não é tão empolgante quanto os caras que namora.

— Isso não é me diminuir, é apenas ser precisa. Além disso...

— Não — ele me cortou. — Por que você se compara com os outros? Você é você. Linda, talentosa, interessante, generosa, divertida de se ter ao lado. Você é ímpar, especial e valorosa. Principalmente quando para de se esconder atrás da insegurança e deixa seu verdadeiro eu se mostrar.

Ele me achava especial. E isso não era o tipo de lisonja que eu ouvia de outros homens. Dava pra notar que ele estava sendo sincero. Meu coração enterneceu com uma sensação de aceitação que eu raramente sentia.

Mas o que ele estava dizendo? Que eu poderia simplesmente ser eu mesma, e as pessoas iam gostar de mim?

Como eu poderia acreditar nisso? Eu tinha achado que o papel de Miss Social mostrava meus traços fortes. Teria sido um meio de esconder minha insegurança?

— Ei. — Ele afagou minhas mãos e percebi que as enlaçara com força, tensa. — Relaxe, Kat. Vou parar de pressionar.

Inspirei fundo, expirei e percebi que estava tocando "Dancing Queen", uma música do Abba.

Isso me fez sorrir. Abba era familiar, não só pelo filme, *Mamma Mia!* – Minha mãe, advogada e superprofissional, adorava Abba. Quando eu era pequena, às vezes, ela colocava a música deles pra tocar na cozinha e eu e a garotas dançávamos com ela.

— Ah, sim, havia momentos em que minha mãe se soltava e ficava brincando com a gente. Por que eu me lembrava desses momentos tão raramente?

— Então, nós devemos dançar. — Ele levantou e estendeu a mão.

Eu pulei de pé e disse:

— Ah, não — percebendo que a música tinha acabado. Mas começou a seguinte e eu sorri. Era Abba novamente, dessa vez "Take a Chance on Me".

Os australianos encheram a pista, dançando animados, mas, de alguma forma, conseguimos um espacinho. Com todos aqueles corpos aglomerados, não havia muito que pudéssemos fazer além de pular junto, todos esbarrando uns nos outros. As pessoas riam e o humor era contagiante, e todos nós cantávamos em coro.

Consegui deixar a conversa perturbadora para trás e simplesmente aproveitei o momento. Meu parceiro, com seu traje preto elegante, parecia muito mais sofisticado do que os outros caras, de camiseta e jeans, roupas típicas de Nav. E embora ele dançasse com a mesma energia, sua graça atlética transparecia em seus movimentos.

Eu já tinha ido a boates com Nav; provavelmente já tínhamos estado na pista de dança ao mesmo tempo, mas como nunca tinha percebido que ele dançava tão bem?

Todos nós entoávamos juntos "Ba ba ba ba baa" – no fim do coro, terminando com o pedido que dizia a letra, arrisque comigo. A música acabou e sorri para Nav. Não, Dhiraj, lembrei a mim mesma.

Ele retribuiu o sorriso, depois outra música começou e todos vibraram ao reconhecer a introdução de "Mamma Mia".

Novamente, todos cantavam em coro, embalados. Mais de uma dúzia de pares de mãos iam ao alto, cantando "Mamma Mia".

Propositalmente, fiz uma cara de flerte quando cantei "Meu Deus, como posso resistir a você?".

Ele riu e eu nem me lembrava de quando tinha me divertido, dançando com um homem sexy, em meio a um grupo barulhento de estranhos, me soltando e cantando a música, embora desafinada. Ei, se o Pierce Brosnan teve coragem de fazer isso na tela, por que eu não teria?

Quando a música terminou, todos aplaudiram. Rindo, sem fôlego, eu me deixei cair sobre meu parceiro, que nem ofegante estava.

Os braços dele me enlaçaram.

— Ei, "Dancing Queen", eu até que dançaria uma lenta. — Ele encostou o quadril ao meu, sugestivo.

***

Capítulo .17

Embora as músicas do Abba tivessem sido muito divertidas, quando a seguinte começou, Nav ficou satisfeito em ouvir "New York, New York", de Frank Sinatra. Agora ele podia ficar abraçado a Kat.

Os australianos deixaram a pista e vários casais levantaram para dançar, mas a pista já não estava mais tão lotada.

Ele estendeu a mão para Kat, ela pegou, e ele a posicionou para dançar um foxtrote. A mão dela deslizou pelo ombro dele, quase hesitante, depois parou. Ele pousou a mão no alto das costas dela, na parte nua, acima do corpete preto, e segurou-a bem juntinho, de modo que seu lado direito encostava ao dela, desde o meio do tórax até o meio da coxa. Uma onda de calor o percorreu.

Então, ele deu um passo à frente, conduzindo-a num ritmo familiar, com dois passos lentos e um rápido. Ela se sentia maravilhosa, aquecida e leve nos braços dele, seguindo sua condução, como num baile. Por um ou dois minutos, ele manteve os passos tradicionais, até que eles sentissem um ao outro. O sorriso dela era radiante, seus olhos cintilavam, e os brincos de beija-flor brilhavam na luz conforme ela se movia.

Ele tinha visto quanto ela ficara desconfortável com a conversa de antes, e estava contente porque a dança levantara seu astral. Mas ele não se arrependia por tê-la pressionado da maneira como fizera. Ela estava se conhecendo melhor e ele adorava ter uma intimidade cada vez maior com ela.

Mesmo que ela quisesse fingir que estava falando com Dhiraj.

Ele a conduziu a outra dança, com os quadris dos dois separando nos passos lentos, depois voltando a pressionar uma pélvis à outra. Ele estava quase contente por ela estar de saia jeans, em vez do vestido fininho da noite anterior, porque, mesmo com o brim grosso entre eles, ele estava ficando excitado.

Na dança seguinte, ele a girou sob o braço, depois repetiu a manobra. Completando a segunda volta, ela riu encantada.

— Você realmente sabe dançar. Não são muitos caras da sua idade que sabem.

A dança fizera parte da vida da alta sociedade que seus pais viviam em Londres.

— Eu não disse que os indianos recebem uma educação completa?

— Parece que me lembro da menção do Kama Sutra — ela murmurou, com os olhos cintilando pra ele. — Mas você ainda vai ter que cumprir essa.

— Isso é o que você pensa. Não reconheceu a posição de gêmeos? E a posição de bocejo? Ah, e eu também me lembro da posição de sexo de vaca.

— Sexo de vaca? Do que está falando? — Ela recuou a cabeça um pouquinho, o que fez seu quadril pressionar o dele, e olhou-o, acima.

Lutando contra a ereção, ele disse:

— A maior parte das posições sexuais que você já fez estão no Kama Sutra. É que as pessoas geralmente pensam nas mais exóticas.

— Exóticas. Humm. — Ela baixou e ergueu os cílios, flertando. — Você pode me descrever uma ou duas?

— Bem, vejamos. Tem a do topo.

— Quando a mulher fica no topo? O que há de tão exótico nisso?

— Sim, ela fica por cima e ele está dentro dela. Mas não é daí que vem o nome. — Ele a girou, depois a trouxe de volta pra perto e pegou-a pela cintura, deixando que as pélvis roçassem novamente. — Mantendo-o dentro, ela meio que gira, em cima do corpo dele.

— Caramba, ela tem que ser acrobata. — O rubor em seu rosto dizia que ela estava imaginando.

A música estava acabando, então ele a segurou ao baixá-la, apoiando suas costas, olhando em seus olhos por um longo tempo, depois erguendo, deixando que os lábios passassem nos dela.

A música seguinte era uma antiga canção romântica, "Lady in Red". Uma desculpa perfeita para abandonar a posição de foxtrote formal e segurar o corpo de Kat bem juntinho ao seu. Ele colocou as mãos dos dois junto ao peito e deixou que sua outra mão descesse pelas costas dela, até a curva de sua cintura.

— Aposto que você gostaria da lótus.

— É outra posição de Kama Sutra? Belo nome.

— Você conhece a posição de lótus na ioga, quando você cruza as pernas? — Quando ela assentiu, ele disse — Imagine deitar de barriga pra cima, com as pernas erguidas, na posição de lótus. Seu parceiro entra em você. Você não pode se mexer muito, pois ele tem o controle.

Os olhos dela brilharam pra ele.

— Tudo muito bom pro homem.

— Na verdade, a posição de lótus é muito boa para atingir seu ponto G.

A língua dela surgiu, circulando seus lábios.

— Eu gostaria de experimentar essa.

— Então, nós faremos.

A música era romântica; o balanço do corpo dela nos braços dele era o céu. Ele baixou as mãos enlaçadas ao lado e, sem que ele a induzisse, ela se aproximou mais e recostou a cabeça em seu ombro. Ele inclinou a cabeça, encostando o rosto nos cachos dela, contente por estar sem barba e poder senti-la.

Nenhum dos dois falava enquanto se moviam em perfeita harmonia. Ele estava excitado, mas a sensação era como uma canção aquecida em suas veias, não um ímpeto faminto. Enquanto vivesse, ele se lembraria dessa dança e da sensação dessa mulher em seus braços, onde era seu lugar.

A canção terminou com o cantor sussurrando as palavras "eu te amo".

Com os lábios junto aos cabelos de Kat, Nav silenciosamente repetiu essas palavras, ansiando pelo dia em que pudesse dizê-las em voz alta.

Relutantes, eles se separaram e ele disse:

— Acho que esse é um belo modo de terminar.

Ela assentiu, com os olhos sonhadores.

— Perfeito.

— Quero ficar sozinho com você.

— Sim.

Havia outras pessoas no salão, mas ele não olhou para elas, somente para Kat, conforme seguiram ao seu quarto, com os braços ao redor um do outro.

Já lá dentro, ele a puxou para perto, dando-lhe um beijo longo e carinhoso. A forma como ela reagiu mostrava que ela também estava no clima de romance, em vez da paixão veloz.

— Sinta-se em casa — disse ele.

— Só vou... — ela gesticulou para o banheirinho.

— Fique à vontade.

Enquanto ela estava lá dentro, ele acendeu as velas de sândalo e apagou todas as luzes. Agora, o que mais agradaria Kat?

Ele sorriu ao ter uma ideia, depois pegou o baralho de copas do jogo Travessuras e Diabruras. Quando ela voltou, ele segurou o baralho.

— Digamos que você tenha jogado o dado e caiu no naipe de copas. Tire uma carta.

— Ah, quer dizer que estamos pulando a parte do dado? — Ela tirou uma carta do baralho.

Antes que ela pudesse virar e ler a carta, ele a pegou dela. Fingindo ler, ele disse:

— Aqui diz "Seu parceiro tem que lhe dar o que você quiser. Diga o que é".

Ela estendeu a mão para pegar a carta.

— É isso mesmo que diz?

Ele a recolheu.

— Faz diferença?

Uma expressão intrigada surgiu no rosto dela, depois ela disse lentamente:

— Se eu dissesse que só queria ficar abraçadinha por algumas horas, tudo bem?

Seria preciso todo o seu autocontrole, mas a ideia de ficar abraçado a ela, por duas horas, parecia ótima. Como um presente de confiança e intimidade.

— É claro. — Ele acariciou o rosto dela, sua orelha, desceu pelo pescoço e deixou que a mão pousasse em seu ombro.

— Ou se eu dissesse que queria que você... — ela corou — me fizesse chegar ao clímax com as mãos e a boca?

— Ah, sim. O que você quiser Kat.

Ela ficou observando o rosto dele.

— Você estava fingindo ler a carta e poderia ter dito o contrário. Falado que eu tinha que fazer qualquer coisa que você quisesse.

— Droga, por que não pensei nisso? — ele brincou.

Os lábios dela se ergueram nos cantos.

— Porque você não é assim. Você é um amante generoso, não é egoísta.

— Pra mim, fazer amor tem a ver com generosidade e compartilhamento. Dar prazer a alguém é algo maravilhoso.

— Verdade. Mas eu sempre senti que precisava impressionar o cara. Para me equiparar às outras mulheres com que ele já tivesse estado. Não me entenda mal, eu gosto de orgasmos, mas se apenas fico deitada, recebendo, sinto que não estou fazendo o suficiente.

Mesmo na cama, ela precisava se provar.

— Kat, fazer amor é algo entre duas pessoas e o modo como se relacionam, e será diferente a cada vez. Você não pode simplesmente relaxar e aproveitar?

Seu olhar era suave e vulnerável.

— Nos meus relacionamentos, às vezes, sou eu que termino. Mas, às vezes, sou dispensada e sempre fico imaginando o que há de errado comigo. Tipo, eu devo ser uma companhia chata; devo ser uma amante ruim.

— Não. — Ele ficou olhando nos olhos dela. — Isso não é verdade. Kat, pare de tentar impressionar as pessoas. Seja você mesma; se abra. Mostre ao mundo a pessoa que você realmente é. Senão, mesmo que alguém goste de você, não é de fato em você que estão interessados. É só na fachada que você mostra.

Ela olhou abaixo, para os pés, e quando falou sua voz era pouco mais que um sussurro.

— E se eu fizer como você está dizendo e ninguém gostar de como realmente sou?

Sua vulnerabilidade o fazia sentir afetuoso e protetor. Ele delicadamente ergueu o queixo dela, até que ela olhou em seus olhos.

— Isso não vai acontecer. Olhe as pessoas com quem você conversou nesta viagem. Maggie e Jim, Lynn e Terry, Kristin e Sandra. Você se abriu com eles, e isso gerou conversas significativas. Muito além de papo superficial. Eles gostam de você, Kat. Do seu eu verdadeiro, não aquela pessoa Miss Social. E eu também. Claro, haverá algumas pessoas com quem você não vai se entrosar. Grande coisa, quem precisa delas? Elas que perdem.

Os olhos dela se acenderam com algo que parecia esperança, talvez revelação.

— Agora. — Ele acenou uma carta. — Diga-me o que você quer.

Depois de alguns instantes de silêncio, ela disse:

— Eu gostaria de dançar. Daquele jeito que estávamos na última música, mas ainda mais coladinhos, mais sensuais, já que não tem ninguém vendo. — Surgiu uma centelha nos olhos dela. — E enquanto estivermos dançando, vamos tirar a roupa um do outro.

— Gosto da sua ideia. — Ele sentiu a virilha retrair. — Mas é só isso, só tirar a roupa um do outro? Não há mais nada que você queira?

O brilho nos olhos dela se intensificou.

— Depois que estivermos nus, com tesão, quero experimentar aquela posição de lótus.

— Oh, sim.

Ele a pegou nos braços, segurando do mesmo jeito de quando estavam dançando "Lady in Red" e começou a movê-los. O pequeno espaço livre não permitia muito mais que um giro pra lá e pra cá, mas era o suficiente para deixar que os corpos deslizassem colados, de maneira provocante.

Ela soltou a mão que ele segurava e ergueu os braços, enlaçando o pescoço dele. Esta noite você parece uma pantera com essa roupa preta sexy. O tecido é tão fino, dá pra sentir seu... humm humm... músculos, quando você se mexe.

— Ah, é isso que você está sentindo? — ele projetou o quadril à frente, esfregando a ereção nela. Então, deslizou as mãos entre os corpos, até o botão da saia jeans. — Eu não me importaria de sentir mais de você. — Ele abriu o botão, desceu o zíper.

A saia caiu no chão e ela pisou fora, chutando do caminho, depois encostou o corpo ao dele. A pele macia da barriga quase nua era muito mais provocante que o brim.

Ele deslizou as mãos pelas costas dela, por cima do corpete preto e foi descendo, ah, sim, passando na pele nua de suas nádegas. Ela estava de tanga. Ele ficou contente por não saber disso antes, ou teria passado a noite toda de pau duro.

Segurando as nádegas firmes com as duas mãos, ele sentiu o movimento dos músculos, conforme ela passou o peso de um pé ao outro.

— Adoro seu suéter. — Ela puxou a bainha da blusa — ele a comprara porque no sábado à noite ela tinha dito que um suéter preto de gola V mostraria seu porte e sua cor. — Mas você está com roupa demais.

Ele recuou enquanto tirava a blusa e sentiu as mãos dela em sua cintura. Quando enfim jogava o suéter na cadeira, a calça já escorregava pelas pernas. Ele abaixou para pegá-la e lançou em cima do suéter. Então, nu, com exceção a uma camada fina de Armani, ele pegou Kat novamente nos braços.

Eles dançaram assim por um tempo, as mãos dele afagando as costas dela, descendo até a bunda, tracejando a tanga. Então, ele tirou seu corpete. Seu sutiã preto era quase tão minúsculo quanto a tanga. A opulência dos seios pressionava seu peito, a renda do sutiã raspava de leve.

Ele ergueu-lhe ligeiramente a cabeça e a beijou, com movimentos tão lentos e sutis quanto a dança dos dois.

Ele abriu o fecho do sutiã e deslizou as alças pelos braços. Tirou a peça. Sentiu seus seios colados junto a ele.

As mãos dela encontraram o caminho até o interior da cueca e afagaram suas nádegas.

— Vamos pra cama, agora — ela sussurrou.

Ele a ergueu, colocou na cama e ficou maravilhado com a visão dela, espalhada sob a luz de velas, somente com a tanga preta e os brincos que ele lhe dera.

— Você é tão sexy.

Então, ele tirou a cueca.

— Você também é... muito — disse ela, num tom abafado, conforme ele deitou ao seu lado. Quando ele começou a acariciar seus seios, ela disse: — Não, eu quero você dentro de mim. Chega de enrolar com esse negócio de Kama Sutra, ou vai me fazer pensar que você não sabe nada.

— Acredite, eu sei. — Na verdade, seu corpo doía de desejo de mostrar o que sabia.

Quando ele tirou-lhe a tanga, ela estava inchada, bem quente e molhada ao se esfregar na mão dele.

Depois de colocar a camisinha, ele puxou um travesseiro para debaixo da bunda dela, a fim de diminuir o peso nas costas dela, e abriu suas pernas. Ajoelhando entre elas, ele admirou o tom rosado de seu sexo, sob a luz tremulante das velas.

— Vamos começar com suas pernas pra cima, joelhos flexionados. É difícil segurar o lótus por muito tempo se você não for realmente flexível, então vamos devagar.

— Eu consigo ser flexível. — Havia um tom de humor em sua voz, mas o rubor em seu rosto mostrava que ela estava excitada. Ela ergueu as pernas, dobrou os joelhos.

Ele pegou seus joelhos e os pressionou delicadamente, de encontro ao peito.

— Erga-os até onde for confortável e coloque os pés no meu peito.

Ele se inclinou ligeiramente à frente, se equilibrando na sola dos pés dela. Então, ele pôs a mão entre os corpos, abriu-lhe o sexo e mergulhou nela, numa investida fácil.

— Ah, isso — disse ela, ofegante. — Que gostoso.

A posição criou uma tensão suave entre os corpos. Se ele pusesse pressão demais nas pernas dela, poderia machucá-la, então ele controlava suas investidas, enquanto o corpo dela se adaptava à posição.

Controlar era bom. Se ele pudesse mergulhar fundo, com força e depressa, teria gozado rápido demais. Esta noite, ele queria dar a Kat mais do que sexo rapidinho.

Ele usava as técnicas tântricas que havia aprendido, concentrando-se na respiração profunda e tentando direcionar a energia sexual para longe de sua ereção, para que ela se dispersasse por seu corpo. Não era exatamente um sacrifício, pois no fim seu clímax seria ainda mais forte.

Ela agarrava as coxas dele sem conseguir alcançar nenhuma outra parte do corpo do rapaz, em grande parte controlada por ele, enquanto o olhava, maravilhada.

— Eu consigo senti-lo tão fundo. Essa é uma posição Kama Sutra?

— É uma posição pressionada. — Conforme ele entrava e saía dela, com os pés dela em seu peito, ele pegou um de seus tornozelos, ajudando ambos a manterem a posição, o equilíbrio. Com sua outra mão, ele acariciou-lhe a perna, deleitando-se com a longa linha do tornozelo até o joelho, a maciez da parte de trás da coxa, a curva deliciosa de suas nádegas.

Que pele tão macia, reluzindo em dourado, sob a luz de vela.

— Se suas pernas começarem a doer, deslize seus pés para baixo, tirando do meu peito.

— Não, estou... — Ela ofegou. — Estou bem. Muito bem.

Ele investiu com um pouquinho mais de força, mas manteve o ritmo lento.

Ela gemeu de prazer e seus músculos internos contraíram o pau duro, aumentando a fricção deliciosa, enquanto seu tórax estremecia e sua respiração aumentava. Ela jogou a cabeça pra trás, no travesseiro, expondo a linda curva do pescoço, o beija-flor pousado em sua pele.

— Você é linda, Kat. Linda e sexy. — Ele também respirava ofegante, mas deliberadamente passou a respirar mais devagar, lutando para manter o controle.

Ele entrava com movimentos contínuos, fortes e profundos, cravando-a no fundo, indo até seu âmago, encontrando o ângulo exato para lhe dar o estímulo de que ela precisava.

O corpo dela se contraiu, depois entrou em ondas de orgasmo.

Ele diminuiu, estendendo seu clímax.

Quando seu corpo parou de tremer, uma de suas pernas, depois a outra, se afastou do peito dele.

— Não consigo... — Ela respirava ofegante, puxando o ar.

— Tudo bem. — Ele desceu devagar para cobri-la, apoiando o peso nos antebraços, e deu um beijinho nos lábios dela. — Descanse. Deixe que eu faça o trabalho.

Mas não era trabalho nenhum manter um ritmo suave, entrando e saindo, mantendo os corpos vibrando de energia. Isso também ajudou a recuar a intensidade de sua excitação.

Depois de alguns minutos, ele sentiu que a tensão sexual voltou a aumentar no corpo dela. Suas pernas ergueram até as laterais dele, e ela passou a lançar o quadril depressa, aumentando o ritmo.

— Quer partir o bambu? — perguntou ele.

Ela riu.

— Não é o que você já está fazendo?

Ele riu.

— Não, exatamente. — Ele se ergueu e se apoiou nas mãos. — Levante uma das pernas e apoie a panturrilha no meu ombro.

Meio sem jeito, rindo um pouquinho, ela ergueu a perna e usou as duas mãos para posicioná-la.

Suas risadinhas cessaram quando ele foi deslizando para dentro dela. Agora ele entrava em ângulo, deslizando o pau sobre seu clitóris.

Ela deu um murmúrio de satisfação e acariciou a perna dele.

— Não sei como é a sensação de quebrar o bambu, mas está dando certo pra mim.

Pra ele também. O ângulo lhe dava um estímulo imenso, além de uma ótima visão de seu lindo rosto corado e seu tórax.

Ele chegou mais para a frente, com o peso apoiado numa das mãos, e acariciou seu seio, o lindo mamilo rosado. Delicadamente, ele apertou o mamilo.

O tempo todo, ele mergulhava nela, variando de velocidade e ângulo. Reagindo às expressões do rosto dela, aos sussurros e gemidos que ela dava, à forma como ela inclinava o quadril.

Toda vez que sentia o próprio orgasmo se aproximando, ele desacelerava. Concentrando-se na respiração profunda, ele tentava se acalmar. Então, quando estava seguro, ele acelerava de novo.

— Sua perna está bem? — ele sussurrou.

— Que perna? — disse ela, sem fôlego. — Nem consigo... ah, nossa... faz de novo. Isso, bem aí... assim.

Ele atendeu, cravando fundo, no mesmo ângulo.

Ela jogou a cabeça pra trás, no travesseiro, arqueou as costas e então gritou, no auge de outro clímax.

Os espasmos convulsivos de seu corpo quase fizeram com que

ele também gozasse, mas ele usou toda a sua força de vontade para se segurar. Ele queria fazê-la trocar de pernas, colocar a outra em seu outro ombro, mas não conseguiria se segurar por muito mais tempo.

Ela tinha pedido a posição lótus, então era isso que ele faria. Assim que os dois esfriassem um pouco.

Quando ela foi parando, ele murmurou:

— Abaixe a perna.

Ela lentamente abaixou, deixando-a cair na cama. Ele desceu bem devagar, até cobrir totalmente o seu corpo, apoiando a maior parte de seu peso nos antebraços. As pernas dele repousavam sobre ela, que mantinha as pernas ligeiramente separadas. Os quadris dos dois estavam alinhados. Os olhos dela permaneciam fechados e ela ainda recuperava o fôlego, o peito arfava, erguendo e baixando sob ele, que sentia a respiração quente soprando no rosto.

O elástico que prendia seu cabelo caiu e os cachos negros passavam em seu rosto, quando ele abaixou para dar um beijo nos lábios dela.

Ele mexeu levemente o quadril, entrando nela com um movimento bem sutil.

— Posição de gancho — ele murmurou junto aos lábios dela.

A mão que acariciava o ombro dele subiu mais e se entremeou em seus cabelos cacheados.

Ele estava muito perto de gozar e nem toda a respiração profunda do mundo o seguraria muito mais tempo. Era a hora da posição final.

— Pronta para o lótus?

— Humm. Acho que os músculos da minha perna viraram geleia.

— Você vai ficar relaxada. Flexível.

Os olhos dela se abriram.

— O que eu faço?

Ele entrava e saía dela, lamentando a necessidade. Dobre os joelhos junto ao peito, como você fez antes. Mas, dessa vez, cruze as pernas, como se estivesse na posição de lótus do ioga.

Ela obedeceu e o brindou com a visão da parte inferior de seu corpo virada para cima.

— Não consigo dobrar totalmente as pernas.

— Não force. Fique confortável. Se suas pernas cansarem ou ficarem doloridas, saia da posição de ioga e enlace-as em minha cintura. — Ele ajoelhou e mergulhou dentro dela.

— Aah, que gostoso — disse ela. — Estou tão sensível.

Ela não era a única. Ele se inclinou para a frente, acima de suas pernas cruzadas, com as mãos na cama, ao lado dos ombros dela, tentando manter o peso nos joelhos e nas mãos, não sobre as pernas dela.

— Gosto dessa posição. — Ele abaixou a cabeça. — Posso beijá-la.

— E eu posso tocá-lo. — Ela passou os braços em volta do pescoço dele, por baixo dos cachos longos.

Quando os lábios se encontraram, ele começou cravar dentro dela. Ele sabia que eles não conseguiriam manter a posição por muito tempo e seu autocontrole já tinha acabado. Dessa vez, ele queria gozar e iria levá-la junto.

A cada vez que recuava, ele tirava quase tudo. Quando entrava, mergulhava com força. Essa posição batia no ponto G dela e seus gritos de prazer confirmavam.

Ela recuou do beijo e cravou as unhas no alto dos braços dele, enquanto o agarrava. Seus olhos estavam fechados bem apertados, seu rosto estava retraído. Ela abria a boca puxando ar, emitindo sons que o instigavam ainda mais.

— Vamos, Kat — ele disse, ofegante. — Goza pra mim mais uma vez. Ele batia lá dentro, com força, sentindo as próprias costas retraindo, a pressão aumentando na base de sua coluna.

Ele saiu e mergulhou de novo, agora sentindo o saco retrair, o gozo explodindo, sem parar.

— Aah! — ela gritou. — Ah, isso, Nav! — O corpo dela retraiu e os espasmos começaram, apertando-o, enquanto ele jorrava dentro dela, com uma intensidade que ele nunca tinha sentido.

Seu nome. Ela o chamara por seu nome. A alegria o invadiu, com a mesma força do clímax que o sacudira.

Ele queria abraçá-la e nunca mais soltar.

Mas Kat congelou, depois relutou para se soltar.

— Oh, meu Deus, eu não acredito que fiz isso. Dhiraj. *Dhiraj!* Não queria chamá-lo de Nav.

Ele se ergueu, saindo de cima dela, para que ela pudesse esticar as pernas.

— Kat, está tudo bem, eu...

— Não está! — Ela se soltou dele, depois girou, sentando na lateral da cama, de costas pra ele. — Esse não é nosso acordo. — Sua voz estava alta, tensa. — Estamos representando estranhos num trem.

— Mas você sabe que eu sou o Nav. — Ele percebeu que quando perdeu o elástico do cabelo, perdeu também o sotaque de Dhiraj, enquanto faziam amor. — Você pode usar meu nome.

— Não posso. — Ela saiu da cama e abaixou para pegar sua roupa espalhada, ainda sem encará-lo. — Preciso manter as coisas separadas. Não posso pensar em Nav como... meu amante. — Ela vestiu a saia e fechou.

— Mas você sabe que Dhiraj e Pritam são só papéis. — Ele desceu pelo outro lado da cama e deu a volta, para que pudesse olhá-la nos olhos.

Ele via uma expressão de... lágrimas? Medo? Então, ela vestiu o corpete pela cabeça. Mesmo depois de endireitá-lo, ela desviava os olhos.

— Por favor, vista alguma coisa. E amarre seu cabelo. E fale como Dhiraj novamente.

Estava na hora de ela enfrentar a verdade. Todos os homens com quem ela vinha fazendo amor eram ele.

— Tem noção do quanto isso é tolo?

— Não me importa. — Ela pôs as mãos no rosto e quando prosseguiu, sua voz saiu abafada. — *Você* que começou isso, aparecendo no trem, na segunda-feira, como Pritam. Isso deveria ser um jogo sensual e eu só concordei porque nós estipulamos as regras e você disse que as coisas não mudariam. Você disse que nossa amizade – minha amizade com Nav não mudaria. — Ela deu uma olhada rápida pra ele. — E eu só consigo fazer isso se eu... está bem, *finja* que você é Dhiraj e mantenha seu personagem. Eu preciso da indumentária. O sotaque e o elástico no cabelo, e aquelas joias elegantes que você pegou emprestadas.

— O relógio e anel são meus — disse ele, baixinho, sem se mover para pegar a roupa, nem a porcaria do elástico.

Ela sacudiu a cabeça.

— São de *Dhiraj*. Coloque o traje para que eu possa pensar em você assim.

Ele esfregou as mãos na testa e no rosto. Com força. Detestava ver a angústia no rosto dela, mas era hora da verdade.

— Kat, eu...

Ela vestiu a jaqueta e a segurou bem fechada no peito.

— Nav é meu amigo de Montreal, que vive como um artista faminto e fará uma exposição fotográfica. Dhiraj é o homem rico com a empresa da família, cuja fotografia é só um hobby, que...

— A empresa é da minha família. — Já era hora de ela saber. Ao estabelecer o jogo do estranho, ele torcia para aproximá-la. De alguma maneira, isso tinha acontecido, porém agora o papel de Dhiraj só criava distância. Se ele tinha alguma chance de ganhá-la, ela precisava conhecer o verdadeiro Nav.

— O quê? — Ela olhou-o boquiaberta.

— Bharani International. Importadora e Exportadora Têxtil. Sediada em Nova Délhi e Londres. Meu pai que administra com meu tio. Eu dei a Dhiraj a função que meus pais me criaram para assumir.

— Você é... rico?

Ele sacudiu os ombros.

— Minha família é bem de vida. Eu tenho uma poupança, mas não toquei nela desde que vim pro Canadá. Eu queria me virar sozinho, queria que gostassem de mim pelo que eu sou, não pelo dinheiro da minha família.

Ela segurou a jaqueta mais fechada, de braços cruzados.

— Você nunca me contou.

— Eu lamento.

— Você acha mesmo que sou o tipo de pessoa que gostaria de você pelo seu dinheiro?

— Você tem uma tendência a se deslumbrar com homens abastados.

— Nav! Droga, isso... Ah! Certo, agora estou ficando ofendida. Alguma coisa que você me disse, como Nav, Dhiraj, ou o maldito Pritam era verdade?

— Quase tudo. Exceto os empregos.

— Sei, claro. Como se eu fosse acreditar em alguma coisa que você disse agora, não é?

Ele pousou as mãos nos ombros dela, mas ela recuou, espanando as mãos dele.

— Kat, eu não tive a intenção de enganá-la. Lá em Montreal, nenhum de nós falava muito de nossas famílias, ou de nossa história. Nós dois tínhamos motivo pra isso. Mas veja sob a minha perspectiva. Você estava mais disposta a se abrir com Dhiraj, seu amante inventado, do que jamais quis comigo, Nav. Seu melhor amigo.

Os olhos castanhos confusos o olharam.

— Ah, merda.

Uma risada surpresa escapou dos lábios dele.

— É. Exatamente.

— Preciso pensar.

— Vamos conversar mais um pouco, tentar destrinchar isso.

— Não posso, agora não. Você simplesmente me confunde.

Ele não ia pedir desculpas. Seu objetivo tinha sido sacudi-la, fazê-la olhá-lo de outra forma, e ele tinha conseguido.

— Se você pudesse ter qualquer coisa, nesse momento, o que seria?

A resposta dela veio imediatamente.

— Voltar ao jeito que era antes.

Porra. Essa era a última coisa que ele queria.

Ela abriu a porta.

— Estou indo. Por favor, não me procure amanhã. Se eu quiser vê-lo, vou encontrá-lo. Do contrário... apenas vá pra casa. Vamos dar um tempo. Eu verei você em Montreal e nós pensaremos como as coisas serão.

— E o casamento? Você queria um acompanhante.

Ela passou pela porta e não virou para olhá-lo.

— Você, não. Prefiro ir sozinha a ir com você.

E ela se foi, fechando a porta firmemente.

Nav sentiu uma dor pungente. Ele despencou na lateral da cama e mergulhou o rosto nas mãos.

Capítulo .18

Depois que deixei a cabine de Nav, passei o resto da noite virando de um lado pro outro na minha cama estreita. Lá fora, o céu estava limpo, mostrando a lua e as estrelas. Estava lindo. Romântico. E me fez sentir desesperadamente solitária.

A caminho do casamento da minha irmã caçula, eu não tinha apenas perdido o meu acompanhante para a cerimônia, talvez tivesse perdido meu melhor amigo.

Achei que conhecesse Nav, mas agora eu me sentia como se não soubesse nada dele.

Ou, talvez, eu o conhecesse melhor.

Mesmo tendo conversado como Dhiraj ou Pritam, ele havia me falado coisas que eu nunca soube. Sobre sua família, suas amantes passadas.

E eu tinha me aberto com ele mais do que nunca. Em parte, por conta do efeito do trem, que diminuía as inibições. Mas também foi a estranha combinação de tê-lo como um amigo, em quem eu podia confiar, e um estranho que não existia de verdade. Para um estranho que eu jamais voltaria a ver, eu podia contar qualquer coisa.

Mas a pessoa com quem eu vinha falando era Nav, e claro que eu sabia disso. Eu devia estar inconscientemente buscando uma desculpa para compartilhar mais de mim com ele. E ele não havia me decepcionado. Ele tinha incentivado, aceitado, feito com que eu me sentisse mais satisfeita comigo mesma.

Quando amanheceu, eu sabia que precisava vê-lo. De jeito nenhum eu perderia nossa amizade só porque confundi tolamente o jogo com a realidade, e me vi começando a ansiar por um relacionamento verdadeiro, com um homem que fosse uma combinação de Nav e Dhiraj.

Erro meu, não dele. Agora, será que poderíamos colocar as coisas de volta nos trilhos?

Eu não podia fingir que não tínhamos feito sexo, e a vaidade me fazia torcer para que ele também não. Mas nós precisávamos deixar isso para trás. Afinal, depois que voltássemos para casa, ele começaria a namorar outras mulheres e eu... bem, claro que eu voltaria a procurar o meu par, eternamente.

Eu tinha até um entendimento melhor de onde eu havia errado.

Pensar nisso talvez me deixasse animada, se eu não estivesse tão aflita pela possibilidade de perder Nav.

Eu precisava falar com ele em particular, então resolvi evitar o restaurante e esperar até que terminasse o café. Eu nem estava com fome.

Tomei um banho longo e, claro, fiquei me lembrando de cada detalhe do banho que compartilhamos. Quando passei a loção de jasmim, pensei nas mãos dele massageando cada pedacinho do meu corpo.

As lembranças eram instigantes, mas, droga, eu não queria pensar em Nav desse jeito.

Sem clima para me arrumar, coloquei um jeans e uma camiseta. Depois endireitei os ombros, ergui o queixo e fui marchando pelo corredor das cabines de descanso, rumo à sua cabine elegante.

Uma das coisas que fiquei pensando, quando virava de um lado para outro, era o motivo para que Nav tivesse feito isso. O guarda-roupa sofisticado, a suíte no Royal York, o pacote Romance nos Trilhos. Aposto que meu amigo fotógrafo não poderia ter pagado por todas essas coisas sem mexer em sua poupança. Ele tinha dito que não tocar naquele dinheiro era uma questão de princípio, no entanto, agora, ele o fizera. Só para que nós cedêssemos à nossa atração mútua, sem arriscar nossa amizade?

Torcendo para que ele estivesse em sua cabine e eu não precisasse procurá-lo no trem, bati firmemente à porta.

— Nav? É a Kat.

Lá de dentro, ouvi algo batendo e – droga – a porta abriu.

— Kat?

Fiquei olhando para ele. Descalço, de jeans e o suéter preto, cabelos despenteados, com os cachos brilhosos rebeldes e o rosto recém-barbeado, ele estava fabuloso. Uma versão de muita classe do meu velho amigo.

Infelizmente, muito sexy também.

— Kat, que bom que você veio.

Passei por ele e entrei no quarto, nervosa, desejando saber o que dizer. Seu laptop estava no chão e imaginei que tinha sido a batida que ouvi.

— Ai. — Eu o peguei. — Espero que não tenha quebrado. — Ele estava meio fechado e eu abri com cuidado. — Oh! — Dei de cara com a fotografia de uma mulher deslumbrante, vestida com um sári.

Ele veio até o meu lado, pegou o computador.

— Deixa eu só...

Fiquei firme.

— Quem é essa? — O ciúme irrompeu em mim. Ele tinha acabado de passar os últimos dias brincando de jogos sensuais comigo e agora estava olhando outra mulher, feito um bobo?

— Mais uma das que minha mãe chama de candidatas — disse

ele. — Tipo candidata à minha noiva. Eu baixei meus e-mails hoje de manhã, e estava olhando quando você bateu.

— Ah. — Afundei na cadeira, segurando o computador em meu colo. Dei outra olhada furtiva na foto da mulher. Ela não era apenas arrebatadora, mas dava pra ver que era inteligente e tinha humor. Como um cara podia resistir a alguém com aquela aparência?

Claro, eu lembrei a mim mesma, Nav não queria se casar. Eu lhe entreguei o computador.

— Por que sua mãe fica mandando?

Ele fechou com uma batida.

— A esperança é a última que morre, não? Ela quer que eu me case e dê netos para ela. Sempre digo que vou encontrar minha própria esposa. — Ele colocou o computador na cama e sentou de frente pra mim.

— Você não pode simplesmente ser honesto com ela e dizer que não está no mercado, à procura de uma esposa?

— Mas eu estou.

Sacudi a cabeça e tentei encontrar o tom de provocação que eu costumava usar com Nav no passado.

— Sei, claro. Diz o homem com a política de namoro porta giratória. Esse não é o comportamento de um homem que quer se casar.

Ele franziu as sobrancelhas.

— Hein? Claro que eu namoro. De que outra forma eu vou encontrar uma mulher sem ajuda dos meus pais?

— Estou me referindo a namoro *sério*. Nenhuma das suas namoradas dura mais que algumas semanas, a menos que se tornem "só bons amigos" depois que deixam de namorar.

— É porque fica claro que, mesmo quando nos gostamos, não vai se transformar em amor — disse ele, indignado. — Eu termino porque *quero* algo sério.

Ele ficou me olhando, franzindo a testa.

— Kat, você não ouvia? Sempre que você dizia que queria se casar, eu dizia que também queria.

Mas... ele não estava falando sério. Estava? Lentamente, eu falei:

— Você disse que estava se guardando para a mulher perfeita. Imaginei que fosse uma daquelas coisas que você nem acreditava que existisse.

— Você estava errada. — A expressão dele era muito séria. — Eu acredito que há uma mulher perfeita pra mim. Quero me casar com ela, ter filhos com ela e amá-la até o dia que eu morrer.

Então, Nav realmente queria se casar. Com alguma mulher perfeita ilusória. Uma como Margaret e aquela outra sem nome que ele tinha amado.

Que garota poderia se equiparar a esse tipo de expectativa?

E por que eu me sentia traída?

Ele nunca tinha realmente mentido para mim. Ele de fato me disse a verdade. Eu apenas não ouvi.

E por quê? Talvez porque eu sentisse pontadas de ciúme quando ele namorava uma porção de gente; eu detestaria imaginar como ele se sentiria se - quando - realmente se apaixonasse.

Não que eu quisesse que ele se apaixonasse por *mim*, claro que não. Mas, como sua amiga próxima, eu me via como uma mulher importante em sua vida. Se ele se apaixonasse, ainda poderíamos continuar amigos, mas nunca seríamos tão próximos. Alguma outra sempre viria em primeiro lugar.

— Se você se casar, o que acontece com nossa amizade? — As palavras escaparam numa combinação de raiva e medo.

Ele pareceu arrasado.

— O que acontece se você se casar, Kat? Você sempre diz que quer se casar.

Droga, por que eu nunca pensei nisso? Talvez, porque machucasse tanto. Nesse momento, meu coração doía terrivelmente.

— Eu quero, mas também quero você em minha vida.

Um dos cantos dos lábios dele se curvou.

— Aham. Então, ou nós nos casamos... — Ele ergueu uma sobrancelha.

Eu não estava em clima de brincadeira, então só dei um suspiro triste.

Ele não disse nada por um bom tempo, depois assentiu levemente.

— Então, nossa amizade vai mudar.

— Eu não quero que isso aconteça. — Eu sabia que parecia uma criança birrenta e emburrada, mas era a verdade.

Ele esticou o braço e pegou minha mão, segurando delicadamente.

— Foi ótimo sermos vizinhos e amigos, mas nós dois queremos amor e casamento. É inevitável que nossa amizade mude. E a mudança pode ser uma coisa boa, Kat. Nós poderíamos...

— Não! — Eu não queria ouvir. — Eu gostava das coisas como eram. — Meu coração doía tanto que ergui minha mão livre para esfregar meu peito.

Nav pegou meu pulso. Ele segurou minhas duas mãos e me olhou nos olhos, com seu olhar cor de chocolate intenso e expressivo.

— Alguns dias atrás, eu fiz uma promessa para você. Eu falei sério e sempre irei. Sempre estarei presente pra você. Mas quero que as coisas mudem.

Ele fechou os olhos rapidamente, depois abriu.

— Eu te amo, Kat Fallon.

Meu coração deu um pulo. Por um instante, achei...

Mas, não, ele estava falando do amor por uma amiga, e era exatamente isso que eu queria que ele dissesse. Nós realmente seríamos amigos para sempre. Mas ele estava certo quanto às coisas mudarem.

Uma mistura estranha de felicidade e tristeza me sufocava. As lágrimas ameaçavam chegar, mas consegui dizer:

— Eu digo o mesmo. Eu também te amo, Nav, como meu melhor amigo. Nunca quero perdê-lo.

Ele observou meu rosto, então um sorriso triste surgiu em seus lábios.

— Eu sei.

Por que sentia como se meu coração estivesse partindo ao meio? Só porque nossa amizade ia mudar? Porque outra mulher se tornaria mais importante na vida dele?

E se tornaria sua esposa?

Meus olhos se encheram de lágrimas.

— Preciso ir — murmurei, de cabeça baixa, ao levantar e seguir até a porta.

Eu esperava que ele me impedisse. Dissesse que nós precisávamos conversar um pouco mais, ou me puxasse para um abraço. Alguma coisa.

Tudo que ouvi foi um suspiro profundo.

Abri a porta, olhei para trás, o vi sentado na cama, de cabeça baixa.

Saí rapidamente, quase correndo pelo corredor, passando pelas cabines de descanso, meio cega pelas lágrimas que eu mal conseguia segurar.

Quando cheguei ao porto seguro do meu quartinho, as lágrimas escorriam pelo meu rosto. Eu me joguei na cadeira, desejando que a cama estivesse aberta para que eu pudesse me esparramar nela.

Depois de me debulhar por um tempo, eu me forcei a levantar e jogar água fria no rosto, tentando conter a inundação de lágrimas. Por que eu estava reagindo desse jeito? Relacionamentos mudam com o tempo, e Nav dissera que sempre estaria em minha vida.

Mas eu não o veria com a mesma frequência. Eu não seria mais a primeira pessoa a quem ele contaria sobre outra exposição, ou quando fizesse uma grande venda. Ele acharia a mulher perfeita, se casaria com ela, se mudaria para longe, construiria um lar com ela. Teria filhos com ela.

Mais lágrimas escapavam dos meus olhos e eu esfreguei a mão no peito, tentando afastar a dor no meu coração.

Quando chegasse do trabalho, cansada e com fome, ele não estaria lá para rachar uma pizza e um ver um filme. Quando algo maravilhoso ou terrível acontecesse em minha vida, eu poderia ligar, ou mandar um e-mail, mas ele não estaria lá para me dar um abraço.

Um abraço... A ideia de contato físico me fez lembrar as maneiras como nós tínhamos nos tocado, como amantes.

As lágrimas continuavam a cair.

Talvez fosse até melhor que ele não morasse ao lado. Como eu poderia olhar pra ele sem lembrar? Sabendo como ele era verdadeiramente sexy e que amante incrível, generoso e criativo?

Como eu poderia estar com ele sem querer mais que amizade?

Soltei um gemido dissonante que fez recobrar os sentidos.

Isso era loucura. Nós ainda seríamos amigos – afinal, ele tinha dito que me amava – e claro que a vida tinha que mudar. Era hora de parar de ser tão melodramática. Um pouquinho de tristeza, tudo bem, mas chafurdar na autopiedade não era algo típico meu.

Eu estava num trem com centenas de pessoas. Precisava parar de me lastimar e ir me sociabilizar. Isso sempre distraiu minhas preocupações.

Com um plano de ação, finalmente consegui deter as lágrimas.

Lavei o rosto várias vezes com água fria para reduzir o inchaço das lágrimas. Sombra e base ajudaram a disfarçar o estrago que ainda ficou, e um batom vivo chamaria a atenção aos meus lábios.

Conforme eu caminhava em direção ao vagão-restaurante, torci para que Nav não estivesse lá. Meu autocontrole fragilizado não me deixava apta a vê-lo nesse momento.

Na entrada do restaurante, dei uma olhada no salão, com o coração disparado. Nada de Nav. Nem como Dhiraj, com seu cabelo puxado para trás. Nem como Nav, com seu visual mais descontraído.

Sam Wilbanks, o roteirista, estava numa mesa, sentado de frente para dois australianos que reconheci da pista de dança, da noite anterior. Ele ergueu os olhos e sorriu para mim, um sorriso que aumentou, surpreso, quando caminhei à mesa deles.

O sorriso abrandou ligeiramente o meu coração ferido.

— Vocês têm espaço pra mais um? — perguntei.

— Pra você? — Ele levantou e me ofereceu a cadeira ao seu lado. — Claro.

Conforme sentei, ele me olhou mais atentamente e franziu levemente o rosto, me fazendo pensar que eu não tinha feito um trabalho tão bom com a maquiagem. Mas ele só disse:

— Kat, você conhece Sally e Tom?

— Só da festa do Abba. — Forcei um sorriso em resposta aos sorrisos amistosos que eles mostraram, tentando não me lembrar quanto eu tinha me divertido, dançando com... tentei pensar nele como Dhiraj.

Não, mesmo contando toda aquela história sobre seu emprego, vestido com roupas que não eram de seu estilo habitual, ele era Nav. Eu não podia mais me enganar.

O garçom veio perguntar se eu queria algo para beber e pedi um copo de vinho.

— Agora mesmo, eu estava perguntando a Sally e Tom sobre o motivo da viagem deles — disse Sam.

— Vocês estão em grupo, não? — Tentei me concentrar no belo casal bronzeado em vez dos meus problemas.

— Sim, somos oito amigos — disse Tom.

— Todos trabalhamos para a mesma empresa de software — disse Sally —, e gostamos de andar juntos. Ano passado, nossa gangue foi para a Grécia.

Meu vinho chegou e nosso garçom serviu *carpaccio*. Dei um gole no vinho e me esforcei bastante para comer. Incentivados por Sam, os australianos falaram dos amigos, do trabalho, de planos de viagem.

Geralmente, eu é que fazia todas as perguntas, mantinha o fluxo da conversa. Hoje, eu só conseguia ouvir, sabendo que era preferível fazer isso a pensar na minha infelicidade.

— Então — Sam disse a eles —, vocês acham que vão continuar fazendo isso todo ano? Indo a algum lugar juntos?

— Não tem nada melhor — disse Tom e Sally assentiu, vigorosamente.

Eles não eram muito mais novos que eu, mas pareciam garotos. Como se estivessem se divertindo muito e jamais pretendessem crescer. Será que não pensavam em se aquietar? Em casar e ter filhos?

Nav era da idade deles e achei que ele também fosse assim. Mas estava errada. Ele era mais maduro. Estava conquistando sucesso num campo profissional competitivo e procurando uma mulher para compartilhar o resto de sua vida.

Eu estava cortando uma torta de siri em pedacinhos pequenos e remexendo pelo prato quando Sam virou pra mim.

— E você, Kat? De onde você é e o que lhe traz a essa viagem?

— Moro em Montreal e estou indo pra Vancouver, porque uma das minhas irmãs vai se casar.

— Uma irmã mais nova ou mais velha? — perguntou Sally?

— Mais nova.

— E você não é casada?

Uma onda de emoção me sufocou e só consegui sacudir a cabeça.

Sally enrugou o nariz sardento.

— Minha irmã caçula está noiva e eu sempre fico ouvindo críticas da minha família por ser solteira. Mas acho que estou me divertindo demais pra sossegar. Certo, Tom? — Ela cutucou seu companheiro nas costelas e ele sorriu pra ela.

Sally virou pra mim, na expectativa.

Não, eu não poderia falar disso agora. Talvez fosse melhor simplesmente ir embora. Limpei a garganta e consegui dizer:

— Eu entendo você, Sally — depois olhei em volta, imaginando que desculpa eu poderia arranjar pra sair no meio da refeição.

Quando olhei por cima do ombro, lá estava Nav, de cabelos soltos cacheados, vestido da mesma forma como eu o deixara. Vi a cabeça de uma mulher de cabelos pretos lisos, de frente para ele, e ao seu lado a recreadora infantil que o havia paquerado durante a sessão de desenho. Ele não notou que eu estava olhando, porque estava observando a loira atentamente.

Certamente não demorou muito para que ele superasse nosso... sei lá o que, e encontrasse algumas belas mulheres com quem conversar.

Se eu fosse embora, teria que passar por ele.

— Você está bem, Kat? — Sam se aproximou para murmurar em meu ouvido sem que Sally e Tom ouvissem. — Você mal tocou no seu almoço.

Dei uma olhada para seu belo rosto, vi preocupação em seus olhos.

Hora de participar do grupo. Eu sabia fazer isso. Forcei um sorriso.

— Eu não estava muito bem do estômago, então estou tomando cuidado com a comida. — Torci para que isso também explicasse meus olhos vermelhos e inchados.

Elevando a voz para que os outros dois também ouvissem, eu disse:

— Então, Sam, e você? Você disse que estava fazendo um roteiro para um filme. Conta mais sobre isso.

Fiz o melhor para parecer animada. Sam era interessante, os australianos eram extrovertidos e eu me obriguei a rir das histórias de todos. Enquanto os pratos de sobremesa eram retirados, mais alguns australianos chegaram e entraram na conversa, parando no corredor.

Quando um garçom teve dificuldade de passar, Sam disse:

— Estamos atrapalhando aqui. Por que não fazemos a festa no salão?

Todos nós levantamos e como um grupo alegre, rindo, seguimos rumo à saída.

Ao nos aproximarmos da mesa de Nav, vi que as pessoas tinham trocado de lugar – a monitora e uma bela jovem chinesa estavam sentadas juntas, conversando. De frente para elas, estavam Nav e o garotinho chinês com quem ele tinha desenhado no dia anterior. Eles estavam de cabeça baixa sobre um livro de colorir.

Ele daria um ótimo pai.

Ele olhou para cima e nossos olhares se cruzaram por um instante. Achei que ele parecia triste, como eu me sentia.

— Kat? Podemos falar?

— Eu...

Tom pegou meu braço.

— Você vem, Kat? Tem uma cerveja esperando.

Fiquei olhando para Nav. Não, eu não poderia lidar com ele, conosco, neste momento. As lágrimas ainda estavam muito próximas.

— Não posso. — Então, me apressei a sair do vagão-restaurante.

Nav daria um ótimo pai.

Os outros riam e brincavam, mas eu não assimilava as palavras.

Eu sabia que ele era um amigo maravilhoso. Um amante incrível. Um companheiro fascinante e perceptivo.

Ele daria um ótimo marido para alguma sortuda.

— Você aceita um copo de vinho? Kat?

Percebi que tínhamos chegado ao salão e Sam estava puxando uma cadeira para mim.

— O quê? Vinho? É... claro. Obrigada. — Afundei na cadeira.

Nav era tudo que uma mulher poderia querer. Por que eu não tinha visto isso antes?

Porque ele só tinha me mostrado o amigo de confiança, incentivador, ocasionalmente paquerador. Eu não tinha visto como ele era com crianças, nunca deixei que nossas conversas tocassem áreas profundas. Não havia percebido como ele podia ser divertido e imprevisível. Tão sexy. Tão bonito e equilibrado.

Ele mantivera tudo isso escondido. Nem me deixara ver seu rosto, o maldito.

Mas eu também havia me escondido ao ser a Miss Social, evitando me resolver com meu verdadeiro eu.

Até que, nessa viagem, Nav me obrigou a fazê-lo.

O que eu tinha achado por dentro não era tão maravilhoso - havia inveja, insegurança, alguns sentimentos sombrios -, mas ele me mostrara que eu também não era tão horrível. Ele não havia me rejeitado. Com ele, eu podia ser forte ou vulnerável, brincalhona ou séria, e ele ainda me amaria.

Como amigo.

Encontrei um copo de vinho em minha mão e dei um gole. Nav me amava como amigo. Era isso que eu queria.

Então, por que eu me sentia tão mal? A resposta me atingiu com tanta força que quase derrubei meu copo de vinho.

Porque eu o amava.

Nessa jornada maluca de trem, eu tinha me apaixonado, inesperadamente, por Nav Bharani. Como amante, parceiro e potencial companheiro de vida.

Isso era o verdadeiro amor. Ele ia muito além do deslumbre, do desejo que eu havia sentido por outros homens. Era mais profundo, mais radiante, mais duradouro. Muito mais empolgante, de uma maneira real e concreta.

Pousei o copo com a mão trêmula e fiquei olhando o vinho cor de rubi. Ora essa. Pela primeira vez, eu havia me apaixonado por um homem verdadeiramente bom, profundamente maravilhoso.

Mas, como sempre, o relacionamento estava condenado.

Na verdade, nem existia. Nav tinha ido para cama comigo por diversão, para satisfazer a curiosidade.

Sim, agora eu sabia que ele queria se casar, mas não comigo. Com alguma mulher perfeita que ganhasse seu coração. Alguém como aquela maldita Margaret, ou a outra que ele tinha amado, mas não correspondeu.

Isso me deixava... onde? Apaixonada por um homem maravilhoso que, no máximo, queria ser um amigo com certas vantagens. De jeito nenhum eu poderia fazer isso.

Minha avó sempre esteve certa. Não se pode ter tudo. Eu jamais deveria ter concordado com os joguinhos de Nav, de Pritam e Dhiraj.

Mas concordei. E agora, será que algum dia eu poderia voltar a vê-lo só como amigo?

Não, mas eu precisava tentar. Qualquer coisa era melhor do que perdê-lo completamente.

— Kat, você está bem? — A voz baixa de Sam irrompeu em meus pensamentos.

Percebi que estava cercada de gente rindo, contando piadas, o tipo de grupo que eu geralmente gostava.

— Estou bem, só estou com uma coisa na cabeça.

— Quer conversar? Às vezes, ajuda ter uma perspectiva nova.

Perspectiva. Eu me lembrei de que Nav havia intitulado sua exposição de "Perspectivas da Perspectiva".

— É... não, Sam, mas obrigada.

Essa viagem certamente havia me mostrado algumas perspectivas diferentes. Eu tinha uma nova compreensão de mim mesma, de minha família e de Nav.

Eu não podia enganá-lo. Mesmo que fosse mais fácil para nós dois, eu não podia ser desonesta com o homem que eu amava.

Nos últimos dias, descobri que tinha passado boa parte da minha vida me escondendo por trás de uma fachada autoprotetora. Agora era a hora de ter coragem e enfrentar a verdade.

Mas eu não me sentia corajosa, estava morrendo de medo. Inalei o ar, trêmula.

Será que realmente poderíamos continuar amigos se eu lhe dissesse a verdade? E se eu não dissesse, poderíamos?

— Kat, apenas vá falar com ele.

— Hã? — Fiquei olhando para ele. — Quem?

— Seu namorado.

Se ao menos ele fosse.

— Ele não é meu namorado.

— Certamente me pareceu ser. Olha, eu sou escritor. Observo as pessoas. Vi a ligação entre vocês dois. Agora, você está se sentindo uma droga, e aposto que ele também está.

Será que estava? Sim, eu sabia que era verdade.

— Ele tentou falar com você — disse Sam — e você saiu andando. Agora, é a sua vez.

— Não sei o que dizer.

— Você vai saber se for em frente. Apenas fale com o coração.

Será que eu conseguiria?

Ele me deu um sorriso compreensivo.

— A rubrica diz "Kat levanta e caminha até a saída".

Eu levantei, com as pernas bambas, um nó na barriga.

— Obrigada, eu acho.

***

Capítulo .19

Nav estava sentado em solitário esplendor, em sua sofisticada cabine romance, olhando pela janela, vendo o incrível cenário montanhoso.

Kat tentava se animar com aquele roteirista, sempre presente, e os australianos ruidosos. Nav preferia ficar recolhido, lambendo as próprias feridas.

E ele se sentia muito ferido.

Ele lhe disse que a amava e novamente ela respondeu com aquela baboseira de amizade. Quando ele foi procurá-la, lá estava ela, no vagão-restaurante, de papo furado com aquele maldito roteirista. Além disso, ao pedir que falasse com ele, ela se recusou. Que diabo ele deveria fazer agora?

De vez em quando, ele pegava a câmera para fotografar uma vista espetacular, uma bela cachoeira, mas ele não ia tirar foto de merda nenhuma. Não seria de coração.

Além disso, a câmera o fazia lembrar as fotos incríveis que ele havia tirado de Kat, quando ela se despia tão sensual.

Ele não ia olhar para elas agora. Dava a sensação de invadir a privacidade dela. Ela, em sua maluquice, não estava se despindo para ele, Nav, mas para um estranho que não existia.

E era dele a maldita culpa por ter armado todo esse jogo imbecil.

Ele deveria deletar as fotos, mas também não conseguia fazer isso. Seria como admitir seu fracasso.

Por mais deprimido que estivesse, ainda não tinha chegado a esse ponto.

Droga, ela tinha chamado seu nome quando estava gozando. Mesmo que não quisesse reconhecer, ela estava fazendo amor com ele.

Ele lhe disse que a amava. Que diabo faria depois disso? Ele estava sem ideias.

— Porra! — Ele gostaria de poder dar uma corrida. Por quilômetros e quilômetros. Tentar queimar um pouco dessa tensão de seu corpo.

Quando eles chegassem a Vancouver, ele provavelmente pegaria um voo de volta a Montreal. Ia se concentrar em sua exposição. Esperar que ela voltasse do casamento, depois ver como estavam as coisas.

Mas isso não parecia certo. Ele tinha passado os dois últimos anos vivendo conforme a programação dela. Sendo passivo.

Até ter essa ideia *brilhante* e entrar em ação.

Ainda assim, ele não se arrependia do que tinha feito. Havia corrido um risco e ainda existia uma chance minúscula de valer a pena.

E qualquer coisa era melhor do que ficar empacado naquele dilema de bom amigo.

Ouviu uma batida leve em sua porta.

Ele saltou de pé e escancarou a porta.

— Kat. — Foi um alívio tão grande que ele precisou segurar no batente para manter o equilíbrio. — Que bom que você veio.

Ela passou por ele e entrou no quarto, cabisbaixa, exausta.

— Você tinha razão, precisamos conversar. — Ela sentou na beirada da cadeira e deu uma olhada rápida para ele. — Mas você me conhece, sou melhor em me esquivar das coisas difíceis do que em lidar com elas.

— Você está aqui agora. — Ele sentou na cama de frente para ela, percebendo que eles estavam nas mesmas posições de quando conversaram pela manhã.

Será que ela reconheceria que ele lhe dissera que a amava? Ou tentaria fingir que ele falava como amigo?

— Estive pensando — disse ela, olhando para baixo, os joelhos na calça jeans. — Percebi uma coisa e preciso dizer. É... difícil, mas eu preciso. — Ela engoliu. — Estou contando com o que você disse sobre sempre ser meu amigo. Mesmo que eu... mesmo que alguma coisa mude. Alguma coisa... é... meio importante.

Do que ela estava falando? Eles tinham conversado sobre cada um deles se casar. O que seria mais importante que isso?

— Kat, eu sempre serei seu amigo. Independentemente de qualquer coisa.

Ela ergueu os olhos para ele novamente. Agora sua expressão era voraz.

— Droga, eu gostaria que as coisas não precisassem mudar. Eu gostava de como era antes.

Ele suspirou.

— Eu não. Eu precisava de uma mudança. — Será que ela não entendia quanto tinha doído amá-la e ser tratado como um amigo?

— Ah. — Ela pareceu surpresa. — Eu não tinha percebido.

— Eu ficava vendo você se apaixonar por aqueles caras. — Ele sacudiu a cabeça.

— Me apaixonar por eles. — Os lábios dela se torceram numa careta. — Olhando pra trás, eu percebo que gostava da empolgação, mas nunca foi real. Nunca foi a-amor. — Ela gaguejou na palavra. — Realmente não me comprometi com eles — disse ela. Quando as coisas ficavam difíceis, eu caía fora ou aceitava ser dispensada, em vez de resolver os problemas. Depois, não era tanto dos homens que eu sentia falta, era da ideia de amor e casamento.

Ele estava contente por ela ter percebido isso, mas ainda não fazia a menor ideia do que seria essa coisa "importante" que ela queria contar.

— Durante todos aqueles relacionamentos — ela prosseguiu —, nossa amizade era o que dava estabilidade à minha vida. Ternura.

Ela respirou fundo.

— Nav, quando me mudei para o nosso prédio, eu estava economizando para dar entrada em um apartamento. Faz tempo que já juntei o suficiente, mas nunca fui procurar um imóvel. Àquela altura, o apartamento já era meu lar. Porque você estava lá.

— Eu não sabia disso.

— Eu recorria a você, me preocupava com você, mas não enxergava você de verdade. — Ela de uma risadinha. — Eu nem enxergava a mim mesma até essa viagem. Os últimos dias abriram meus olhos para...

Ele sentiu uma centelha de esperança se acendendo.

— Pra que, Kat?

Ela ficou olhando para ele, mordendo o lábio. Depois esticou o braço e pegou a manga do suéter dele, segurou com o dedo indicador e o polegar, sacudiu devagarzinho e soltou.

— Eu sempre soube que você tinha um corpo ótimo, mas olhe pra você. Você está incrível, Nav.

— É... obrigado. E você estava certa quanto ao negócio da imagem. Eu reagi excessivamente ao esnobismo do "julgar pelas aparências", com que cresci. Até que não é tão ruim usar boas roupas e ter uma aparência legal. Acho que, no fim das contas, eu tenho alguma vaidade.

Os lábios dela se curvaram ligeiramente.

— Mas não jogue fora aquelas camisetas velhas de Cambridge. Até que são sexy.

— Ah, é? — Ele sorriu pra ela.

Ela sorriu de volta, depois seu rosto ficou tenso.

Ele pegou a mão dela e segurou firme.

— Você pode me dizer qualquer coisa. Apenas acabe logo com isso. — Ele respirou fundo e pensou, ora, que diabo, e disse — Mesmo assim eu vou amá-la.

A mão dela deu um tranco na dele. Ela olhou para baixo, para as duas mãos enlaçadas e disse tão baixinho que ele mal conseguiu ouvir:

— Bem, o negócio é que eu te amo. Quer dizer... de verdade. Não só como uma amiga, mas da forma que uma mulher ama um homem.

Ela estava dizendo...? Ou ele teria ouvido mal, só pelo desespero da ansiedade?

— Kat?

Ela ergueu a cabeça lentamente e olhou pra ele, com o rosto sincero e vulnerável.

— Foi assim que eu soube que não amava aqueles outros caras. O que eu sentia por eles não é nada comparado a isso.

Oh, meu Deus. Ela estava falando sério. O coração dele inchou tanto que parecia que ia explodir para fora do peito. O sentimento deu um nó em sua garganta de um jeito que ele mal conseguiu emitir um som rouco:

— Kat, eu...

— Não, espera, eu não terminei. Quero pedir desculpas. Sei que nós combinamos esse negócio de estranhos no trem, com a regra de voltarmos ao que éramos antes. Eu tentei, realmente tentei manter as coisas leves, pensar em você como Pritam ou Dhiraj, mas acabei não conseguindo.

Ela o amava. Ele estava tão perplexo pelo choque e a mais pura alegria que só conseguia ouvir.

— O tempo todo — disse ela, numa voz rouca —, eu via suas novas facetas. E eram você, Nav, não aqueles outros caras. E fui me apaixonando cada vez mais. Quando combinamos o jogo, eu jamais poderia esperar que isso acontecesse, e tentei resistir, tentei negar, mas não pude. E agora estraguei tudo e lamento muito.

Os olhos dela estavam enchendo de lágrimas.

— Você é a pessoa mais importante no mundo pra mim, e eu não suporto pensar em perdê-lo, então será que podemos, por favor, encontrar um jeito de...

— Kat! — ele finalmente encontrou a voz. — Eu também te amo. Eu amo isso que você está falando. Sou louco por você. Quero você mais do que qualquer mulher que já conheci, que posso conhecer.

— ... é?

Se ele não estivesse tão dominado pela perplexidade e pela alegria, a expressão aturdida no rosto dela o teria feito rir.

— Eu falei, ontem à noite, mas acho que você não entendeu o que eu quis dizer. Eu me apaixonei por você desde que te conheci. Tentei evitar. Tentei namorar outras mulheres. Mas não consegui. Esse é o motivo desse jogo de estranhos. Eu tinha que fazer com que você ultrapassasse esse negócio de "apenas amigos" para que pudesse realmente me ver.

— Você me ama? — Ela ainda parecia confusa, mas seus olhos haviam acendido, como se ela começasse a assimilar.

Ele a puxou, num abraço meio sem jeito.

— Eu, Naveen Bharani, te amo, Kat Fallon.

Ela o enlaçou com os braços e apertou com força.

— Mas... eu achei que você só quisesse ser meu amigo. Não foi isso que disse quando estava interpretando Pritam?

— Achei que seria a única forma de fazê-la entrar no jogo. Você sempre foi tão teimosa quanto a não arriscarmos nossa amizade. — Agora ele estava percebendo que ela o via como um conquistador, um homem que não acreditava em casamento e, claro, também a deixaria de lado.

Ela recuou um pouquinho e ficou olhando para ele.

— O quê? Você queria que eu realmente o visse, então fingiu ser um estranho? Isso não faz o menor sentido.

— Mas deu certo. — Ele segurou o rosto dela com as duas mãos. — Kat, diga de novo. Esperei tanto pra ouvir isso.

Ela olhou nos olhos dele, com uma expressão de ternura e amor.

— Eu te amo, Nav. Finalmente aprendi a amar, porque você me ensinou.

— E eu te amo. Porque, depois que a conheci, não tive outra opção.

Os lábios dela tremularam.

— Mas você me disse que estava procurando a mulher perfeita.

— Eu já tinha te encontrado. Estava esperando que você me encontrasse.

Ela baixou a cabeça.

— Não sou exatamente perfeita.

— Você é perfeita pra mim. É maravilhosa e adorável. — Ele tracejou a linha dos lábios dela com o dedo.

Depois a beijou. A mulher que ele amava e finalmente tinha conquistado.

Ele a beijou delicadamente, com ternura, com todo amor, reverência e gratidão de seu coração. Ela retribuiu o beijo da mesma forma, com os lábios trêmulos. Beijos salgados. Ela estava chorando e ele percebeu que seus olhos também estavam molhados.

— Quero fazer amor com você — ele disse a ela. — Você e eu, Nav e Kat. Quero ouvir você dizer meu nome quando gozar. — Ele levantou, com as pernas trêmulas, depois a puxou, dando-lhe um abraço afetuoso.

Com os dedos desajeitados de admiração e desejo, ele começou a despi-la, começou pela camiseta, abriu o zíper de seu jeans e tirou toda sua roupa, exceto a calcinha rosa. Depois de parar para admirá-la, ele também arrancou a calcinha, sem deixar nada entre eles.

Puxou-a novamente para seus braços e deu mais um beijo.

Ela se soltou dele.

— Minha vez. — Ela suspendeu a bainha do suéter, deixando que ele terminasse de tirá-lo, enquanto ela abria seu jeans. — Adoro suas roupas novas, mas você fica muito mais bonito sem elas.

Depois de despi-lo, eles só ficaram ali, se olhando por um tempo. Nus, juntos. Essa era a sensação. Não apenas seus corpos, mas seus corações e suas almas abertos um para o outro.

Ele puxou as cobertas da cama e eles silenciosamente deitaram, lado a lado, de frente um para o outro.

— Estou nervosa — disse ela, com a voz falhando. — É nossa primeira vez.

A primeira vez que eles fariam amor, com os dois sabendo inteiramente o que estavam fazendo.

— Eu sei.

Ele não se sentia nem um pouco ansioso.

— Não se preocupe. Nós temos muito, muito tempo. Se não acertarmos da primeira vez, simplesmente teremos que tentar de novo.

Como ele esperava, isso o fez ganhar uma risadinha.

— Então, talvez seja bom que a gente não acerte da primeira vez.

Apoiado num cotovelo, ele afagou-lhe o braço, a curva do quadril, a maciez de seus seios.

— Você é linda, Kat. Eu só quero fazê-la feliz.

Ela agarrou sua ereção.

— Só? — ela provocou.

— Tudo bem, talvez eu tenha mentido.

Enquanto ele continuava a acariciá-la, seus mamilos se retraíram. Notando e apreciando tudo nela, ele deixou que seus dedos falassem por ele.

Ela pesquisava o corpo dele da mesma forma, como se nunca o tivesse visto.

Quando ele passou a mão por sua barriga, ela se mexeu, deixando que ele acariciasse no meio de suas pernas, onde estava molhada de desejo.

Inquieta, ela contorcia o corpo junto à mão dele, mostrando que estava perto de gozar.

— Não, espere — disse ela, ofegante. — Nav, eu quero você dentro de mim. Quero gozar com você.

O desejo o percorreu e o enrijeceu tanto a ponto de doer.

Com uma mão firme no ombro dela, ele a rolou, colocando-a de barriga para cima. Os joelhos dela se ergueram, com as pernas abertas, num convite que ele não demorou a aceitar. Ao colocar a camisinha, algo lhe ocorreu.

Ele se inclinou à frente, beijou-a nos lábios, depois sussurrou:

— Um dia, eu quero fazer um bebê com você.

No instante em que disse as palavras, ele desejou pegá-las de volta. Não por deixar de ser sincero, mas porque temia que, ao apressá-la, ele talvez a perdesse.

Ela sentiu a respiração faltar, olhando para ele, com os olhos vivos e lacrimosos.

— Ah, sim. Nós faremos bebês lindos, maravilhosos.

A ideia foi uma emoção tão forte que ele mergulhou nela de uma só vez, numa investida que fez ambos gritar.

Sentindo que ela o apertava, e com os braços enlaçados a ele, mais palavras escaparam de sua boca.

— Kat, você aceita se casar comigo?

Ela abriu a boca, surpresa.

— Nav, você está falando sério?

Era demais para ela, muito rápido. Mas ele não podia pegar as palavras de volta e tinha falado de todo o coração.

— Mais que tudo. — Se ele planejasse esse momento, teria preparado um ambiente romântico, uma garrafa e champanhe. Um anel.

Espere, ele tinha um. Sem jeito, ele se movimentou, conseguindo tirar o anel de diamante de seu dedo, enquanto ela observava, parecendo estarrecida.

Então, ainda dentro dela, apoiando o peso num dos cotovelos, ele estendeu o anel.

— Nós podemos escolher outro depois, mas, por enquanto, esse serve.

Lembrando-se das palavras que ela tinha usado quando falou do presente mais romântico que um homem poderia lhe dar, ele falou a verdade.

— Kat, eu te amo, de corpo e alma. Quero passar o resto de minha vida com você. Você me daria a honra de se casar comigo?

Ela ficou olhando o anel, com os olhos arregalados e molhados de surpresa, depois olhou o rosto dele.

Ele sentia como se ela o olhasse por dentro, e dentro de seu próprio coração ao mesmo tempo. Será que ela tinha noção, como ele, do quanto era certo que eles dois ficassem juntos?

Ela abriu os lábios e ele ficou na expectativa.

— Nav — sussurrou ela, como se mal conseguisse acreditar no que estava acontecendo. — Sim, ah, sim. Eu te amo. — As lágrimas transbordaram e escorreram por seu rosto.

Ele a beijou em meio às lágrimas, com amor e paixão misturados, depois colocou o anel em seu dedo.

Então, ele a beijou novamente e começou a mergulhar dentro dela.

Ele estava fazendo amor com sua noiva, Kat.

Precisava se mover mais depressa, mais fundo, deixando que seu corpo lhe dissesse, a cada investida, quando ele a amava.

Ela enlaçou pernas e braços ao redor dele, segurando com força, erguendo o quadril e acompanhando o ritmo. Seus músculos internos o apertavam e o estímulo delicioso o obrigou a relutar para conter seu clímax.

Os lábios dos dois grudaram, beijando, ofegantes, emitindo sons inarticulados.

Ele entrava em ângulo, para bater no ponto G e o corpo dela o apertava; ela sentiu a respiração falhar. Então, disse:

— Nav, oh, Deus, Nav, agora! Goza comigo agora.

— Sim! — Ele parou de se segurar, entregando-se à onda inebriante de tesão e sentimento, soltando-se com investidas fortes e selvagens que arrancaram um orgasmo do fundo de seu ser, jorrando dentro dela. — Kat, eu te amo.

— Eu te amo, Nav — ela gritou, enquanto seu corpo explodia em volta dele.

Eles ficaram agarrados, enquanto os espasmos de prazer continuavam.

Longos momentos depois, ele rolou e eles estavam novamente deitados de lado.

Ela sorriu para ele, depois olhou o anel largo em seu dedo fino.

— Noiva. Não posso acreditar.

— Nem eu. — Ele rezava para que ela não mudasse de ideia. — Que tal um copo de espumante para selar o acontecido?

— Com certeza.

Nav se soltou dela e levantou. O atendente de sua cabine era ótimo na manutenção de gelo no balde, provavelmente pelo volume das gorjetas de Nav, porém mais pelo orgulho que o homem tinha de seu trabalho. Ele ergueu uma garrafa de espumante canadense.

— Não é champanhe francês, mas, assim como o anel, vai servir até conseguirmos algo melhor. Infelizmente não vim preparado. — Ele jamais poderia imaginar que a pediria em casamento no trem.

Depois de tirar a rolha da garrafa, ele serviu o vinho e levou os copos até a cama, onde ela recostara nos travesseiros. Nua, com o rosto e o peito corados, mamilos e lábios rosados, cabelos despenteados e sensuais, ela estava linda.

Em pé, ao lado da cama, ele sentiu outra pontada de incerteza, de culpa.

— Kat, eu apressei você quando te pedi em casamento? As palavras escaparam.

A mão dela, estendida para pegar um copo, congelou no ar, no meio do caminho.

— Você está em dúvida?

— Eu? De jeito nenhum! Sonhei com isso. Mas foi um momento

emotivo. É um grande passo para você depois de dizer que me ama e ficar noiva. Você precisa ter certeza.

Ela pegou o copo e ficou segurando, observando as bolhas.

— Tenho um péssimo histórico de me apressar nas coisas, não é? — Ela ergueu os olhos ao rosto dele e seus lábios tremularam. — Eu contei sobre a minha regra de um mês, certo?

Ele suspirou e sentou na beirada da cama, pousando seu copo. Sim, claro que isso era bom demais para ser verdade.

— Você disse que, da próxima vez que se sentisse atraída por um homem, não se deixaria apaixonar por um mês. Certo, nós teremos que esperar um mês para que você tenha certeza.

Ela sacudiu a cabeça.

— Na verdade, a regra era que eu não me apaixonaria até que tivesse conhecido o homem por um mês. Bem, eu conheço você há dois anos. Tempo suficiente, e conheço bem o bastante para saber que você é uma pessoa maravilhosa e eu realmente me importo com você.

Nav ficou ouvindo aliviado, enquanto ela prosseguia.

— Então, ao longo dos últimos dias, eu vi outros lados seus. Tipo, o quanto você é divertido, empolgante, sexy, fervoroso, imprevisível – no bom sentido. Como você é ótimo com crianças e todos que encontra. E principalmente comigo. — Ela sorriu. — Você é capaz de me beijar até me fazer perder os sentidos e me faz sentir...

— O quê?

— Venerada — ela terminou, baixinho.

— Você é. Mas, Kat, se você precisar de mais tempo, tudo bem. Eu sei que você quer casar e acredito quando diz que me ama, mas não deve se apressar em nada.

Ela ficou quieta por um bom tempo.

— Sim, eu quero casar. E sabe de uma coisa? Esse é meu primeiro pedido. Depois de namorar por quase quinze anos. Depois... detesto pensar em quantos relacionamentos. Aqueles relacionamentos...

Ela sacudiu a cabeça.

— Nunca foram certos.

Ele ficou na expectativa enquanto ela observava seu rosto.

— Tenho um péssimo julgamento quando se trata de homens — disse ela. — É o que todo mundo sempre me disse. Mas acho que meu julgamento tem uma vantagem porque nenhum relacionamento resultou num pedido de casamento. Até agora.

Sem conseguir continuar calado, ele disse:

— O que você está dizendo?

— Que parece certo. Você e eu. Já somos melhores amigos e provamos ser amantes incríveis. Agora sabemos que amamos um ao outro. Essa viagem de trem foi... — ela parou de falar e deu uma risadinha. — Uma viagem e tanto. Também foi uma jornada de descobrimento e todos os descobrimentos são bons.

— Ah, sim. Muito bom.

— Acho que será assim pra nós. Casamento, filhos, sua carreira, minha carreira, uma casa em algum lugar. Mais descobertas, mais compartilhamentos, mais amor.

Ela sorriu para o sorriso dele.

— Portanto, vou continuar noiva, se estiver tudo bem por você.

— Está tudo muito bem. — A alegria o tomou e ele a puxou num abraço apertado.

Ela deu um gritinho quando o vinho respingou de seu copo, depois passou o braço livre ao redor do pescoço dele, e o beijou profundamente.

Quando recuaram, ele ergueu o próprio copo e bateu no dela.

— A nós, e a um futuro maravilhoso juntos.

— A nós e a um futuro maravilhoso juntos — ela disse, e ambos beberam.

Ele lhe deu um beijo rápido sem conseguir resistir àqueles lábios rosados deliciosos.

Parando para pensar, ela era irresistível por inteiro.

— Se você não se importa, eu gostaria de beijar minha noiva inteira, da cabeça aos pés.

Com os olhos castanhos cintilando, ela disse:

— Acho que posso viver com isso.

— Vou logo avisando, eu provavelmente também vou lamber tudo.

— Humm. — Ela fez um rosto sério de deboche. — Se fizer isso, esteja certo, haverá consequências.

— Tipo qual?

— Eu talvez tenha que fazer o mesmo com você.

Só em pensar, seu corpo, que ficara totalmente saciado minutos atrás, começou a reagir de novo.

— Bem, todos esses beijos e lambidas vão levar um bom tempo, portanto é melhor eu começar. — Ele deu outro gole no vinho, depois pousou o copo.

Então, subiu por cima de Kat e começou pela testa, beijando, lambendo, mordiscando, deixando que cada carícia mostrasse o quanto ele a amava.

Só para garantir, caso ela não estivesse entendendo a mensagem, e porque ele se deleitava em dizer as palavras em voz alta, ele sussurrou:

— Eu te amo.

O cheiro sedutor de jasmim emanava da pele provocante e quente. Aquele cheiro adocicado era, para ele, a representação perfeita da personalidade de Kat.

Quando ele estava lambendo o côncavo delicado de seu pescoço, ela entremeou os dedos em seus cabelos cacheados.

— Você fez a barba, mas não cortou o cabelo.

Ele ergueu a cabeça a fim de olhar para ela.

— Você se importa? A cabeleireira aparou, mas se recusou a cortar.

Ele deu uma sacudida de ombros, meio sem jeito.

— Ela disse que eu tenho um cabelo ótimo.

— Ela estava certa. Combina com você. Puxado num rabo de cavalo, ou solto assim. É a barba que faz a verdadeira diferença. Eu nunca conheci o rosto forte e arrebatador que você tem. — Ela deu uma risadinha. — Achei que você talvez estivesse escondendo um queixo fraco, ou marcas de espinhas. E o tempo todo, você só estava escondendo quanto é bonito.

— Que bom que você acha. — Ele abaixou a cabeça novamente e continuou chupando o pescoço dela, descendo pela clavícula.

Ela brincava com seus cabelos, passando os dedos e enroscando os cachos, enquanto ele prosseguia reverenciando seu corpo, pedacinho por pedacinho.

Através dos dedos dela, ele podia sentir o tesão. Quando eles paravam ou agarravam sua cabeça, ou puxavam o cabelo que ela estava enroscando, era um sinal tão claro quanto sua respiração ofegante.

Ele tentava desfrutar a queimação lenta da própria excitação, em vez de deixar que seu desejo o consumisse. Isso tinha a ver com Kat e seu amor por ela.

Ele circulou seu mamilo com a língua, depois chupou, sentindo arrepiar. Sugando suavemente, ele colocou o mamilo inteiro na boca, provocando com os lábios e a língua. Então, fez o mesmo com o outro seio.

Ela erguia a pélvis, se contorcia, gemia e então gozou com um grito trêmulo.

— Nunca gozei assim — ela murmurou, maravilhada.

Já era a paciência de beijá-la da cabeça aos pés. Ele precisava dela agora. Enquanto colocava a camisinha, ele disse:

— O jeito convencional também tem seu mérito. — Ele entrou nela numa investida longa e lenta.

— Ah, sim! — Ela começou a balançar, junto a ele, que acompanhava seu ritmo.

Ele não aguentaria muito tempo, mas nem ia precisar, pois já sentia que o corpo dela se retraía. Ele começou a acariciar seu clitóris inchado.

— Nav! — O corpo dela se contraiu, gozando outra vez, num orgasmo forte e longo.

Aquelas ondas o arrebataram, tornando seu orgasmo inevitável, vindo em ondas, e ele explodiu enquanto ela ainda estava gozando.

Depois, eles ficaram esparramados na cama, moles, lado a lado, de barriga para cima, de mãos dadas.

Ela virou para olhá-lo.

— Isso foi incrível.

Ele olhou em seus olhos adoráveis.

— Você é incrível, eu te amo.

— Também te amo e nós somos incríveis juntos. — Então, ela franziu as sobrancelhas, debochada. — Mas o que aconteceu com os beijos da cabeça aos pés? Você não chegou nem na metade do caminho.

— Quando recobrar minha energia, vou começar de onde parei.

— Estou esperando por isso. — Então, ela deu um suspiro feliz. — Ah, Nav, há tantas coisas pela frente.

— E se algum dia acabarem, nós podemos simplesmente recomeçar aquele jogo de Travessuras e Diabruras.

— Você realmente comprou aquele jogo para experimentar comigo?

— Aham. Mas não para esta viagem de trem. Comprei uns seis meses depois de conhecê-la. Quando eu ainda tinha esperança de fazer você sair comigo.

— Nossa. — Ela sacudiu a cabeça, admirada.

Ele apertou a mão dela, a que estava com o anel volumoso no dedo.

— Agora eu tenho você e é isso que importa.

— E agora? — perguntou ela. — Eu não quero que você volte para Montreal, mas acho que precisa, para preparar sua exposição. Mas você vai voltar para o casamento, não é?

Ele não tinha a menor intenção de perdê-la de vista, mesmo assim brincou:

— Achei que tinha sido desconvidado.

Ela lhe deu um soquinho de leve no ombro.

— Ah, você vai. Com certeza. E, sabe de uma coisa? Eu vou até deixar você pagar sua passagem de avião.

Ele riu.

— Meu orgulho masculino agradece. Mesmo assim, acho que vou ficar em Vancouver por uma semana em vez de voltar a Montreal. Vou tirar mais fotos, trabalhar com aquelas que tirei no trem. — Ele parou, depois disse, provocando — Tenho algumas que ficaram bem sensuais.

Ela deu um salto.

— Você não faria isso!

Ele riu.

— Não, claro que não. Mas tem ótimas fotos suas. Caramba, gata, você é gostosa. Você precisa vê-las.

— Um dia, quando eu tomar coragem. — Ela rolou ao lado, ficando de frente para ele. — Se você ficar até o casamento, vai mesmo ter tempo para se preparar para a exposição? Eu ajudo se houver alguma coisa que possa fazer.

— Vai dar tempo. — Talvez ele precisasse trabalhar dia e noite, mas encontraria ocasião.

Sua recompensa era vê-la sorrindo feliz.

— Maravilha!

— Devo reservar um quarto de hotel ou...

— Ah, não, você vai ficar lá em casa, no meu quarto. — Ela piscou. — O quarto dos meus pais é em outro andar.

— Que alívio.

— É melhor eu ligar ou mandar um e-mail. Eles não gostam muito de surpresas.

— O que você vai dizer?

— Ah, minha nossa. — Ela soprou o ar. — No último fim de semana, eu disse à minha família que você estava indo ao casamento como meu acompanhante, e falei que você ia de avião. Não contei a ninguém que você estava no trem. Acho que vou fingir que nossos planos mudaram, o que certamente aconteceu!

Ela ergueu a mão e admirou o anel.

— Estou me apegando a isso, sabia?

— Nós podemos mandar ajustar, como um anel de noivado.

— Podemos? — Ela olhou-o, radiante. — Eu gostaria. É o anel

que você me deu quando me pediu em casamento e eu adoro. Nossa, eu mal posso esperar para contar pra todo mundo que nós estamos noivos!

— Duas irmãs noivas ao mesmo tempo.

— Isso mesmo. — Então, ela franziu o rosto. — Não, espere, esse tem que ser o momento especial de Merilee. Ela se sentiu na sombra das irmãs mais velhas por muito tempo, não deveria ter que dividir as atenções.

— Você não quer contar à sua família que estamos noivos?

— Quero! Mais que tudo. Mas acho que vou esperar até que M&M tenham ido pra lua de mel. Você se importa?

— Sim. — Ele tocou o rosto dela, pensando no quanto ela era generosa e quanto a amava. — Mas não. Porque você está certa. É o momento da sua irmã e do noivo. Teremos o nosso.

— Terei que esconder o anel, droga — ela reclamou.

— Vamos procurar um joalheiro e mandar ajustá-lo e você poderá usar logo depois do casamento.

O rosto dela ficou radiante.

— Ótimo. Enquanto isso, você sabe o que eu quero?

— Não faço ideia.

— Vamos tomar banho e jantar. Quero contar para todo mundo do trem que nós estamos noivos.

Ah, sim, ele queria contar ao mundo inteiro. Menos para seus pais. Sim, eles o queriam casado, mas uma canadense caucasiana certamente não seria a escolha deles. Ora essa, ele não deixaria que a ideia da reprovação deles estragasse seu dia maravilhoso.

— Você está se dando conta — ele disse a Kat — de que isso significa contar aos outros que você está noiva de Dhiraj, não é?

— Ah, sim. — Ela enrugou o nariz. — Não. Dhiraj é um cara sexy, mas é o Nav que eu amo. Quero chamá-lo de Nav. Não poderia ser um apelido carinhoso, ou algo assim?

— Em hindu significa novo.

— Perfeito. Meu novo amor.

— Dhiraj e Pritam também têm significados.

Ela ergueu as sobrancelhas.

— Ah. Você escolheu os nomes por um motivo.

— Dhiraj significa paciência, porque depois que você abandonou Pritam, naquele quarto de hotel em Toronto, eu sabia que ia precisar.

— E Pritam?

— Significa amado.

— Como você é sorrateiro, seu danadinho. — Ela olhou-o radiante. — Fez com que o chamasse de amado?

— Porque era isso que eu queria ser.

— E você é. — Ela afagou seu rosto.

Então, ela mergulhou os dedos nos cachos dele e puxou.

— Vamos, amado. Vamos tomar banho e trocar de roupa. Depois vou exibir meu novo noivo.

***

Capítulo .20

Depois de duas noites de pouco sono, olhando a lua da minha cabine de solteiro, obcecada pelo que eu estava fazendo com Nav, era de se esperar que eu dormisse como uma pedra naquela terceira e última noite no trem.

Mas, em vez disso, fiquei novamente deitada olhando as estrelas, enquanto o trem seguia suavemente, atravessando British Columbia, saindo de Kamloops, rumo à costa. Mas, dessa vez, eu me encontrava ao lado do meu noivo, e nós dois estávamos exaustos de fazer amor, mas empolgados demais para dormir.

Eu me sentia muito feliz. Tudo isso tinha acontecido tão depressa que no início tive dificuldade para acreditar que era verdade. Porém, quanto mais conversávamos, mais fazíamos planos, enquanto, do lado de fora da janela, o luar banhava a paisagem sempre em mutação, e tudo parecia cada vez mais real e maravilhoso.

Falamos sobre profissões, quando começaríamos uma família, quantos filhos queríamos, que nomes daríamos a eles. Sonhos e praticidade se fundiam perfeitamente e eu nunca tinha me divertido tanto na vida.

A determinada altura, nós adormecemos nos braços um do outro e, ao acordar, descobrimos que a lua tinha sumido e o amanhecer já clareava o céu.

Trocamos um beijo carinhoso de bom-dia, depois suspirei. Estávamos quase em Vancouver.

— Acho que devemos lavar o rosto, arrumar nossas coisas e tomar café.

Nav saiu da cama - aquela bundinha parecia mais linda cada vez que eu via - e pegou algo na penteadeira. Ele voltou - o visual de frente também era lindo - e me deu um embrulhinho. Um guardanapo de pano do vagão-restaurante que compreendia quatro pãezinhos do jantar, que estavam na mesa na noite anterior. Depois ele me deu uma garrafa d'água.

— Pão e água? — Fazendo uma cara feia de deboche, eu disse — É bom eu dizer que Pritam me comprava champanhe caro e Dhiraj reservou a suíte Romance nos Trilhos. Você tem grandes expectativas a superar e pão com água não vão vencer.

Nav deu um sorriso malicioso.

— Ah, mas se comermos pão com água no quarto, eu terei tempo de fazer isso. — Ele voltou para cama e eu rapidamente soltei os pães e a água.

Ele me abraçou por trás, erguendo o cabelo da minha nuca e soprando levemente minha pele.

Estremeci de prazer e inclinei a cabeça para facilitar. Ele passou a mão pela minha frente, mexendo em meu seio, e eu senti o pau crescendo junto à minha bunda.

— Esse é um argumento persuasivo — murmurei.

Uma hora depois, nós tínhamos tomado banho e novamente nos encontrávamos na cabine de Nav para olhar pela janela, conforme o trem se aproximava de Vancouver.

— Você disse à sua família que estou no trem com você? — ele perguntou.

— Quando liguei para casa, ontem à noite, Merilee atendeu. Ela disse que Theresa ia pegar o carro emprestado para me buscar, então contei que você estava comigo.

Lembrei-me da reação da minha irmã.

— O quê? — A voz dela saiu esganiçada. — Seu namorado está no trem com você? E você não pensou em mencionar isso antes?

Dei uma desculpa e ela disse:

— Parece que minhas irmãs estão cheias de surpresas ultimamente. — Seu tom de voz dizia que ela não estava pulando de alegria.

Pensando em sua reação, eu disse a Nav:

— Ainda bem que resolvemos manter nosso noivado em segredo, até depois do casamento. — Coitada da Merilee. Eu nunca tinha percebido como ela se sentia excluída quando éramos pequenas.

— Pelo bem dela ou pelo seu? — perguntou ele, baixinho.

— O que você quer dizer? — Desviei da janela a fim de olhar para ele.

— Talvez você queira avaliar a reação de sua família com relação a mim. Se eles não aprovarem... — Ele ficou me olhando, estreitando os olhos.

Senti uma onda de ansiedade. Nav estava certo. Eles achariam algo errado nele. Sempre encontravam algum defeito nos caras que eu levava em casa.

Mas agora era diferente. Eu estava apaixonada, noiva. Peguei a mão dele.

— Ah, não, eles não vão me convencer a desistir disso. Eu te amo, Nav.

O rosto dele abrandou, mas ele não sorriu.

— Você achou que amava outros homens, mas sua família encontrava algo para criticar. E os relacionamentos terminaram.

Mordi meu lábio.

— Detesto ter que admitir, mas, ao olhar pra trás, vejo que escolhi alguns caras que realmente não se encaixavam. Minha família apenas apontava as coisas e eu acabava vendo.

— E você tem tanta certeza de que eu me encaixo? — Em outras circunstâncias, o comentário talvez tivesse uma conotação sexual, mas a expressão dele era muito séria.

— Tenho.

Ele apertou minha mão.

— Kat, eu te amo. Esse amor vem crescendo há dois anos. Você só se apaixonou por mim ontem. Como pode ter tanta certeza?

— Porque a sensação é certa. — Mesmo ao dizer as palavras, eu sabia que elas soavam superficiais. Os relacionamentos pareciam certos antes, depois fatalmente fracassaram. — Eu disse, ontem à noite, o que sinto por você é diferente. Você é... tudo. Eu sei que te amo.

— E se seus pais não aprovarem?

— Se não aprovarem, eles que se danem. — Eu o achava maravilhoso e minha opinião era a única que contava.

Ele esboçou um sorriso.

— Obrigado, eu acho. Mas não vamos esquecer que pretendo fazer parte dessa família.

O pobre do cara não tinha a menor ideia de onde estava se metendo.

— Que sorte a sua.

Ele olhou além de mim.

— Estamos entrando na estação.

Olhei aquela vista familiar. Pacific Central Station, em Vancouver. Ao pegar a mão de Nav, fui tomada de empolgação. Eu, indo para casa com o homem que amava, eu, que tinha começado a formar um laço mais próximo com minhas duas irmãs e a compreender meus pais um pouquinho melhor.

— Será que Theresa está aí ou esperando no carro lá fora?

— Como ela é? — perguntou ele.

— Dois centímetros mais alta que eu. Tem cabelo ruivo e um pouco mais claro que o meu, curto e clássico. Veste roupas práticas e simples. Nada de glamour. — Eu realmente estava na expectativa de vê-la – sem mencionar a curiosidade para saber como ela tinha arranjado uma celebridade sexy.

Olhando as pessoas na estação, à procura de uma mulher sem frescuras, sozinha, meu olhar passou...

— Oh, meu Deus, a família inteira está aqui!

Olhei para eles boquiaberta. Minha mãe, de azul-marinho, com um de seus terninhos chiques, de braço dado com meu pai; ele, com sua habitual camisa L.L.Bean xadrez e calça de veludo cotelê. Merilee de jeans e camiseta, agarrada ao braço de Matt, com seus cachinhos loiros balançando depois de dizer algo para ele.

E... Theresa?

— Aquela não pode ser Theresa.

— Onde?

Apontei.

— Ei, ela se parece um pouquinho com você. Ou talvez seja a roupa.

— É. — Fiquei olhando minha irmã, magra, de pernas de fora, com uma minissaia jeans, quase idêntica à que eu estava usando, e uma regata pêssego justa nos seios. Seus cabelos curtos reluziam sob o sol e sua pele levemente bronzeada brilhava. Ela não apenas estava com uma aparência vibrante, estava mais bonita que nunca. E bem mais sexy também.

Ou, talvez, eu nunca tivesse olhado atentamente.

É, dava para imaginar uma celebridade se apaixonando por aquela mulher. Minha irmã.

— Que bacana todos eles terem vindo receber você — disse Nav. — Devem ter sentido muito a sua falta.

— Ah, não é por mim. — A ansiedade provocou um arrepio. Quando eles acharam que eu estaria chegando sozinha, tinham delegado Theresa, a pessoa que não tinha compromissos escolares em Vancouver. — Merilee contou que eu estava trazendo um homem pra casa e todos vieram ver.

Tudo bem, então, conheceriam Nav um pouco antes do planejado. Não havia motivo para estresse.

Recuei da janela, para dar uma última olhada nele. Jeans eram perfeitamente apropriados para viajar e o dele era elegante e caro, e tinha um caimento perfeito em seu corpo lindo, como se tivesse sido feito sob medida. A camisa branca, de mangas enroladas, era o meio-termo ideal entre a formalidade e o casual e tinha um efeito chamativo, contrastando com sua linda pele cor de canela.

O relógio Piaget - que ele disse ter comprado para me impressionar - estava elegante em seu pulso. Suas mãos fortes e graciosas estavam vazias, o anel de noivado tinha sido bem guardado, no bolsinho com zíper da minha bolsa.

Seu rosto era arrebatador, lindo, olhos cor de chocolate repletos de ternura e preocupação.

Meu Deus, esse homem incrível era realmente meu noivo.

— Estou apresentável? — perguntou ele, erguendo uma sobrancelha.

— Você está maravilhoso.

Ele tinha puxado o cabelo para trás, com o elástico preto, prendendo aqueles cachos brilhosos. O visual combinava com ele, mas... eu estendi o braço e tirei o elástico, passando os dedos em seu cabelo, deixando os cachos à vontade.

— Eu gosto assim. Certo, venha conhecer seus futuros sogros.

— Vá na frente. — Ele deu um beijo no alto da minha cabeça.

Endireitei os ombros e respirei fundo. Droga, eu gostaria de estar com o anel de noivado no dedo para reforçar minha coragem. Pelo menos, eu estava usando os brincos de beija-flor que ele tinha me dado.

Levando nossas malas de rodinhas, seguimos em direção à saída.

Parei no degrau de cima, acenei para minha família, respirei fundo outra vez e desci a escada para encontrá-los, conforme eles se apressavam em nossa direção. A presença marcante de Nav, atrás de mim, era tranquilizadora.

Minha mãe me deu um abraço afetuoso.

— É tão bom tê-la em casa, querida. — Ela recuou, observou meu rosto e sorriu. — Você está muito bem. — Então, ela me passou aos braços do meu pai e deu um passo na direção de Nav.

Da curva dos braços do meu pai, observei quando minha mãe estendeu a mão.

— Bem-vindo à Vancouver. Sou Rebecca Fallon.

— Naveen Bharani. Pode me chamar de Nav. — Ele pegou a mão dela e apertou firmemente, olhando-a nos olhos. Calmo e confiante.

Fiquei orgulhosa dele.

Meu pai se aproximou para conhecê-lo e Merilee me ergueu do chão, num abraço apertado.

— Você está em casa! Que bom te ver.

Ao abraçá-la, senti uma nova afeição em nosso abraço. Eu sempre a julguei tão feliz e equilibrada, nunca tinha reconhecido suas inseguranças. E ela nunca havia percebido as minhas.

— Você também, futura noiva. — Toquei seu belo rosto. Ela estava mais magra e parecia cansada, mas seus olhos e o sorriso emanavam felicidade. — Como você está se sentindo? E encontrou o vestido?

Ela estava radiante.

— Estou ótima. Sim, achei um vestido deslumbrante, absolutamente perfeito.

— Que maravilha, M.

— Claro que ela não me deixa ver. — Seu noivo tocou meu braço. — Oi, Kat. Que bom vê-la. — Matt estava vestido para seu emprego de verão, em vez de seu jeans habitual. Com seu cabelo escorrido, loiro-escuro, seu porte atlético firme e um leve bronzeado, ele estava bonito e em forma.

— Oi, Matt. — Eu me estiquei para que pudéssemos trocar beijinhos no rosto.

Então, me virei para Theresa, maravilhada.

— Nossa, olha só você, irmã. Você está fabulosa. Gostei da sua saia. Quem podia imaginar que tínhamos o mesmo gosto para roupas?

Nós nos abraçamos.

— Peguei emprestada da Merilee — disse ela. — Minhas roupas australianas são muito sem graça e eu não tive chance de fazer compras.

— Sem graça? — Eu recuei para estudar seu rosto. — Deixa eu adivinhar, isso tem a ver com o escritor gostosão?

Ela ficou vermelha.

— Tem tudo a ver com Damien.

— Então, onde está ele?

— Hoje? Em Boston. Ele está numa turnê de lançamento do livro. Mas estará de volta para o casamento. E nós nos falamos toda noite. — Os olhos dela cintilaram.

— Falam? Você quer dizer que fazem sexo ao telefone — disse Merilee, parecendo quase invejar.

— Fazemos os dois — disse Theresa, orgulhosa.

Minha competitividade veio à tona e tive que morder a língua para não tagarelar que enquanto Theresa talvez fizesse sexo ao telefone, com um dos homens mais gostosos da Austrália, eu estava *noiva*!

Mas isso seria infantil e magoaria Merilee. Talvez até Theresa, que tinha sofrido com um divórcio amargo e levou anos para ter um novo relacionamento.

Eu amava minhas irmãs e, se queria que elas agissem como adultas, precisava fazer o mesmo.

Lancei um olhar na direção de Nav, que estava conversando com meus pais.

O olhar de Theresa me seguiu.

— Falando nisso, desta vez você com certeza arranjou um gostosão.

Merilee se aproximou.

— Você passou três dias no trem e ainda não achou nenhum defeito?

— Humm, deixa eu pensar. — Parei, fazendo drama. — Não, ele é perfeito. — E eu certamente torcia para que todos eles também achassem.

Ela cutucou meu braço.

— Seria o primeiro.

Não caí na provocação, apenas disse:

— É. Vem cá conhecer ele.

Depois de apresentar todos, minha mãe e Matt seguiram em direção ao trem panorâmico para descer algumas estações adiante, no centro da cidade, e meu pai e Merilee foram de carro até a faculdade.

Suspirei aliviada.

Theresa esperou um tempinho, enquanto eu e Nav recolhíamos a mala que eu tinha despachado até Vancouver. Então, ela nos levou até o Toyota de Merilee, onde ela e eu insistimos para que Nav fosse no banco da frente.

Enquanto Theresa nos levava para casa, ela alternava como nossa guia turística e metralhava Nav de perguntas.

— Agora dá um descanso — reclamei. — Você sabe que a mamãe e o papai vão perguntar exatamente as mesmas coisas no jantar.

— Estou dando a ele a chance de ensaiar — ela respondeu e continuou o interrogatório.

Nav respondia tranquilo e vi uma confiança que nunca tinha apreciado antes.

Talvez, desta vez, minha família fosse realmente aprovar minha escolha. Eu tinha esperança de que eles o vissem da mesma forma que eu, e percebessem que combinávamos.

Quando estacionamos em frente à casa de minha família, Nav disse:

— Que casa bacana.

Eu sempre gostei da primeira visão da casa de estrutura irregular, onde eu havia crescido.

— É grande demais para a mamãe e o papai — eu disse. — Será que eles vão vendê-la agora que o último passarinho está deixando o ninho?

— Eles nunca achariam tempo pra isso — disse Theresa, seguindo em direção à porta da frente. — Além do mais, acho que vão querer manter todos os nossos quartos, na esperança de visitarmos com mais frequência.

— Que besteira — eu disse. — Quando estamos aqui, eles continuam tão ocupados com suas vidas.

Ela sacudiu os ombros.

— Sim, mas eles gostam de nos receber qualquer que seja o motivo. Talvez, só pra ficar mandando na gente. — Ela deu uma olhada em Nav. — Não somos uma família muito tradicional, mas acho que Kat já deve ter lhe dito isso.

Ele ergueu as mãos.

— Ei, você não conheceu meus pais.

Senti uma pontada. Será que os pais dele iam gostar de mim? Afinal, eles queriam que o único filho se casasse com uma daquelas "candidatas" que sua mãe estava sempre mandando. E que se mudasse para a Índia.

Theresa estava destrancando a porta da frente.

— Nav, nós vamos fazer uma turnê pela casa para que você se situe.

Tentei deixar minhas preocupações de lado e peguei a mão dele, enquanto seguíamos pelo vasto piso térreo. A casa parecia muito diferente de quando nós morávamos ali. Naquela época, nossas coisas estavam por todo lado: roupas, material do colégio, livros e revistas, discos etc. Agora, embora os móveis fossem bonitos e tudo estivesse limpo e bem-arrumado, tinha um ar vazio e formal.

Tive a impressão de que meus pais passavam mais tempo em seus escritórios e Merilee em seu quarto ou na casa de Matt. A cozinha era o único lugar que tinha uma confusão habitada.

Subimos a escada ao segundo andar, com nossa guia Theresa dizendo:

— Nós, as meninas, temos nossos quartos aqui, e há dois banheiros. O quarto dos meus pais e os escritórios deles ficam no terceiro andar.

— Eles criaram algum problema por Nav ficar no meu quarto? — perguntei a ela.

— Só trocaram *aquele* olhar. — Ela fez uma careta. — Fizeram a mesma coisa quando Damien esteve aqui. Mas o Matt fica aqui há anos com a Merilee, então merecemos o mesmo tratamento.

Nós três estávamos em pé, no corredor, perto da porta do meu quarto.

— Eu vou dar meia hora para vocês — disse Theresa, em sua voz de professora. — Vocês podem desfazer as malas, se organizar. Depois, Nav, receio que eu precise de Kat. Temos que discutir os preparativos do casamento e esta tarde temos prova dos vestidos. Fique à vontade. Tem comida na geladeira, livros no escritório, eu mostrei o pátio e...

Ele ergueu a mão.

— Já entendi. Obrigado, Theresa. Vou dar uma corrida, depois vou sair com a minha câmera.

Envolvi seu braço, orgulhosa.

— Ele precisa de mais fotos para sua grande exposição.

A exposição era algo que ele havia mencionado – com humildade apropriada – quando Theresa o interrogara.

Ele sorriu para minha irmã.

— Só me diga quando preciso voltar. Ah, e pode me incluir se eu puder ajudar com os preparativos do casamento.

Uma ideia me ocorreu.

— Theresa, você já contratou um fotógrafo?

— Não, tenho alguns nomes para ligar, mas... — Ela parou, franzindo o rosto pra mim, ao perceber minha intenção. Então, ela se virou para Nav. — Não poderíamos pedir isso para você. Você está indo como convidado. Além disso... é... você já fotografou casamentos?

Ela estava pensando que queria o melhor para o casamento de Merilee e o trabalho de Nav era desconhecido.

Antes que eu me irritasse, Nav disse calmamente:

— Um bocado. Dá uma olhada na minha página e vê o que acha. Se gostar, eu ficarei feliz em fazer. Será meu presente para Merilee e Matt.

— Obrigada, Nav — disse ela, e eu vi respeito em seus olhos. — Vou dar uma olhada em seu site.

— Tem algo que eu possa trazer da rua? — perguntou ele. — Imagino que algumas garrafas de espumante para brindar com o casal não seria uma má ideia. — Ele se virou para mim, com um olhar interrogativo, e só eu vi o brilho em seus olhos.

— O casal feliz merece e muito um brinde com champanhe — eu disse a ele, sabendo que nós estaríamos bebendo por nós tanto quanto por M&M. — Nav tem um gosto excelente para champanhe — eu disse a Theresa.

— Apenas totalmente perfeito — disse ela, secamente, depois sorriu. — Ei, se ele for tão bom quanto é bonito, isso significa que você, Merilee e eu tiramos a sorte grande neste verão.

— E Jenna não quer nada sério — eu disse, então, não vai ficar com inveja.

Eu não estava numa grande expectativa pelo jantar. Theresa pareceu ter dado a Nav um carimbo hesitante de aprovado, Merilee estava tão feliz que provavelmente seria tranquila e Matt tendia mais a apoiar do que a criticar. Mas eu sabia como meus pais eram duros com namorados.

Como o tempo estava bom, nós pusemos a mesa no quintal. Estava agradável lá fora, com canteiros de gerânios, lobélias. Como sempre, o jardim estava bem cuidado pela jardinagem e daria um ótimo cenário para a recepção de M&M.

— Em sua homenagem, meu bem — disse meu pai, ao transferir os filés de salmão da grelha para o prato que eu estava segurando. —

Espero que ainda seja um de seus favoritos, embora eu ache que você se acostumou à comida bacana daquele seu hotel.

— Eu ainda adoro seu salmão, pai — eu disse a ele, contente por meus pais terem planejado algo especial para me receber em casa.

Quando estávamos todos sentados em volta da mesa do pátio, Nav entregou uma das duas garrafas de Dom Pérignon que tinha comprado.

— Quer fazer as honras?

Meu pai ergueu as sobrancelhas, depois devolveu a garrafa.

— Vá em frente. Se você está tentando nos impressionar, esse não é um mau começo.

Enquanto Nav abria a garrafa com sua destreza habitual, disse:

— Com que frequência uma de suas filhas fica noiva? Imagino que isso seja digno de um brinde com um bom champanhe. — Ele me deu uma piscada e eu sorri para ele.

Quando todos nós estávamos com nossas taças na mão, minha mãe disse:

— Nav, você trouxe o champanhe, faça o brinde.

Eu sabia que era um teste.

Ele ergueu sua taça.

— A Merilee e Matt. E ao amor, ao casamento e aos finais felizes.

Minha mãe assentiu e todos nós tilintamos nossas taças.

Droga, como era difícil ficar quieta sobre meu noivado. Eu mesma me sentia como champanhe, com borbulhas de empolgação subindo por dentro, me incitando a estourar a rolha e despejar tudo. Mas, ao mesmo tempo, minha barriga se contraía de ansiedade, enquanto eu esperava que meus pais interrogassem Nav.

Respirei fundo e dei um gole no champanhe excelente, torcendo para que acalmasse meus nervos.

Theresa disse:

— Novidades excelentes. Agora, temos um fotógrafo para o casamento. — Ela parou até que todos estivessem olhando pra ela. — Tchã-nã. Nav vai tirar as fotos. É seu presente para M&M.

Merilee deu um gritinho, depois levantou e foi correndo jogar seus braços em volta do pescoço dele.

— Você é tão legal. Muito obrigada, Nav.

Matt sorriu.

— É, valeu, cara. Isso é muito legal da sua parte.

O som da minha mãe limpando a garganta chamou nossa atenção. Ela estava franzindo o rosto.

— Isso é muito gentil, Nav, mas você tem experiência fotografando casamentos?

Eu contive um gemido.

Antes que Nav pudesse responder, Theresa interferiu.

— Mãe, ele é brilhante. Dê uma olhada no site dele. Ele tem um jeito de... como posso dizer? Capturar a essência de cada casal. — Ela me deu uma olhada. — Como a Kat fez com os convites virtuais de M&M. As fotografias serão maravilhosas.

Fiquei ligeiramente perplexa, não somente pelo apoio de Theresa a Nav, mas também por seu elogio aos meus convites. Não éramos muito de trocar confetes.

— Obrigada — eu fiz mímica com a boca, erguendo minha taça pra ela, que deu um rápido sorriso.

Ocorreu-me que, da forma que Nav me fez ter uma nova perspectiva quanto à minha família, talvez Damien tivesse feito o mesmo por Theresa. A professora engessada certamente tinha amolecido.

— Há quanto tempo você está no ramo da fotografia? — meu pai perguntou a Nav.

— Uns dois anos, desde que me formei na Laval.

— Mas você tem... quantos anos?

— Vinte e oito.

— É três anos mais jovem que Kat — minha mãe comentou. — E começou tarde em sua carreira. — Ela usava um tom casual, mas eu sabia que não aprovou. Ela achava que todos tinham que fazer como ela, meu pai e Theresa: decidir cedo sobre a carreira e segui-la.

Abri a boca para defender Nav, mas ele falou primeiro.

— Antes da Laval, fiz mestrado em Administração, em Cambridge. Meus pais esperavam que eu ingressasse na empresa da família. — Ele parou. — Uma companhia de importação e exportação, chamada Bharani International. — Eu podia ouvir as palavras que não foram ditas: *Vão em frente, procurem no Google*.

— Seus pais pagaram por sua formação? — minha mãe perguntou.

— Até eu ir para a Laval, sim.

— Eles investiram muito em seus estudos. — Desta vez, a reprovação pontuou sua voz. — Ao prepará-lo para ingressar no negócio. E você concordou. Depois, mudou de ideia, rejeitou os planos deles e começou novamente? — Em sua cabeça, ela estava rotulando Nav como um cara irresponsável que não conseguia se decidir quanto ao que fazer e se aproveitou dos pais.

— Minha paixão é a fotografia e eu sabia que tinha talento pra isso. — A voz de Nav continuou equilibrada, enquanto ele respondia. — E ter um mestrado é útil para alguém que dirige o próprio negócio.

Minha mãe se inclinou à frente, no que eu e minhas irmãs chamávamos de postura de acareação.

— Não acha que deve aos seus pais?

Eu intervi.

— Não acha que os pais devem querer que os filhos construam sua carreira naquilo que amam?

Nav me deu uma olhada rápida. Ele tinha sua cota de orgulho e provavelmente não gostou da minha ajuda, mas eu não ia ficar quieta enquanto minha mãe o atacava. Já tinha feito isso o suficiente no passado.

— Eu paguei aos meus pais o dinheiro que eles gastaram na minha formação — disse ele baixinho.

Pagou? Ele nunca tinha dito isso e eu sabia, pelos seus princípios, que ele tinha feito isso sem tocar na poupança. Não era de se admirar que ele vivesse com um orçamento tão apertado.

— E — ele prosseguiu — o que devo aos meus pais é amor e respeito. Não lhes devo a minha vida.

Eu assenti, concordando.

Ele respirou.

— Nenhuma das suas filhas escolheu o Direito. — Ele olhou pra minha mãe, depois para o meu pai. — Nem Medicina ou pesquisa médica. Imagino que teriam gostado se elas tivessem feito isso, não?

Meus pais trocaram um daqueles olhares em que se comunicam sem palavras. Meu pai disse:

— Teria sido bom. Mas nossas garotas têm mente própria. Como você já deve ter notado, com Kat. — O humor seco em seu tom de voz deixou o clima mais leve.

Nav sorriu.

— Eu não aceitaria de nenhuma outra forma.

— Não? — Meu pai deu uma olhada pra minha mãe. — Nem eu. A vida seria um tédio, não?

Minha mãe deu uma fungada.

— Certo, Nav. Você provou seu ponto de vista. O que queremos para nossas filhas é que cada uma delas encontre uma carreira que ame. Que se sintam felizes, desafiadas e financeiramente seguras.

— E eu estou — eu disse.

— E nós nos orgulhamos de você, querida — respondeu ela, me dando um sorriso afetuoso.

— É? — fiquei tão surpresa que soltei meu garfo. — Vocês nunca disseram isso.

— Não? — Ela trocou um olhar com meu pai. — Imaginamos que você soubesse.

— Em minha experiência — Nav disse, baixinho —, os filhos precisam ouvir as palavras. Acho que foi importante para Kat ouvi-la dizer isso. — Ele pegou minha mão e eu apertei, num agradecimento silencioso.

— No passado, ouvi mais críticas do que elogios — eu disse, tentando manter um tom natural enquanto desviava o olhar entre meus pais.

Ambos ficaram em silêncio por um bom tempo até que minha mãe falou.

— Depois de Theresa, que sempre soube o que queria, nós nos preocupamos com você. Você teve dificuldades em decidir que carreira a faria feliz. E era muito determinada em fazer as coisas sozinha, sem nos deixar ajudar.

Ajudar? A ideia deles de ajuda mais parecia reprovar e pegar no meu pé.

— Mas, no fim, você descobriu e construiu uma carreira maravilhosa — disse minha mãe.

Eu estava desfrutando do calor desse elogio raro quando meu pai novamente se virou para Nav.

— E você está só começando em sua carreira, sem mencionar

que fotografia não é a ocupação mais segura. Tenho certeza de que isso é uma preocupação para seus pais.

Eu falei antes que Nav pudesse responder.

— Isso é entre ele e os pais.

— Ele é seu namorado, Kat — meu pai disse. — É nossa preocupação também.

Eu estreitei meus olhos.

— Você está realmente se referindo àquele modelo antigo, em que o homem tem um emprego que paga mais para poder sustentar a mulher? Ora, você já ouviu da liberação feminina? Eu sei que a mamãe já. Posso muito bem me sustentar.

Notei que Merilee estava franzindo o rosto e rapidamente acrescentei:

— Quer dizer, você sabe, se algum dia o negócio ficar sério entre nós.

— Mas você deve sustentá-lo? — minha mãe perguntou.

Nav abriu a boca, mas eu o cortei.

— O papai a sustentou quando você fez a faculdade de Direito — eu disse, inflamada. — E agora você ganha mais que ele. Você sempre nos disse que o que interessa é uma parceria de igualdade, não quem ganha mais dinheiro num determinado momento.

— Ele...

Nav me interrompeu.

— Rebecca — ele disse, firmemente, — eu não tenho intenção alguma de me aproveitar de sua filha.

— Mãe, ele não me deixa pagar nem pizza.

Theresa riu e a atmosfera ficou um pouquinho mais leve.

— Eu acho — disse Nav — que a qualidade de vida está muito

além da renda. Tem a ver com a maneira como escolhemos gastar nosso tempo, tanto no trabalho quanto fora dele. Tem a ver com nossos valores e nossas prioridades, e Kat é a principal prioridade em minha vida.

Eu recostei a cabeça em seu ombro.

— Obrigada. O mesmo vale pra mim.

— Você é um jovem inteligente — minha mãe disse, devagar, como se estivesse pesando cada palavra. — Desconfio que irá se dar bem com sua fotografia. Inteligência, paixão e um diploma em negócios formam uma boa combinação. Aliada à habilidade que Theresa e imagino que Kat acreditam que você tenha.

— Ele tem — eu disse. — Por favor, olhe o site dele. E nós vamos mandar para a senhora um catálogo da exposição. É na semana depois do casamento, numa galeria prestigiada de Montreal.

— Humm — disse minha mãe.

Era hora de aproveitar o bom momento e parar, mudar de assunto.

— Mãe, pai, vocês sabem da maior? — Eu disse, alegre. — A Jenna mandou um e-mail hoje de manhã. Ela está na estrada, vindo pra casa. Deve chegar aqui no domingo à noite, ou na segunda-feira.

— Aquela garota não tem um pingo de juízo — meu pai resmungou. — Ela deveria nos deixar pagar o voo.

— Ela é maluca de estar dirigindo aquele carro — disse minha mãe.

Nav me lançou um olhar interrogativo e eu sussurrei em seu ouvido:

— É um MGB 1974. É um...

— Ei, eu cresci na Inglaterra; sei o que é um MGB. — Seus cachos macios passaram em meu rosto e senti seu cheiro instigante de sândalo.

Enquanto meus pais continuaram falando da falta de responsabilidade de Jenna, olhei para Merilee e revirei os olhos.

Ela conteve um risinho.

Baixinho, eu disse a Nav:

— Pelo menos eles largaram do seu pé.

— Eles só estão preocupados com todas vocês.

Agora eu entendia que ele estava certo, em grande parte graças a Maggie e Tim, do trem. Ainda assim, brinquei:

— Fácil dizer quando não são seus pais.

A palavra "pais" foi ouvida num momento de calmaria da conversa dos meus pais.

Minha mãe voltou a atenção a Nav.

— Conte-nos sobre seus pais. Eles vivem na Inglaterra?

— Viveram, mas recentemente se mudaram para Nova Délhi, para cuidar da mãe do meu pai, depois que ela ficou viúva.

— Eles são de costumes tradicionais? O que acham de você namorar uma garota branca?

Eu senti uma certa inquietação. Nav e eu não chegamos a falar sobre a provável reação dos pais dele.

— Assim como em relação à minha carreira — disse ele —, as decisões são minhas.

— Parece que você não tem um relacionamento muito próximo com sua família — disse ela, reprovando. — Você tem irmãos?

— Sou filho único.

— Não se admira que esperem tanto de você — disse ela. — Eles devem ter dificuldade de aceitar suas decisões.

— Mãe — eu falei, antes que Nav pudesse responder —, se tudo fosse como eles querem, ele teria uma profissão que odeia, se mudaria para um país que nunca foi seu lar e concordaria com um casamento arranjado.

Eu apertei a mão dele.

— Nav é um homem bom. Suas decisões são sensatas e sua família deve respeitá-las.

— Talvez. Mas...

Theresa interferiu.

— Mãe, pare de interrogar o rapaz. Por que vocês dois sempre fazem isso? Será que não podemos, uma vez na vida, ter uma refeição agradável e tranquila?

Surpresa e satisfeita por seu apoio, sorri para ela.

Fiquei ainda mais surpresa quando Nav disse:

— Eles fazem isso porque estão preocupados e querem protegê-la. Você não ia querer pais que não ligassem para quem você namora, ia?

Theresa e eu erguemos uma sobrancelha, depois eu disse:

— Nós não nos importaríamos se eles se preocupassem um pouquinho menos.

Todos riram.

Minha mãe falou:

— Obrigada, Nav. Ainda bem que *alguém* entende. Ela lançou um olhar bem-humorado, para nós, garotas.

Percebi que esse jantar era um pequeno marco para minha família. Discutimos como geralmente fazíamos, mas também passamos a nos entender melhor. Gostei disso e torci para que continuasse assim. E para que Nav fizesse parte daquilo.

— E já que você entende — minha mãe prosseguiu —, pode voltar ao assunto dos seus pais? Eu me preocupo sobre...

— Mãe? — Desta vez, foi Merilee que a interrompeu. — Você passou o jantar inteiro interrogando Nav. Não quer ouvir sobre os vestidos que nós encontramos esta tarde? Incluindo um pra você.

— Pra mim? — disse minha mãe. — Vocês foram fazer compras pra mim?

Olhei grata para Merilee. Não sei se ela interferiu a fim de me salvar ou porque achou que era hora de ser o centro das atenções, mas fiquei aliviada pela mudança de assunto.

Mesmo assim, eu também estava preocupada com os pais de Nav.

Eu tinha a impressão de que minha família estava lutando por um relacionamento mais próximo e eu queria o mesmo para Nav. Eu gostaria de ajudar a diminuir a distância entre ele e os pais, e ser aceita como parte da família, não piorar a situação.

Se os pais dele não aprovassem nosso casamento, será que o cortariam de suas vidas?

***

Capítulo .21

No sábado de manhã, Nav acordou de um sono sem sonhos, por exaustão, ao som de uma batida.

Kat pulou da cama de casal onde eles dormiam, pegou um robe na poltrona, foi até a porta e abriu uma fresta.

— O café será daqui a dez minutos — disse Theresa. — Recomendo que não percam.

O jantar na noite anterior tinha sido estressante e ele não estava animado para o segundo round, mas se punha determinado a ganhar os pais de Kat. Eles eram boa gente, preocupados com a felicidade dela e acabariam vendo que ele era o homem certo para a filha deles.

Ele levantou da cama e começou a se aprontar.

Felizmente, quando ele e Kat desceram, de mãos dadas, ele descobriu que o café na residência Fallon não tinha conversa.

A mãe de Kat fazia anotações num bloco enquanto comia uma torrada, distraída. Seu pai estava com o nariz num jornal de ciências. Merilee e Matt conversavam sobre tipos diferentes de música para a recepção. E Theresa tinha imprimido uma lista, que começou a repassar com Kat.

Nav passou requeijão numa rosquinha e procurou não atrapalhar ninguém.

Ele torcia para que a lista de coisas de Kat permitisse que eles dois passassem algum tempo juntos. Quando chegaram ao quarto, na noite anterior, ambos estavam bem cansados. Eles fizeram amor rapidamente, com carinho e silêncio, e logo depois pegaram no sono.

Havia coisas que ele precisava conversar com ela, e não houvera tempo. Mas ele não queria esperar muito mais.

Depois que a família toda partiu, ela se serviu de outra xícara de café e foi até ele, que estava sentado na mesa da cozinha.

— Enfim sós — disse ela.

— Já era hora. — Ele pegou a caneca da mão dela, pousou na mesa, colocou-a em seu colo e abraçou. De shorts e camiseta regata, ela estava fresca e curvilínea; senti-la em seus braços era maravilhoso.

Ela se aconchegou.

— Isso é tão bom.

— Quanto tempo temos? O que há na lista de Theresa pra você?

— Visitar três bufês e ir até o jardim botânico para checar o local e conversar com alguém da administração. Dá pra acreditar? Theresa disse que eu provavelmente cuidaria melhor dessas coisas pela minha experiência hoteleira.

— Parece que as coisas estão progredindo entre você e suas irmãs.

Ela concordou.

— Estamos nos entendendo melhor e isso é legal. Espero que continue depois que a Jenna chegar.

Ela passou os braços em volta do pescoço dele e recuou para estudar seu rosto.

— Qual é o seu plano para hoje? Por que não vem ao jardim botânico? Talvez encontre pontos para boas fotos.

— Claro. E isso vai me ajudar a programar as fotos do casamento.

Mas também preciso lavar um pouco de roupa. Ou isso, ou ir atrás de novas. Não tive tempo de comprar muitas e imagino que você prefira que eu não use meus moletons velhos.

Ela afagou seu queixo recém-barbeado.

— Eu também quero lavar umas coisas. — O rosto dela acendeu. — Ei, é sábado. O que estávamos fazendo há uma semana?

Ele pensou, depois deu uma risada contente.

— Lavando roupa, lá em Montreal. Foi quando armei o esquema do trem. — Ele lhe deu um rápido abraço, depois levantou, tirando-a de seu colo. — Vamos começar a lavar a roupa. — Quando a máquina já estivesse em funcionamento, eles teriam a chance de conversar.

Os Fallon tinham uma lavanderia belamente organizada.

— Duas lavadoras e duas secadoras? — perguntou ele.

— Dessa forma, a empregada pode lavar a roupa toda durante a faxina semanal — explicou Kat.

Ele tinha vestido um moletom e uma camisa esportiva de jérsei para poder lavar suas roupas novas, e agora colocava o jeans, a camisa preta, a camisa branca, o suéter sedoso e as cuecas Armani dentro de uma das máquinas.

— Pare! — Kat agarrou seu braço. — Me deixa apresentar o programa de roupas delicadas. Sem mencionar as escuras, as claras e as coloridas. Se você vai gastar uma pequena fortuna em roupas, vai querer que elas durem.

— Eu sabia que tinha alguma dificuldade.

Ela organizou as roupas dos dois - dele e dela, juntas - explicando o que estava fazendo.

Ele suspirou. O novo guarda-roupa era confortável e ele tinha que admitir que gostava de sua aparência, mas seus trajes antigos certamente eram mais fáceis de cuidar.

Kat ligou as duas lavadoras. Então, num gesto de ternura que tocou o coração dele, ela deu um tapinha nas tampas e disse:

— Nossa primeira roupa lavada junta. — Então, ela virou para ele, com os olhos brilhando. — Já fez sexo numa lavanderia?

O corpo dele ficou logo aceso. Não havia nada que ele quisesse mais.

Só que...

— Não fiz. Mas, Kat, preciso falar com você sobre uma coisa.

— Falar? — Ela ergueu as sobrancelhas, depois o encostou na máquina ligada e grudou de frente pra ele, se remexendo, sugestiva. — Você prefere falar em vez de fazer amor?

Apesar da ereção que aumentava, ele a pegou pelos braços e recuou.

— É. Agora suba na máquina, como sempre faz, para que eu possa pensar.

Ela tinha uma expressão de flerte que foi substituída por preocupação.

— Há algo errado? — Ela lentamente se ergueu acima da máquina, como ele havia pedido, com as pernas torneadas e bronzeadas contrastando com os shorts bege.

— Não. Bem... Olha, como se sente sobre as coisas que seus pais estavam dizendo ontem à noite? Tipo, minha carreira e minha renda em comparação com a sua?

Inclinando-se para a frente, balançando as pernas sobre a máquina, ela o olhou intrigada.

— Você não ouviu o que eu disse a eles?

— Sim, e pareceu ótimo. Mas depois eu pensei sobre os tipos de caras com quem você saiu no passado. E o que você disse no sábado à noite, quanto a se sentir atraída por homens bem-sucedidos.

— Você é bem-sucedido.

— Estou apenas começando e, como seu pai disse, é um negócio incerto.

— Mas eu adoro. E você é tão talentoso. Vai se dar muito bem.

— Espero que sim. Mas, e se não acontecer? E se eu só conseguir ganhar a vida sem me tornar um nome conhecido?

Ela franziu as sobrancelhas.

— Se você ainda ama fazer isso, é o que conta.

— Isso é o que você acha de verdade? Você não quer algum... campeão da Nascar ou produtor de Bollywood?

— Quero você. — Os lábios dela se curvaram num sorriso. — De preferência com roupas bonitas e o rosto macio e barbeado.

Ele sorriu, mas ainda não estava convencido.

— Na quinta à noite, quando estávamos sonhando sobre nosso futuro, concordamos em viver em Montreal. Mas não falamos sobre comprar uma casa.

Ele recostou na máquina em frente a ela.

— Não conversamos sobre como pagaríamos uma casa.

— Eu disse sobre a entrada que venho economizando.

— Kat, eu...

— Pare. Não venha com essa conversa de orgulho de macho pra cima de mim. Não vou me casar com um chauvinista.

— Desculpe. Eu realmente não sou. Culpe a minha mãe pela forma como ela me criou. Ela tinha visões bem antiquadas sobre os papéis de homem e mulher.

Uma expressão sombria surgiu no rosto dela e ele se apressou em continuar.

— Eu ouvi, sim, o que você disse sobre uma parceria de igualdade. Isso que eu quero. E aí que está, eu tenho o dinheiro da poupança.

— Você disse que precisava se virar sozinho, sem tocar na poupança.

— Precisei fazer isso para provar que sou independente. E fiz. Agora estamos falando de nosso futuro, Kat. Como um casal. Nossa casa, nossos filhos.

Ela lentamente assentiu.

— A independência é algo bom, assim como investir no futuro. Certo, isso é algo que teremos que pensar. Também na maneira como iremos usar o dinheiro que eu economizei. — Havia um tom de alerta na voz dela.

— Fechado. — Ele estendeu a mão, finalmente tranquilo.

— Fechado. — Ela apertou com firmeza.

Então, ele deu um passo na direção dela, ergueu a mão dela até os lábios e deu um beijo sedutor.

— Alguém falou de sexo na lavanderia?

Ela soltou a mão.

— Agora eu tenho uma pergunta. — Seu tom sério dizia que não era sobre sexo.

— Manda.

— Seus pais ficarão muito aborrecidos? Eles querem que você se case com uma indiana.

Ele sacudiu os ombros.

— Eles precisam aceitar que é a minha vida e eu tomo minhas próprias decisões.

Ela suspirou.

— Não quero que eles me detestem. — Ela estendeu a mão e pegou novamente a dele, apertando. — Nav, eu vi como você fica tenso quando fala de sua família. E você sabe que tive problemas com meus pais e minhas irmãs. Mas, pra mim, as coisas estão melhorando, e isso é muito bom.

— Estou feliz por você.

— Se houver algum modo de facilitar as coisas, em vez de piorar, pra você e sua família, eu gostaria de fazer.

Será que havia alguma esperança para que ele e os pais tivessem algo além de um relacionamento hostil?

Bem, ele tinha uma boa noção de algo que teria sucesso. Com a mão livre, ele tocou o rosto dela.

— Você pode dar para eles belos netinhos moreninhos.

Ela sorriu.

— Tenho toda intenção de fazer isso. Mas seria legal se os seus pais ficassem felizes com nosso casamento e me aceitassem agora. E não só quando eu tiver um bebê. — Você pode tentar explicar pra eles? — disse ela. — Tipo, não apenas anunciar, mas ajudá-los a entender que nós realmente nos amamos?

— Nós não nos damos muito bem com esse tipo de conversa. Eles ficam logo atiçados.

Os lábios dela tremularam.

— E imagino que você não.

Ele pensou a respeito. Nas palavras incisivas e a forma como ele e o pai saíam marchando em direções opostas. O jeito como a mãe ficava resmungando sem parar das mesmas coisas, e ele se recusava a ouvir.

— Talvez, sim — ele admitiu. — É, tudo bem. Vou me esforçar por uma comunicação melhor. — Seria possível que, assim como acreditaram que os filhos deviam obedecer aos pais, eles também se preocupassem com o seu bem-estar, como os pais de Kat se preocupavam com o dela?

Ele observou sua linda Kat, com sua expressão aflita.

— Eles devem ficar satisfeitos por eu estar me casando — ele disse a ela. — E depois que a conhecerem, você vai ganhá-los. — Ele fez uma cara triste. — Como espero acabar ganhando seus pais. — Embora ele tivesse que admitir: pelo menos os pais dela não ligavam a mínima por ele ser indiano.

Ela assentiu.

— Nós iremos convencer as duas famílias. Quando eles virem quanto seremos felizes juntos, vão reconsiderar.

Ah, sim, ele e Kat teriam algumas dificuldades pela frente. Mas, conforme ele a observava, sentada na lavadora, com suas pernas bronzeadas balançando levemente, sentia-se confiante de que eles resolveriam tudo juntos.

— Nav? — ela o puxou mais pra perto. — Sexo na lavanderia?

— Ótima ideia.

Ela ergueu as pernas para enlaçá-lo ao redor do quadril, trazendo-o para perto e puxou sua cabeça abaixo, para um beijo.

Quantas vezes ele tinha olhado para ela sentada numa máquina de lavar, imaginando isso? Será que ela sabia que estava realizando uma de suas fantasias?

Os dedos dela entremearam seu cabelo, a língua dela mergulhou no meio de seus lábios e ele não conseguia mais pensar. Só aproveitar e retribuir o beijo. Sentir a onda quente de sangue nas veias, a rigidez da ereção crescente junto a ela.

Ofegante, ela recuou e abriu os shorts.

Ele deu um passo atrás para ajudá-la a tirá-lo e a calcinha veio junto.

— Sua vez — disse ela, e ele rapidamente tirou a calça de moletom e a cueca, e chutou para o lado.

— Droga — disse ele. — Não tem camisinha.

— No bolso do shorts — ela disse, presunçosa.

Ele deu uma risada exultante. Ela tinha planejado essa sedução na lavanderia.

Ele rapidamente achou a camisinha e colocou.

Kat tinha mudado de posição e estava sentada bem na beirada da máquina, apoiada nas mãos, esticadas pra trás, com as pernas afastadas.

Ele entrou no meio de suas pernas, esfregando a ereção nela.

Mais uma vez, ela o enlaçou com as pernas ao redor da cintura e o puxou para perto, se remexendo junto a ele.

— Faça amor comigo, Nav. Eu quero você.

Ele acariciou o meio de suas pernas, enfiou um dedo nela.

Um tremor sexy percorreu seu corpo, que se contraiu no dedo dele.

— Eu quero, agora, droga. Entre aqui.

Rindo, ele disse:

— É verdade o que os caras dizem. É só colocar um anel no dedo que ela já fica mandona.

— Ainda não tenho o anel — ela disse.

— Vamos encontrar um joalheiro hoje.

Ao deslizar para dentro dela, ele deu um suspiro trêmulo de satisfação. — Isso é tão certo. Você e eu.

— É. Fiquei esperando por isso durante dois anos. — Ele entrava e saía suavemente, saboreando a visão do corpo dela, metade nu.

— Nav, eu esperei... por isso... a minha vida inteira. — As palavras dela saíam em ofegos de prazer.

— Eu te amo, Kat.

Ela fixou o olhar nos olhos dele.

— Mais que... elas? As outras duas?

Elas? Do que ela estava falando? Só havia ela. Então, ele percebeu do que ela estava falando. De alguma forma, ela ainda estava insegura quanto ao seu amor.

Ele foi desacelerando os movimentos e segurou-lhe o rosto, afetuosamente, com as duas mãos.

— Mais do que Margaret. Não tem comparação. E a outra mulher? Era você, Kat.

— Oh! Eu não... sabia.

— Eu sei. Eu não podia dizer. Você não estava pronta para ouvir.

Ele olhou para ela, deixando que ela visse todo o amor e a paixão em seu coração.

— Você me ensinou o que é o amor — disse ele, mergulhando fundo, dentro dela.

— Você... também. — E quando explodiu com ele, ela gritou — Eu te amo, Nav.

***

Este livro foi impresso pela Assahi
Gráfica em papel offset 70 g.